DESERT

搜救队异闻录 2

白玉玄宫

雁北堂出品
大漠孤烟◎著

北京联合出版公司
Beijing United Publishing Co.,Ltd.

图书在版编目（CIP）数据

搜救队异闻录．白玉玄宫 / 大漠孤烟著．—北京：北京联合出版公司，2019.4

ISBN 978-7-5596-2951-7

Ⅰ．①搜… Ⅱ．①大… Ⅲ．①长篇小说—中国—当代 Ⅳ．①I247.5

中国版本图书馆 CIP 数据核字（2019）第 036801 号

搜救队异闻录．白玉玄宫

作　　者：大漠孤烟

选题策划：雁北堂（北京）文化传媒有限公司

责任编辑：李艳芬

特约编辑：刘　茜

封面设计：蔡小波

版式设计：冉冉工作室

北京联合出版公司出版

（北京市西城区德外大街 83 号楼 9 层　　100088）

北京博艺印刷包装有限公司印刷　　新华书店经销

字数 194 千字　　880 毫米 × 1230 毫米　　1/32　　9.5 印张

2019 年 4 月第 1 版　　2019 年 4 月第 1 次印刷

ISBN 978-7-5596-2951-7

定价：42.00 元

本书若有质量问题，请与本社图书销售中心联系调换。电话：010-82894445

目录 CONTENTS

第 1 章 — 探秘白玉宫 001
第 2 章 — 尸纹蛾 017
第 3 章 — 大战虫尸 035
第 4 章 — 别有洞天 055
第 5 章 — 水流机关 070
第 6 章 — 死水潭边烤活鱼 081
第 7 章 — 通道遇险 092
第 8 章 — 又见空哥的棺材 102
第 9 章 — 无头尸 114

第 10 章 — 怕狗的萨满巫术 128
第 11 章 — 金翼甲虫 142
第 12 章 — 心中有鬼 159
第 13 章 — 马匪“沙里飞” 182
第 14 章 — 诡计多端的斯坦因 189
第 15 章 — 血战瓦石峡 205
第 16 章 — 神兽波儿象 223
第 17 章 — 神王墓室 232
第 18 章 — 水漫金山 249
第 19 章 — 大难不死 259
第 20 章 — 终极对决 272
第 21 章 — 新版“护卫军” 283

第1章｜探秘白玉宫

貌似已经有几千年没有打开过的大门，在我的推动下缓缓打开，里面依然是无尽的黑暗。

我们队伍中能用的三只手电筒一齐照去，黑暗中露出一条光亮的通道，地上的台阶通往更深的地下。

我挥了挥手，曹爷一手提着工兵铲，一手拿着刚从霍青嬨那里要来的手电筒，第一个钻进了通道。真不愧是模范员工啊，哪个单位要是把曹爷从我这儿挖去，那可是占大便宜了，干活、打架以一当十，吃饭、喝酒以一当二十。

通道是道旋转楼梯，不断往下，还好没有多长，我们就下到了一个宽阔的大厅里。

我听见了潺潺的流水声，走在最前面的曹爷用手电筒缓缓地照了一圈。天哪，那些是什么？

在曹爷的手电光里，一条不算宽的地下暗河从我们面前流过，上面有三座拱桥，桥后面的两侧是一根根高大的立柱，上面刻着飞禽走兽的图案。看着这条暗河，我本能地想到蜥蜴们守护的那个泉眼，估计和这条暗河是相通的。

立柱两旁各站着一排雕刻而成的古代军人，还有一些人席地而坐，面前放着矮几，身后站立的端着各式器皿的侍女，也是雕刻而成的。远处则是一个高台，高台上的景物看不太清。

其实这些拱桥、立柱、侍女、坐着的人，以及兵马俑一样的士兵都没什么稀奇的，稀奇的是，这些东西全是用玉石雕刻出来的。

纯白的玉石在手电筒的照耀下，显得晶莹剔透，白色的玉石中隐约闪现出黄色条纹，更是彰显了玉石的独特性。

人说美玉难得，但这里整个儿就是一个玉石的王国，没有那种透亮的青玉，都是纯白的玉。

所有人都目瞪口呆，除了恐龙专家和曹爷——曹爷对钱以外的东西，向来没有什么价值观念。

一只顶级玉瓶能炒出千万元的价格，这一屋子的玉该值多少钱？

好半天，老林才结结巴巴地说道："这……这是？"

龙大少那有些颤抖的声音响了起来："这是羊脂玉啊！现在一公斤没有雕琢过的羊脂玉的价格已经上百万了。"我们马上就开始在心里估算这个大厅里的羊脂玉的价值，算来算去，光那一根立柱就有几吨重，这个账真是没法算了。

天哪，一个国师的墓都修得如此夸张，这楼兰的经济真是让人难以想象啊。

我们怀着激动的心情走上玉桥，虽然我很想制止他们用手摸桥上的石刻、花纹，害怕其中有机关陷阱，但是就连我自己都忍不住摸了几把。入手温润，略带一丝冰凉，即使在这里沉寂了几千年，依然有油脂般的滑腻感。

下了桥，我开始仔细打量这个大厅里的格局。

雕刻这些人物的家伙，绝对又是一个大师级的人物。那些形态各异的脸，惟妙惟肖的神情，甚至是细微的头发丝和皱纹都被雕刻出来，再配以真人比例大小，简直和活人一样。

手电光从雕像的脸上一一扫过，我也看出了点儿名堂，这个雕刻大师，似乎是在雕刻一次贵族宴会的场景。坐着的每个人的姿态、神情、动作各不相同，有人正端着酒杯畅饮，有人正在和身边的人交头接耳，有人貌似喝多了，一副醉态，低头不语。

乔大少看见离他最近的一个雕像盘腿坐着，单手举杯，张着嘴似乎是在高呼朋友喝酒。他看上了人家桌上的一个酒壶，于是走过去想拿起来仔细看一下。

谁承想，那个不大的酒壶，他连着拔了两下却没有拿起来。曹爷用手电筒照了照，原来酒壶与矮几是一体的，不但如此，就连矮几上其他的果盘、菜肴，也和矮几是一体的。也就是说，那个雕刻宗师在雕刻矮几的时候，顺便把上面摆着的东西也雕刻出来了。

乔大少有些不甘心，又上去推了矮几一把，没推动。再仔细一看，矮几和地面也是一体的。这些坐着的人、站着的士兵、侍女和面前的矮几，都是直接连在地面上的。这个大厅根本就是一块巨大的羊脂玉，有人在上面直接雕琢出了这些人物、立柱。

虽然我们仅仅看到了大厅的一部分，但我敢断定，仅凭现在看到的这一部分，就已经足够将世界八大奇迹改写成“九大”了，这些雕刻与兵马俑、巴比伦空中花园相比也毫不逊色。

“奇观啊，世界奇观啊！”好半天后，老林长长地喘了口气，激动地说道：“看来和我有一样想法的人还真不少。”

这时我们这些震惊的人才回过神来，每个人脸上都露出激动的神情，连恐龙专家和曹爷都被感染了。霍青嬿激动地抓着我的胳膊：“这是国宝啊！不，这是全人类历史文化的瑰宝啊！”

在激动的人群里，那个德国淘金佬尤为突出，他手舞足蹈地在雕像堆里钻来钻去，嘴里还高喊着一些我们听不懂的语言。这小子估计在心里已经把这些雕像折合成欧元了。

好半天后，骚乱的队伍才安静下来，大家继续顺着人群中间那条路往高台走去。其实那也不算是高台，最多也就比玉石地面高出一米，正前方是个台阶，通往台上。

台阶下的道路中间跪着两个人，虽然只是雕像，却不掩一副奴颜婢膝的样子。台上正中间端坐着一个神情威严的男子，额头上雕刻着头饰、发带，中间是一颗鸡蛋大的红宝石，镶嵌在玉石的头饰里。男子面前是一个超大号的矮几，矮几上放满了各式各样白玉雕琢的美酒佳肴。

这个白玉宫殿的正主儿终于出现了，这么威严的造型，这么突出的位置，还有头上那颗在手电光中依然能闪光的红宝石，一看就是主角的待遇啊。

男子身后两侧，各侍立着一个人。龙大少的手电筒照向左边的人脸，我仔细一看，觉得这人的穿着和脸上的胡须、毛发有些眼熟。

曹爷指了指那个人，说道："这家伙怎么这么面熟呢？"

我和老林还有骆驼等一干人都点了点头，而霍青嬿和龙大少等人却都一脸茫然。好半天，还是眼尖的乔大少有了新发现，"嘿！我当是谁呢，"乔大少得意地说道，"大家不用猜了，老熟人，就是上次遇见的孙悟空啊。"

我们这才发现，这个玉雕的穿着还真和那具棺材里的空哥一样，就是脸形不像，这张脸看起来比空哥那样子威武多了，但是那满脸的毛发依稀有空哥的几分样子。

"孙悟空？"霍青嬿和龙大少都一脸不解地看着我。

前面几次给他们讲我们的经历时，我和乔大少都有意无意地忽略了发现空哥棺材的事情。这事情有些诡异，再加上还有一个金虎玉环，所以知道的人越少越好。

我随口说道："嗯，我们在沙漠里遇见一个古欧罗巴人的棺木，里面的人缩水了，长得有些像孙悟空而已。"

龙大少对于沙漠里的一具古尸没兴趣，倒是霍青嬿一听是欧罗巴人便来了精神，一个劲儿地问东问西。

再往右边的人看去，奇怪了，此人肥头大耳，大袖宽袍，衣领相互交叉，头扎发髻，一身汉服。从圆润的脸形看，就是一汉人。宫殿中所有人的穿着都是异族服饰，只有这个雕像穿的是汉服。

其他人不论是坐着的贵族还是站着的婢女、侍卫，都穿着紧袖口、小衣领的衣服，这分明就是传说中的胡服。而且这些人的面部轮廓也明显带有欧洲人的特色，看样子这些人就是古楼兰的欧罗巴贵族了。只有这个汉服雕像，有着东方人种的圆润脸形。

我们再往台阶下跪着的两人看去，这是哪朝的皇帝啊，咋跪地上了？

地上跪着的人，其左边的人也身穿汉服，脸圆无须，头戴通天冠，匍匐在地上，将手中的一方刻有五条龙在一起的玉玺高高擎起，低着头，一脸谄媚的表情。右边的人身材魁梧，穿短衣，身披盔甲，秃头，脑后留有头发，扎成两根小辫，也匍匐在地上，手上捧着一把弯刀，脸上一副拍马屁的表情。

为什么说是皇帝？主要是因为我看见了左边那个人头上戴着通天冠。秦始皇统一六国后，不但给后来接任的历朝皇帝留下一个传国玉玺，而且还统一了皇帝的穿着服饰，其中这种通天冠就成了皇帝独一无二的帽子，也成了皇权的象征。

龙大少对着那个玉玺看了好半天，突然惊呼道："传国玉玺！"说着就伸手去拿那块玉玺，没有拿动，玉玺和那人的手是一体的。

我一听"传国玉玺"四个字，心差点儿跳到嗓子眼了。难道自后唐国主李从珂抱着传国玉玺自焚后，失踪了许久的和氏璧居然会在这里出现？

那个汉人皇帝雕像手中捧着的玉玺，正好雕着五条在一起的龙，让人本能地联想到了和氏璧，只是这个玉玺是假的，因为它和雕像的手是一体雕琢而成的。这台上坐的是什么人啊，敢让汉人的皇帝跪在地上，捧着传国玉玺献上？

见不是真的传国玉玺，大家这才又把心放回肚子里，继续看旁边那个扎小辫子的家伙。霍青嬑说道："这人从打扮上看应该是匈奴人。"

老林也点了点头，说道："差不多，看他那古怪的头型，就可以看出是来自草原上的人。"

老林这么一说，我也反应过来了。古时候，草原上各民族的人还真是一个打扮，不论是突厥、契丹、党项，还是后来的蒙古族，都喜欢把头顶上的头发剃掉，然后在脑袋周围弄上一圈小辫子。按照这个宫殿是楼兰人建造的这一事实，当时草原上最强大的应该就是匈奴人了。

"要说这汉人的皇帝举着玉玺磕头我倒是可以理解，是投降归顺的意思，但这匈奴人弄把破刀是要干啥？"曹爷闷声闷气地问道。

我也纳闷道："你说这些楼兰人想啥呢？喝酒就喝酒吧，还弄俩人来跪在地上，还一个是汉人、一个是匈奴人。"

"这个我知道点儿。"龙大少看了看那个雕像手中的刀，说道，"匈奴人要是投降或者归顺，就会献上自己的随身佩刀，以示臣服。看这个雕像的装束和配刀，我觉得是匈奴的贵族，再加上旁边跪着的要是汉朝的某位皇帝的话，那么这个人极有可能是匈奴人的单于。”

我点了点头，这个解释很合理。我也弄明白了，这雕刻之人描绘出来的是一幅百官宴饮图，以及汉朝皇帝和匈奴单于归顺的场景。就是不知道台上坐着的那个宝石男到底是楼兰的国王呢，还是传说中这个墓室的主人——那个精神系大法师。

不过这雕刻和设计场景的人倒是挺会意淫的，楼兰这么一个西域小国，竟能弄得汉胡两大国的君王跪地称臣。亏得是让我们看见了，要是让同一时期的什么龟兹王、莎车王之类的西域诸侯看见，还不笑掉大牙啊。

别说是强盛一时的汉朝了，就是匈奴人的残部阿提拉，都能弄得整个欧洲愁云惨淡，把强大的罗马帝国搞得分崩离析，更别说楼兰这样的小国了。不论是汉朝还是匈奴，搞定楼兰都是分分钟的事情。

老林看来和我想的差不多，他笑着说道："这个雕刻的人是个疯子，在史书上记载的楼兰'户千五百七十，口万四千一百，胜兵二千九百十二人'，是个只有一千多户、一万多人口、三千士兵的小国，这家伙居然让汉朝和匈奴两个大国的皇帝都跪在地上，还一脸谄媚的表情，真是太具有想象力了。"

我指了指台上中间坐着的宝石男，说道："这家伙实在是人中龙凤啊，现实中搞不定的事情，居然跑这儿做梦来了。"

本来我和老林一唱一和，将坐在正中间的宝石男贬得体无完肤，结果老林一听我这没历史知识的人说话，就鄙视地看了我一眼，我们的说唱组合也就解体了。

“历史上，楼兰地处丝绸之路的重要咽喉，是匈奴人和汉人都志在必得的地方，所以一直受着东边的汉朝和北边的匈奴双重争夺和管辖。这个国家的国王当得也辛苦，汉朝强大了就归附汉朝，匈奴强大了又归附匈奴。”老林一脸悲哀，仿佛他就是那个国王似的，他喘了口气继续说道，“好歹人家也是个国王啊，心里能不憋屈吗？”

我看了看台子上下各有四盏宫灯，“那个……这个……灯里不知道有没有油？”虽然龙大少还有不少电池，但是本着能省一点儿是一点儿的原则，有油灯点当然是个最好的选择了。

众人往那几盏宫灯看去。我们刚走到灯旁边，手快的曹爷已经将手塞到了灯盏里，摸了一把黑色的油脂出来。他的动作惊了我一身冷汗，这小子也不怕灯盏里藏着什么有剧毒的东西啊，看都不看就把手塞进去了。你说就他这个性子，咋活这么大的呢?

曹爷把手凑到了手电筒边，我们都围了上来，是动物油脂，但不是那种常见的白腻的动物油脂，而是有些乌黑。

曹爷把油脂凑到鼻子边闻了闻，说道：“没啥味道。”接着这小子又做了个动作，想把油脂塞进嘴里尝尝，但被我拉住了，他就是一个疯子。

我们几个也闻了闻，没闻出个所以然来。倒是老林捏了一团油脂在手上搓了老半天，才说道：“这油脂应该是白色的，时间长落的灰太多了，才变成黑色的。”

我才不关心它是啥颜色，急着问道：“能不能点燃？”

老林点了点头：“嗯，油性蛮大的，点燃应该不成问题。”

乔大少对老林说道：“以前我看过一本书，书里有人在古墓的灯油里掺了迷药，结果灯一点着，大家就都中着儿了。你再仔细看看，那黑色的是不是什么药粉之类的。”这家伙钟情于探险，那些探险类的小说平时没少看。

这个国师可是个精神系的大法师，喜欢搞些旁门左道的东西。老林刚把手中的油脂凑近，想再仔细看看，怀里的歪歪突然探出头来，对着老林手上的油脂一顿猛舔。这小家伙估计是饿急了，好几天都没有好好给它喂东西吃了。

老林惊得一把把它按回了怀里，先不说这东西有没有毒，这么小的狗吃上两口油脂，就是拉肚子也能把它拉死，但紧赶慢赶还是让这小家伙吞下去一块。老林抠着嘴巴都没让它吐出来，急得他就差弄个活体解剖，亲自动手从歪歪肚子里掏出来了。

众人看歪歪吞下油脂后，好半天没啥不良反应，这才暂时放下心来。龙大少问道：“现在灯油有了，灯芯有没有啊？”

曹爷掂着手电筒往灯盏里照了照，灯盏的油脂里露出一截很粗的灯芯。曹爷拽了出来，不是普通的棉线、麻线之类的灯芯，是什么说不上来。

霍青嬿拿着那截有她小拇指粗的灯芯，在手电筒下端详了许久才说道：“这貌似是什么动物的筋吧？”

我接过来用手揉了揉，很有韧性，再仔细一看，上边露出油脂的部分已经焦黑了，但是下边一直裹在油脂里的部分由于隔绝了氧气依然油亮油亮的。刚才被曹爷用袖子擦干油脂后，这根灯芯的下半截正在空气中以肉眼能看到的速度，一点一点地氧化变黑。

“应该是吧。”我对这东西也不陌生，野外经常有需要抽筋扒皮的事情要干。我将手中的某种动物的筋又递给了曹爷，曹爷将它插回灯盏当中。

我掏出打火机，对准灯芯点了一下，没想到这种油脂和灯芯的可燃性真好，遇到点儿火星就着了。老林凑到灯旁边，发挥他狗鼻子的功效，闻了好半天才说道：“没啥气味，应该不是迷烟。”

大家这才放下心来，挨个儿把宫灯上的灯盏点着，这样一来，高台附近顿时被数百盏宫灯照成白昼一般。

乔大少一边用打火机点灯，一边絮絮叨叨地说道：“你说这到底是什么动物的油和筋啊，怎么这么容易点着啊？是不是传说中秦始皇墓里的东海鲛人，一滴油可以着千年？”

这小子还怪会想的，连美人鱼都能想出来，不过听他这么一说，我脑海中突然闪过一个画面：魔音洞里那几个大鼓的鼓面，估计和这些东西是配套的。这国师还真变态，抽筋扒皮也就算了，居然还要熬骨炼油。

我站在台子上，望着这座白玉宫殿出神，这里有太多的谜团，说是国师墓，但是这座宫殿里找不到任何尸体的影子。中间坐着的那个宝石男是谁？是国师，还是楼兰王？旁边站着的空哥和二师兄又是谁？我拍了拍有些发晕的脑袋，继续发扬我一贯的风格，想不明白的问题就不想了。

我转过身，才发现这些家伙正站在宝石男身后，对着一道屏风品头论足。刚才这道屏风我也看见了，却没怎么注意，现在仔细看看，屏风也是玉雕成的，四边雕着镂空的花纹，中间打磨得极其平滑，却没有雕刻图案，只有一段阴刻的曲里拐弯的吐火罗文占据了整个中央，看上去无比霸气。“白——玉——宫——”霍青嬷辨认了一下，念道。

嗯，这名字还算是符合实际情况，没有浮夸掺水，这地方要是不叫白玉宫，还真没有比这儿更合适的地方了。

大家研究完玉石屏风，又围拢到宝石男周围，德国淘金佬的眼睛盯着那颗红宝石不放，大有把它吞下去的意思。两个护卫军的残部也蠢蠢欲动，这也怪不得他们，我看了看，除了霍青嬷和两位大少，剩下的人多多少少都对那颗红宝石有点儿想法，就连我也想把它撬下来。

这东西的价值实在不可估量，这么大的红宝石，除了英国女王皇冠上的，我还没见过比这个更大的。

这颗红宝石太显眼了，要是没有什么防盗机关那才见鬼了。多一事不如少一事，还是不要碰的好，要不然谁知道又要出现啥鬼东西呢。我连忙招呼大家散开，在宫殿里寻找一下有没有什么密道、机关之类的。

我和霍青嬷一起围着那几根立柱转悠，希望再次从立柱上找到突破口。其他人有的想挪动贵族桌上的酒壶菜肴，有的在卫兵、侍女身上东摸摸西摸摸。

我正对着立柱上楼兰人狩猎的雕刻发呆，霍青嬟突然拍了拍我的肩膀。我望向她，她却没说话，而是指了指宝石男坐着的地方。我转头望去，好家伙，那个叫王峰的护卫军，此刻正拿着一把匕首一点一点地从宝石男的头上撬红宝石。旁边围了一圈人，打头的就是德国淘金佬和曹爷，后面是指指点点出主意的老林。骆驼的人马在魔音阵里全军覆没，所以这小子这会儿心情不好，没参与他们，只是蹲在老林边上看热闹。

我一看这还得了，我的话都不听了，以后还不翻了天，刚想冲过去大吼一声，把这些不省心的家伙全赶走，只听到“叮”的一声，宝石已经被王峰撬了下来。

王峰激动地握着宝石，还没来得及出声，就看见宝石男头顶那个被撬开的口子里喷出一股白烟。此时，手快的曹爷已经冲过去，刚准备凑到王峰身边好好看看，正好赶上白烟，好在他旁边的德国淘金佬反应快，一把拉住了曹爷，就在同时，那股白烟全喷在了王峰的脸上。

王峰捂着脸惨叫起来，手里依然攥着那块红宝石。其实白烟没有喷到王峰的正脸，只喷到了下巴和脖子上。我和霍青嬟奔了过去，对着周围还愣神的人喊道：“看什么看啊，还不救人！”

大家这才七手八脚地把在地上打滚的王峰拖到了远离宝石男的地方，王峰依然捂着脸扭动着身体在那里狂叫。我直接扑上去，一屁股坐在了王峰的身上，双手用力地把王峰捂在脸上的手掰开。

王峰的半个下巴还有脖颈上一大块地方都被白色的东西包裹住了，好像是一层薄薄的白膜，白膜四周的肉皮已经有些泛红。我刚准备用手去摸，却被老林一把拽住了，“慢！”老林喊道，“你看他的手。”

我这才注意到王峰那只在半空中挥舞的手，手指上有些地方也有这种白色的膜，估计是刚才捂脸的时候沾上去的。旁边的曹爷看见那层白膜，也吓了一跳：“这啥东西啊？”

我翻身站起，抬头望向老林：“怎么办？”

老林还没说话，就听见背后有人喊道：“闪开！”龙大少手里拿着一个水壶，推开看热闹的人走了过来，“试试用水冲，看能不能冲掉。”说完就一只手掰开王峰又捂在脸上的手，另一只手将水壶里的水全倒在了白膜上。

那白膜一遇到水就变成了黄色的泡沫，连同脸上、脖子上的皮肤一起变成了泡沫。老林一看，惊呼道：“完了，要坏菜了。”说完我们就看见王峰挣开龙大少拉住的手，又开始新一轮的惨叫，只是这次的惨叫里加了两个字：“痒啊——”他一边喊着，一边就用手往那些泡沫上挠去。一直握在他手里的红宝石上的棱角，仿佛是个割肉的利器，划得他满脸都是大口子。

龙大少也傻眼了，没想到自己好心反而帮了倒忙，我们一时间束手无策，只能看着王峰像疯子一样躺在地上挠自己的下巴和脖子。就一会儿的工夫，那些泡沫已经都被王峰从脸上挠了下来，顺带挠下来许多皮肉。不过没有了泡沫并不代表就止痒了，王峰从地上跳了起来，扑到台阶上，用他那张烂脸使劲地蹭台阶，好像那台阶主治皮肤瘙痒，兼有大还丹的功效似的。

我看着王峰几下子就把脸上一大块肉蹭到了台阶的棱角上，弄得台阶上一片血，总不能看着他就这么一直把自己蹭成骨头吧，我看着四周喊道："都别傻愣着了，上去拉住他！"

其他几个家伙随我一拥而上，将王峰从台阶上拖了下来。我们也没有别的方法，只能将他按在地上，四肢牢牢地按住，防止这小子把自己的肉蹭光了。

王峰趴在地上，见手脚都被按住了，就转动脖子，开始用脸颊蹭地。老林扑过去，把一块破布裹在王峰的头上。

王峰的头被蒙在背包里，四肢和身体都被按住了，只能不断地发出凄惨的叫声，来缓解他脸上的奇痒。这家伙的力气越来越大，几次差点儿被他挣脱，乔大少、龙大少、霍青嬷等所有人都上来，才又把他摁住了。

没折腾一会儿，就感觉到王峰的身体突然绷直，然后突然又松了下来，凄惨的叫声戛然而止。过了好半天，老林才掀开背包，看了一眼王峰那血肉模糊的脸和瞪得几乎爆出来的眼珠，还有张得巨大的嘴巴，说道："完了，活活痒死了。"

我看了看王峰那张露出森然白骨的脸，无奈地摇了摇头。以前剔羊肉时咋没这种感觉啊，就是把一只整羊剔成骨头也没任何感觉，可看着王峰那张脸，我突然有了一种恐惧感。

王峰用他伟大的生命，向我们传递了一条亘古不变的真理：人为财死，鸟为食亡。不过再仔细一想，我们又何尝不是一样，要不是为了那每人一百万的报酬，我们现在还不知道在哪儿逍遥呢?

那颗红宝石依然紧紧地握在王峰的手中，上面满是鲜血、泡沫和碎肉，好一个舍命不舍财的家伙，死了都还不松手。

老林看了看王峰手里的红宝石，又抬头看了看我，我向他点了点头，说道："先收起来吧，等出去了再说。"老林小心翼翼地转动王峰的手腕，想取下红宝石。没用，这家伙攥得真紧啊，而且老林也不敢用手去摸那块宝石，谁知道上面的鲜血和泡沫有没有毒。

骆驼上来帮忙，这小子戴着厚手套，直接无视那些泡沫，硬掰起来。即便如此，也弄了他俩一身汗，才把红宝石取下来。要是没有骆驼那身蛮力，还真掰不开王峰的拳头。

对于老林把红宝石装进自己口袋的事情，龙大少和霍青嬿没什么意见，龙大少似乎对红宝石不是很感兴趣。至于护卫军最后的幸存者，就是有意见也不敢表现出来，他能不能活着走出去，还要指望我们呢。德国淘金佬倒是絮絮叨叨地说着什么，但是被我们直接忽略了。

第 2 章 | 尸纹蛾

我和龙大少商量了一下，实在不行，只有先退回魔音洞再说。龙大少坚持说，这个山洞里一定有国师的墓葬，只是我们还没有发现罢了。

好歹他也算我们半个雇主，雇主发话了，那就找呗。我们继续在白玉宫里搜索起来，有了王峰的惨痛教训，大家再动起手来的时候都小心了许多。我走到少了红宝石的宝石男身边，低头往那个被撬开的地方看去，里面空间不大，估计刚好也就装了那么一点儿毒烟。

霍青嬷站在台子下面，正对着一盏宫灯出神，我抬头望去，只见宫灯顶上趴着一只白色的蛾子。这蛾子的个头真不小，都快有麻雀大了。可能是我们进到这白玉宫中，又是四处走动，又是到处点火的，把这小东西惊动了。

我走到霍青嬿身边，问道：“看什么呢，这么出神？”

霍青嬿指了指宫灯上的蛾子，说道：“我在想这是只什么蛾子，怎么这么大？”

我扫了一眼，还真没见过，但是又不想在美女面前失去显摆的机会，于是故作深沉地说道：“其实世界上我们不知道的物种还多着呢，这只大蛾子也没什么稀奇的。”

霍青嬿听了我那犹如万金油一般包治百病的话，也点了点头，“咦？”她小声地惊呼了一下。我顺着她的眼光望去，原来是那只大蛾子展开了硕大的翅膀，准备起飞。和其他蛾子一样，它的翅膀上也有许多白色的粉末，而且那硕大的白色翅膀上，还有一些黑色的斑点。

曹爷盯着那只蛾子，看了好半天才缓缓地说道：“这次我们有大麻烦了。”

我一听就着急了：“你小子好的不学，没事净学老林装神弄鬼了，有话就快说。”我的话音刚落，就看见那只蛾子突然伸展了它紧缩的腹部，好家伙，白色的身躯和翅膀，却有一个黑色的腹部，尾部伸出一个油黑发亮的弯钩。

我有些抓狂，自从进了这个沙漠，见到的物种没有一个是良善之辈。我望着曹爷问道：“这是啥东西？”

那蛾子又展开了翅膀，曹爷走近蛾子，指了指它背上的黑色斑点，说道：“尸纹蛾。”

什么东西？我有些纳闷，顺着曹爷的手指望去。你还别说，这蛾子背上那些黑色的斑点组合起来，还真像一个尸体的“尸”字。

“老板，有些不对，我们先闪吧。”曹爷挠了挠脑袋，说道。

我一听曹爷的话备感郁闷，这小子当初和蜥蜴在岩石堆上对峙的时候，是何等英雄，咋就被这么一只长相古怪的蛾子吓住了呢？这东西又不是小护士，你说你怕啥啊？

可能是我和曹爷的动作有些大，那只蛾子飞了起来，在半空中扑腾了几下，落到了王峰的尸体上。

曹爷这才小心地说道：“我也不知道是啥，只是以前听矿上的老人说，这东西只在废弃许多年的矿井里才有，背上写着个‘尸’字，遇见它的人都会死，而且是不得好死。”

其他人听了曹爷的话也都围了上来，争相一睹能把曹爷吓得说丧气话的蛾子到底是什么样的。不过，看着那只趴在王峰身上的蛾子，除了长相凶恶了点儿，再没有什么吸引人的地方。

眼尖的乔大少突然指着那只蛾子，小声地喊道：“你们看！”

那小东西，趴在王峰裸露在外的手臂上，此刻正不停地伸缩腹部，把它那黑色弯钩状的尾部一点一点地插进王峰的皮肉里，像是在产卵。

小东西不断地抖动着它的身体，用伸缩的腹部告诉我们，它不是在那吃饱了没事干，而是在进行神圣的传宗接代任务，延续着种族。它用尾巴在王峰的手臂上连戳了十几下才停了下来，也不知将多少子孙后代种在了王峰的肉里，看得我们毛骨悚然。

之后，我以为这东西会身心愉悦地飞走，可惜这小东西却像是卵尽虫亡般，一头从胳膊上栽了下来，掉在了地上，从那蜷缩的身体和翅膀可以看出，挂了。好家伙，这物种的延续居然这么有个性，能产卵产得把自己的性命都搭进去，实在让我辈汗颜啊。

那手臂上有几个小红点，看上去就像被蚊子叮了。在手电筒的光线下，我们看见红点正在以肉眼可见的速度不断变大，鼓成一个包。

霍青嬑伸手，准备在那几个鼓包上按一按，被我一把拦住了。这丫头咋和曹爷一样冒失呢，即使再有科学研究的精神，也没必要这么舍生忘死吧？仿佛是为了印证我的话，就在我拦住霍青嬑的同时，最大的一个鼓包顶端突然出现一个黑色的小点，而且那个小点正一点一点地钻开皮肉，露了出来。

我们看着那个虫卵一点一点地露出头来，皮肉也被撑开了，直到有黄豆那么大时才停下来。虫卵并没有破肉而出，而是仅在肉外面露出一点儿。

传说山上有一棵大树，生长了不知多少年后有了灵性，每当看到伐木工人将身旁的树木砍断运走时，它都感同身受，好似自己的身体被砍断一般。我们现在也有这样的感受，看着那些虫卵从肉中破体而出，就有如从自己身体里钻出来一般，甚至身上的皮肤都有些痒了。

其他的几个鼓包也纷纷钻出黑色虫卵。十几个黄豆大小的黑色虫卵紧凑地挤在一起，犹如一个蜂巢，周围的皮肉却通红一片，就像肿了一样。黑色油亮的虫卵壳，看得我们浑身的汗毛都竖了起来。

乔大少一直蹲在霍青嬿身边，看得最仔细，这会儿看见虫卵从肉里钻出来，吓得他一屁股坐在了地上，惊呼一声：“这他娘的是什么鬼东西？”

我们这群人里，最了解这种尸纹蛾的就是曹爷了，不过曹爷也只是听说过这种东西。好半天，霍青嬿摇了摇头，说道：“从来没见过这么古怪的产卵方式，也没见过哪种昆虫的卵成长速度这么快。”

这时，老林怀里的歪歪突然叫了起来，我一听就知道麻烦来了。

我们一起将头转向玉桥另一边洞口的旋转楼梯，没有看见有什么东西下来，要是再看见蜥螈王那伟岸的身影的话，我绝对疯掉了。

不过，还好只是虚惊一场，没有任何生物闯进洞来。我们不禁都看向老林怀里的歪歪，这狗子啥时候学会谎报军情了！老林怀里的歪歪在我们的怒视下，似乎感到特别委屈，呜呜地叫了两声，将头缩回了老林怀里。

就在我们刚转头准备继续研究虫卵的时候，歪歪又叫了起来。我回头望去，这次它叫的方向根本不是洞口，而是我们的头顶。

其他几人也注意到了，霍青嬿拽过曹爷手中的手电筒往上照去。天哪，这都是些什么啊？我的头皮又开始发麻了。

只见我们头顶的玉石屋顶上，不知什么时候，爬满了尸纹蛾。它们紧紧地贴着墙壁，在房顶上不停地蠕动，估计是那些点亮的宫灯吸引来的。虽然我们点亮了宫灯，但是房顶比较高，光线还是有些暗，要不是霍青嬨用手电筒照射，还真不好发现这些东西。

我郁闷地望着房顶，嘴里问道："曹爷，给你讲故事的老矿工有没有告诉你，遇见这种尸纹蛾的人都是怎么死的？"

曹爷又抠了抠脑门，摇了摇头："不知道，那老矿工也就那么随口一说，要不是真见到这种东西，我还以为他是胡扯呢。"看着他抠脑门的动作，我真是郁闷无比，这小子面对蜥蜴王也没抠一下脑门。

见曹爷没给出答案，乔大少又开始了他关键时刻的黑色幽默，"估计都是看见这种虫子产卵，给恶心死的。"

"这样……的话……"我没有理会越来越不着调的乔大少，而是开始往洞口挪动步子，"我看……我们……还是先出去吧。"虽然不知道这东西攻不攻击活人，但是万一被这东西在身上产个卵，那可就真的伤不起了。

其他人也都纷纷点头，霍青嬨关掉手电筒，大家开始一点一点地向洞口的黑暗处挪去。蛾子喜欢光亮，黑暗的环境对我们有好处。

只可惜天不遂人愿，我们忽略了一个人——恐龙专家。这丫头不知啥时候又把乔大少的狼牙拳套给弄过去了，一直在手里把玩。我们打算撤退的时候，剩下的那个护卫军去拉恐龙专家，结果恐龙专家受了惊吓，把狼牙拳套掉在了地上。

寂静的白玉宫殿中突然发出一声清亮的声音，"当——"

顶上趴着的尸纹蛾听到了响声，像是受到了惊吓，一下子全飞了起来，那密集的程度，即使不用任何光亮都看得我腿软。我一看不好，喊了声“跑啊”就撒开腿向洞口跑去，其实不用我喊，其他人也不是傻子，都自觉地冲向洞口。

没跑两步，就听到“扑通”一声，我转头望去，跑在最后的护卫军和恐龙专家都躺倒在地，半天也不见他们爬起来。离他俩不远的老林和乔大少此刻已经转过身去，一人拉住了一个，可惜老林和乔大少不但没有拉起来地上的两人，自己也软软地栽倒在地。

不对，有古怪，我心中一惊，老林他俩这是怎么了？老林倒下后，歪歪自己从老林怀里钻了出来。这小家伙似乎也感觉到了危险，抖了抖身上的毛之后，一扭一扭地向着我跑来，可惜没跑两步，就来了个下巴着地，一头栽倒在地，尾巴还翘得老高。

尸纹蛾已经飞满了整个大殿，密密麻麻的何止千万只，我们头顶和身边都已经有几只这种蛾子在飞舞了。本来我和霍青嬿还有曹爷三个人跑在最前面，但看见老林他们被不知名的东西放倒后，我们还是决定回去救人。

曹爷也和我有一样的想法，我俩同时停住了脚步，不管了，即使是死，大不了我们四个死在一起得了。

我对霍青嬿还有从身后跑来的龙大少和骆驼说道：“你们先走，我和曹爷去救人。”说完，我俩又向那四个躺倒的家伙跑去。

倒在地上的几位，除了王峰之外，剩下的都生死未卜。那台上台下的几盏宫灯，仿佛就是指路的明灯，周围里三层外三层地围满了尸纹蛾。我看着那一只只尸纹蛾在火光中翩翩起舞，却没有丝毫美感，就在刚才，我已经透过火光发现老林他们倒下的秘密了。

那些尸纹蛾，在灯火下，不断拍动翅膀，翅膀上的粉末也被抖落下来，弥漫在空气中。老林他们几个躺倒在地上，绝对是空气中的那些粉末在作怪。要不然，不会连歪歪都被放倒。

仿佛是为了印证我的话，我也开始头晕了，“曹爷，憋住气！”我拼尽全力大声喊道，然后两只手互相在虎口上狠狠地掐了几下，脑子顿时又恢复了一丝清醒。还好，除了头晕，没什么不舒服的感觉，估计这种粉末只有单纯的麻醉性，没有毒性。

我看了看曹爷的眼神，这小子的眼神有些迷离，像他这种粗线条的人眼神要是迷离起来，那只有一种可能，就是要倒下了。果不其然，曹爷摇摇晃晃地迈着步子，一副随时都有可能跌倒的样子。

我捂住口鼻，冲到曹爷身边，抬手就是几个大耳刮子，这是能让他清醒的最好办法。看着曹爷半睁半闭的眼睛再次睁开来，我这才放下心来。

我连忙示意曹爷也捂住口鼻，然后往老林他们那边看去，不看还好，一看吓得我差点儿晕倒。一堆尸纹蛾已经开始在他们几个人的身边飞舞，似乎是准备低空投弹了。这要是让尸纹蛾得逞，那还不得直接把肉割下来啊？

我脱掉外套，一个箭步蹿了过去，挥舞着外套将老林他们身上的尸纹蛾赶开。

我顺手摸了一把躺在地上的乔大少的脖子，还好，乔大少脖子上的动脉跳得依然有力，果不其然，和我猜测的一样，他们只是昏迷了。我不断挥舞着外套，将身边的尸纹蛾赶开，向洞口退去。

曹爷在关键时刻大显神威，他一只手抓住两个人的手臂，两只手正好拖着四个人跟在我身后，还好玉石地面非常光滑，拖起来不费什么劲儿。更夸张的是，曹爷还没忘记歪歪，反正歪歪也不知道疼，他干脆用牙咬着歪歪脖子上的那团软肉，将歪歪叼在嘴上。我一看这哪能行啊，曹爷这不知轻重的家伙，等到了洞口，估计歪歪脖子上的那块肉也进了曹爷肚子里。

我松开那只捂着口鼻的手，屏住气，从曹爷口中接过歪歪，一路向外走去。那些尸纹蛾没头没脑地瞎撞，有些从我脸颊边飞过，翅膀都能扇在我脸颊上。

就在这时，我看见前方已经冲到玉石桥上的霍青嬷等人步履蹒跚起来，还没等我们过去，就一个一个地倒下了，连身强体壮的骆驼都不例外。这尸纹蛾太多了，整个大殿里都是，透过光线，我看到还有许多尸纹蛾正在洞口出出进进，也不知道是刚从外面进来，还是要出去。

更要命的是，不知道他们几个谁躺倒的时候，触动了什么机关，只听咔嚓一声，连接旋转楼梯洞口的两扇大门毫无征兆地合了起来。完蛋了，无路可逃啊，难道我们终究逃不过被尸纹蛾产卵的命运吗?

还好，越往黑暗中走，尸纹蛾的数量越少，不过这个“少”也只是相对油灯周围尸纹蛾的数量而言的。我冲到桥上，将手中的歪歪扔到霍青嬷身边，然后又把曹爷接应过来。曹爷将手中拖着的四人与霍青嫣他们几个扔在一起，脱下了外套，也开始驱赶周围的尸纹蛾。

我一边挥舞着手中的外套，一边还在考虑怎么办，这样一直挥舞下去，也不是个办法。这时，台上台下那些宫灯的光线暗了许多，看来有不少宫灯的火焰是被尸纹蛾的集团式冲锋扑灭了。

看着那些越来越弱的灯光，我突然有了主意。我捂着口鼻，对曹爷闷声闷气地喊道："曹爷，你顶住，我去去就来！"

说完我也不管曹爷的反应，挥舞着衣服又往宝石男那儿跑去。人家赵子龙长坂坡七进七出，今天我也学学赵子龙，飞蛾堆里杀他个人仰马翻，彰显一下我这"马中赤兔，人中吕布"的气概。说错了，是"人中赵云"的气概。

越靠近那些灯盏，尸纹蛾越多，有些已经趴在了我的衣服上。我屏住呼吸，一边挥舞手中的衣服，一边拍打身上的尸纹蛾，我可不想等下身上出现一堆蜂巢一样的虫卵。

王峰的尸体边上满是死去的尸纹蛾，也不知道有多少蛾子在他身上产卵后光荣地死去。但是，还有更多的尸纹蛾依然前仆后继地扑到王峰的尸体上去。除了一个大概的形状，王峰的尸体哪里还能看出来是个人啊，连头发上都落满了尸纹蛾。

我冲到一盏宫灯边，用力赶开边上的尸纹蛾，从一个灭了的灯盏中用手剜出一大团油脂。我将手中的衣服平放在地上，然后将手上的油脂全抹在衣服上。就这么一会儿的工夫，那些尸纹蛾已对我发起一浪高过一浪的冲击。一只只尸纹蛾撞在我头上戴着的帽子上，发出啪啪的声响，身上、腿上也一下子就落满了尸纹蛾。

我哪敢让这些尸纹蛾在我身上停留的时间超过三秒啊，两只手不停地拍打脖子上、身上、背上的尸纹蛾。把油脂抹完之后，我从口袋里掏出打火机，将衣服点燃，好家伙，一下子就火光冲天。那油脂真是个好东西，搞不好掺点儿水化开，能当汽油用。

尸纹蛾再次用它们执着的精神向我阐释了一个成语——飞蛾扑火。一堆一堆的尸纹蛾，成群结队地扑向那点着的衣服。有的直接一头栽倒在火里，有的只是从火上飞过，却被升腾的火焰燎掉了翅膀，像被击中的飞机一样，落在地面上，还不停地扑腾。

我退了几步，躲在台子上的宝石男身后，一边把还在向我发动零散攻击的尸纹蛾赶开，一边盯着火光，这可是我们救命的东西，得仔细看护好。

还好，尸纹蛾没有食金蚁那种可以抱成一团的本事。它们要是突然从空军变成陆军，改成陆地集团式冲锋，那我就真要疯了。

不过尸纹蛾也太多了，衣服上的火焰渐渐变小，我一看不好，连忙又冲到一盏宫灯边，抱着灯柱，把一个灯盏里的油脂连同那根不知名的灯芯一起掏了出来，揉了两下扔进火焰中。那团油脂一挨火焰就着了起来，发出略带蓝色的火光。

那根被我抱着的灯柱似乎有些活动的迹象，好像可以扭动，但是我这会儿哪有工夫管那些事情。我一看有效果，连忙又抓着另一个灯盏，把里面的油脂剜出来。这灯盏里满是死去的尸纹蛾，油脂有些烫手，看来这个灯盏就是刚才被成功扑灭的灯盏里的一个。

手里握着一大捧尸纹蛾尸体的感觉真的很不好，那种昆虫类动物的硬壳总让人有种头皮发麻的感觉，而且还伴随着恶心。但此时我哪还顾得上这些，我连着剜了几盏灯的油脂，将里面那些尸纹蛾的尸体大致挑了出来，然后握成一大团，扔进了火里。

我的那件衣服早就烧得没影子了，现在燃烧的都是油脂。那一大团油脂在火中如同烧红的煤炭，霎时原本有些低矮的火焰又高涨了几分。

我心中盘算了一下，台上台下各有四根宫灯柱子，每个宫灯上都有二十几个灯盏，加起来就是百八十个，要是把里面的油都弄出来，应该是够用了。

看着再次升腾起来的火焰，我这才放下心来。远处的曹爷站在桥头，犹如当阳桥前的张翼德，一个人护住周围一片昏迷不醒的人。龙大少那件丢弃的外套犹如直升机般在头顶旋转，看他的样子，估计是那边的尸纹蛾也少了许多，这小子应该可以轻松应付了。

还得继续给火堆添点儿料啊，光弄点儿油脂什么的我始终不放心。老林的那个破包就扔在离火堆不远的地方，我低着头跑过去，捡起那个破包，里面除了三块黑巧克力以外，什么都没有了。我把巧克力拿了出来，将包也扔进了火焰里。这下老林和我们一样，也变成无产者了。

火光越大，吸引的尸纹蛾就越多，烧死的尸纹蛾也就越多，我这边的压力也就小了。我蹲在宝石男身后，身边几乎没有尸纹蛾了。

一堆一堆的尸纹蛾落在台下的地上，有些落在了火堆里被烧成粉末，有些落在火堆边翅膀已经烧焦了。那些尸纹蛾一时半会儿还死不了，它们蜷缩着身子，时不时抽动一下，虽然看上去依然有些恐怖，实际上已经没什么威胁了。剩下的就是王峰尸体边的那些尸纹蛾的尸体了，尸体周边满是死蛾，就这么一会儿的工夫，他那具尸体，已经吸引了几千只尸纹蛾去产卵。

我又掏了几团油脂扔进火里，不断让那堆火焰着得更高。尸纹蛾的数量已经少了许多，现在它的主力部队都围着那个火堆。而那些点着的灯盏不知什么时候已经全被扑灭了，好在火堆够大，火焰也够旺，光线充足。

许久以后，围着火堆剩下的那些尸纹蛾仿佛终于明白它们干的傻事了，呼啦一下都飞了起来，隐于顶上的黑暗中，只留下一地的尸体。

危险过去，我才感觉到一条胳膊不听使唤了。

我转头往背后看去，什么也看不见。背后的肩膀处，一大片地方有些发麻。我想活动一下胳膊，却怎么也动不了，于是只能喊道："曹爷，曹爷！"

曹爷屁颠屁颠地跑了过来，我艰难地用手指了指后背，说道："看一下后面是怎么回事。"

曹爷抽出我腰上别着的军刀，割开了我身上穿着的 T 恤。"妈妈呀！"曹爷惊呼道，手一抖，军刀的刀尖差点儿就插到了我脸上。

我听到他的惊呼，也吓了一跳，连忙问道："啥东西啊？"

曹爷按着我肩膀，说道："别动。"接着，我就感觉到后背一阵刺痛，似乎是有什么硬东西被从肉里拔了出来。

我的冷汗当时就下来了，妈呀，不用曹爷说我也知道背上的是什么东西。果然，曹爷用军刀的尖挑着有黄豆大小、却比黄豆长许多的黑色甲壳虫虫卵，在我眼前晃了晃。

我的眼泪差点儿掉了出来，啥时候弄上去的啊，我咋不知道？曹爷说道："老板，你挺住啊，还好不多，只有十几个，我给你全挑出来。"这些蛾子也太恐怖了，隔着衣服都能把卵产进来。

我着急地问道："伤口怎么样？"这是我比较关心的问题，谁知道这些虫卵有没有毒呢。曹爷一边挑下一个虫卵，一边说道："看样子没啥问题，流出来的血都是鲜红的，等下给你把那些虫卵周围的肉都割掉，大概就没事情了。"

这小子咋就说得这么轻松呢？合着那肉长在我身上，他不疼罢了。

不过现在最稳妥的办法就是等下把那块肉整个儿都割下来，要不然，谁知道还会闹出什么幺蛾子来。

曹爷这人下手从来是只重不轻，疼得我恨不得再抓两只尸纹蛾来，把它们翅膀上的那种粉末全吸到鼻子里，像老林他们那样不知死活总好过被曹爷活活弄死。

曹爷鼓捣了好半天，才将那十几个虫卵都扔到了我面前。然后这小子一把掐住我的脖子，不让我动，用膝盖顶住我的腰。我知道最痛苦的事情要来了，只好闭着眼睛等待。

果然，一阵钻心割肉的剧痛后，曹爷长长地舒了一口气。“啪！”，他把一块上面满是窟窿眼的带血肉皮扔到我面前。我早就疼得一身汗了，看着那满是窟窿的肉皮，眼前一黑，就晕了过去。

等我再醒过来时，那堆火依然着得很旺，浑身湿淋淋的霍青嬿正在用我那件破 T 恤给我包扎背上的伤口，其他人也都浑身湿淋淋的，仿佛是刚淋了雨。曹爷正拿着我的军刀，把德国淘金佬按在地上做外科手术。

我再转头，看见乔大少也哭丧着脸坐在地上，老林正蹲在他身边给他包扎肚皮上的伤口，一看就知道是刚被曹爷蹂躏完。歪歪这家伙也浑身湿淋淋的，缩在老林怀里，一副备受欺负的模样，还时不时抖一抖身上的水，弄了老林一脸。

我挠了挠头，看着霍青嬿说道：“你们这是咋回事，刚才下雨了啊？”

霍青嬿恨恨地说道：“还不是曹爷，看我们没醒，给我弄了一身河水。”说着她包扎伤口的手又加重了几分力气，疼得我倒吸凉气啊，又不是我把你泡水里的，怎么净迫害无辜群众呢？

坐在那儿的乔大少抢着说道：“这小子直接提着我们到河里涮了一圈，就像涮羊肉一样。”

怪不得这些人现在看曹爷的眼神都像看仇人一样。我看了看骆驼，只见他也一身是水，蹲在火堆边，满脸郁闷，曹爷居然把体重一百多公斤的骆驼也放到水里涮了一圈。

等霍青嬿给我包扎完，我才摇摇晃晃地站了起来，背后居然不是很疼。我晃了晃胳膊，说道："嗯，看样子曹爷的手艺还不错。"一句话说得曹爷心花怒放，手中的军刀上下翻滚，舞出一道道银花，疼得德国淘金佬几乎晕过去。

"拉倒吧。"说话的是还在给乔大少包扎的老林，"要不是人家霍青嫙，你就等着让曹爷那个二杆子把你弄死吧。我过来的时候，你背上一个大血窟窿，曹爷准备给你弄点儿沙子止血呢。"

"亏得是人家霍青嫙包里还有点儿红药，要不然流血也把你流死。"老林一贯称呼治疗外伤的止血、消炎的药为红药。是这样啊，真是白夸奖曹爷了。

我连忙又凑到霍青嫙身边，"这个……那个……谢谢你了啊！"我说道。

霍青嫙一边整理那些药，一边说道："大家现在都是队友，应该的。"

等霍青嫙给淘金佬包完伤口，大家靠着那些矮几和玉人席地而坐。我把兜里的巧克力拿出来，给大家分了。霍青嫙用一把匕首拨弄着脚下的一只死蛾子，貌似还在研究尸纹蛾的构造。

我递给她一块巧克力："行了，别研究了，死都死了，先吃东西吧。"

"我在想，这东西在这种环境下，是怎么存活的。"霍青嫙收起匕首，接过我手中的巧克力。

她这一说，我也有些好奇了。我看着她脚下的那只死蛾子，问道："有没有什么发现？"

霍青嬿掰下一小块巧克力轻巧地放进嘴里，咽下后才说道："从它产卵的方式和翅膀上带麻醉性质的粉末来看，我觉得这种尸纹蛾可能是靠粉末麻醉大型的动物，然后再产卵，来实现种族延续的。"

"它们平时吃什么啊？"蹲在一边抚摸自己肚皮上的伤口的乔大少问道。

霍青嬿听了乔大少的话，不禁莞尔一笑，看我们一群人都不明白，才有些无奈地继续说道："一般的蛾子存活时间都很短，它们在从蛹变化成蛾后，只有一天或几天的存活时间，雄性蛾交配完就死了，雌性蛾也在产完卵后死去。"

我转头看了看王峰身上盖满的蛾子尸体，不禁点了点头，果然是这样，雌的产完卵就死，雄的不知道地上的死尸里有没有，估计和霍青嬿说的一样，过把瘾就死。

不过仔细想一想，一个新的问题又困扰了我，我刚准备说话，心思缜密的老林已经张口了："既然它们只能存活几天时间，又是在肉里产卵，那从古至今，这个山洞里得有多少肉来让它们产卵啊？"

霍青嬿耸了耸肩，说道："这也正是我想不通的地方，我们对这种东西和这个山洞的了解实在是太少了。"说完她又陷入了沉思，看样子这小丫头还是个学者型的，对未知事物都有着强烈的好奇心和缜密的思考。

我还是那句话，想不明白就不想了，搞不好后面能碰上，到时候谜团就都迎刃而解了。不过仔细想想，还是算了吧，我宁可不要知道答案，也不想再碰上这种恶心的东西。

现在龙大少也找到了，我们搜救队的任务勉强算是完成了一半，后面就是怎么离开这个鬼山洞，怎么离开这片鬼沙漠的事情了。回去还有一个大烂摊子等着我们呢，光这些死去的人是怎么回事，就够我们去公安局做一个星期的笔录了。算了，先不想了，等出去再说吧。

第3章 | 大战虫尸

龙大少听了霍青嬑的话，开始对这些蛾子产生兴趣。他一边吃着巧克力，一边走到曾经是王峰的尸体、现在是尸纹蛾墓地的地方，用手中的匕首，推开一堆死蛾子，挑开了王峰的衣服，露出了尸体皮肉。

好家伙，现在根本就看不出底下到底是什么了，不知道的人还以为王峰穿了一身黑色的“鱼鳞甲”呢。

从来没见过这么恶心的东西，我差点儿把刚吃进肚子的巧克力吐出来。龙大少也没想到死蛾子底下的尸体居然会变成这样，吓得连滚带爬地躲开了。

我们一群人离那个尸体远远的，再没有人去看那尸体一眼，大家围着火，商量下一步怎么办。刚才骆驼和龙大少已经去查看过了，那两扇门紧闭，根本就打不开，而开门的机关又找不到，我们被困在这个白玉宫里了。

老林指了指那条河说道："这条河很有可能和山脚下那个泉眼是相连的，实在不行，我们可以从河里凫水出去。"

办法倒是个办法，但河里什么情况谁也不知道，别潜到水里几公里找不到个换气的地方，活活憋死在水里。要不然就是我们从那个泉眼探头出去，看见蜥蜴王一脸激动地带着小弟围了上来，和我们清算一下旧账，所以说这个办法只能是无路可走时的放手一搏。

龙大少说："根据我掌握的资料，楼兰国师的墓地一定就在这个山里，很有可能和这个白玉宫有关，只是我们找不到机关……"

一说到机关，我突然想起我之前为了纵火抱着的那根宫灯柱子，当时感觉到那根柱子应该不是从地面上直接雕刻而成的，好像能够转动。我放眼望去，那盏宫灯正是台子上的四盏宫灯之一。

我走到宫灯边，抱着宫灯柱，用力地扭动了一下。宫灯的柱子和底座并不是连成一体的，果然可以转动。

"咔嚓，咔嚓。"原来在宫灯下方台阶旁的那个侧面的整面玉墙是扇能左右翻转的翻转门。我每转动一下宫灯，那扇翻转门就会打开一点儿，也不知转了几圈，翻转门终于开到最大限度了。

其他人从我转动宫灯的那一刻起，就都围了过来，等到翻转门打开后，更是围着翻转门往里面想看个究竟。

就在我松开宫灯的时候，王峰的尸体突然毫无征兆地坐了起来。他身上的那些蛾子尸体纷纷落下，露出了他现在的面目，那哪还能说是他的尸体啊？尸体的正面露出衣服的部位，整个被虫卵挤满了，除了露出骨头的下巴和两只在火光下空洞无神的眼睛之外，其他地方全是黑亮的“鱼鳞甲”，我估计穿着衣服的地方也和露出部位的情况差不多。

就连头上也不例外，那些虫卵占据了头上的皮肉，成了一个“鱼鳞甲”的光头，头发纷纷和死蛾一起落地。此刻，其他人都是面朝宝石男的那个方向，和我的朝向正好相反，只有我一个人看见了这个场面。

要命的是那些家伙依然围在一起，往翻转门里看，直到我指着王峰大喊一声“你们看！”，他们才反应过来。

他们转过头，看见坐起来的王峰，都像傻子一样愣住了，好半天，才发出一片惊恐的声音，其中以乔大少和恐龙专家的声音最大。完了，据我判断，就凭恐龙专家这一路来受到的惊吓，我估计她是十年八载也恢复不过来了。

还没等他们做出下一步的反应，王峰又毫无征兆地躺下了。之后又是一片寂静，没有任何动静。即便这样，就那么一个小小的动作，也吓得他们四散奔逃。好半天见没啥动静，大家这才又聚到了一起。

最后还是曹爷威猛，蹑手蹑脚地走到王峰身边，用工兵铲戳了戳王峰的尸体，没什么动静，大家这才放下心来。

乔大少战战兢兢地擦了擦头上的汗，说道：“是不是静电啊？”这小子就这么点儿胆量还想学人家探险，典型的心比天高、命比纸薄。

老林翻着白眼，无奈地指了指玉雕说道："中学物理没学好是吧？玉石即使再怎么摩擦也不会产生静电，更不会导电的。"

刚才那个场面有些诡异，即使胆大如曹爷，这会儿也不敢造次。霍青嬿倒是有心想找到其中的原因，但貌似她也挺害怕王峰的尸体，场面一时又安静下来，没人说话。

过了好一会儿，龙大少看了看翻转门，说道："先不管他了，我们进去吧。"

我点了点头，接过霍青嬿手中的手电筒，说道："曹爷、乔大少开路，我和骆驼断后。"不知怎么的，我总感觉那具虫尸没有那么简单，还是先闪为妙。这不是害怕，是叫"君子不立危墙之下"。曹爷点了点头，将手中的匕首递给我，抽出腰后的工兵铲，第一个钻进了翻转门。乔大少也拧亮手电筒，钻了进去。

虫尸趴在地上纹丝不动，满身黑色油亮的"鱼鳞甲"在火光中泛着光。一具失去生命的肉体，本该就这样安静，可是它越这样，我就越不安心，总觉得它下一刻要跳起来。

我就这样惴惴不安地跟在骆驼背后，一步三回头地钻进了翻转门。一进翻转门，迎面扑来的就是一股潮气，或者说是水汽。又是一条通道，只能容一人行走的通道，四壁光滑，一看就是人工开凿的。

我现在看见通道就心烦，人家说走夜路多了，难免遇见鬼，可也不能像我们这样只要走夜路就一定遇见鬼吧。我们只要一走通道，后面绝对没有好果子吃，不是迷宫就是魔音，还有"神兽"，就不能换个安全点儿的玩法吗？

没走几步，我脚下一滑，险些摔倒，低头看了看，地上厚厚一层青苔，还有些积水，看样子这个地方比较潮湿。

通道的尽头是一道往下的旋转楼梯，站在旋转楼梯口，可以听到地下传来哗哗的流水声。水汽迎面扑来，估计是白玉宫中的那条暗河流经了这里。楼梯是石头的，上面满是青苔，青苔上又都是小水珠，我们顺着台阶小心翼翼地往下走。

转了三四个弯，水声越来越大。楼梯底下是个洞口，此刻洞口外，上面正不断地往下流水，流量还不小，搞得那个洞口像水帘洞一样，也看不清外面是什么情况。

通道里，突然响起了乔大少的声音："咦？"我们一下子都紧张起来，这小子又发现了啥？

黑暗的通道里接着响起乔大少窸窸窣窣的声音，还有拉衣服拉链的声音。好半天，这小子才说道："我的狼牙拳套呢？"

原来是那个狼牙拳套找不到了，我和霍青嬿异口同声地说道："恐龙专家。"除了乔大少，从头到尾，只有恐龙专家对那个东西表现出了兴趣，十有八九又让恐龙专家顺走了。

"没有。刚才还在我这儿，我好像放在玉石像底下了。"乔大少说完，就举着手电筒从人群最前面挤了过来，"你们等我一下，我回去拿。"

我们就这样站在黑暗中，听着水帘洞哗哗的水声，以及通道里乔大少渐渐远去的脚步声。通道里虽然有水汽，却异常闷热，还有一股死水发臭的味道。

曹爷等了半天，不见乔大少的动静，于是有些不耐烦。他一把将衣服后面的帽子拉过来，扣在了头上，说道：“我去洞外面，看看什么情况。”说着就穿过了那道水帘，这小子捡了个便宜，龙大少扔在通道里的那件衣服是防水的。

没过一分钟，曹爷就又蹿了进来，我们围上去，“什么情况？”

曹爷摇了摇头：“太黑，什么都没看清，光是感觉空间特别大，应该有死水，熏得我恶心。”

这是个能蹲在厕所里吃拉面的主儿，能把他熏得恶心，这得多大味道啊？

我正想着呢，突然听到我们头顶上的通道里传来乔大少的喊叫：“救命啊！救命啊！”这小子又闹出啥幺蛾子了？

我连忙拧亮手电筒，顺着台阶向上跑去，骆驼紧随其后，其他人也顾不上探讨水帘洞外面的世界了，都纷纷尾随。该死的青苔，太滑了，我几次险些摔倒。

我们就这样跌跌撞撞地爬上楼梯，我用手电筒照了一下，通道里空无一人，乔大少持续的呼救声是从白玉宫里传来的。我们又跌跌撞撞地踩着通道里滑腻的青苔，往那翻转门跑去。

我第一个穿过翻转门，冲进白玉宫。眼前的情景吓了我一跳，乔大少站在台阶上，一只手扒着宝石男面前的玉石茶几，一只手拿着狼牙拳套，死死抵住一个抱着他一条小腿的生物的脑袋。大殿里那些原本隐藏起来的尸纹蛾此刻又出现了，正围着那堆依然着得旺盛的油脂翩翩起舞。

仔细一看，那个生物正是王峰的尸体，也就是那具虫尸。这家伙此刻正在被二次产卵，背上、后脑，那些原本躺着的时候没有被产卵的地方，此刻又趴满了尸纹蛾。

而且这家伙的那张嘴看上去也很恐怖，不知什么时候，那张嘴已经裂到耳朵根了，此刻张着的嘴不但能看见满嘴的牙，还能看见嘴里的肌肉上也满是虫卵。要不是乔大少一直用狼牙拳套抵住它的头，我估计虫尸早就咬上去了。

我正看得发愣，后面的骆驼推我一把，我这才想起来，赶紧先救人。此刻我也顾不了那么多了，管它是人是鬼还是兽，先干掉再说。我两步跳过去，对着那具虫尸的脑袋就是一脚，居然没踢动，虫尸只是歪了下脑袋，我却感觉像是踢在一块石板上，脚背上火辣辣地疼。

看来这家伙一身“鱼鳞甲”还真不是摆设，防冲击的能力蛮强的。乔大少已经快哭了：“老板，快把它弄走啊……这东西身上的黏液和硫酸一样啊。”

他这一说，我才发现，虫尸两手抱住乔大少的那条腿上的裤子此刻在冒烟。乔大少身上穿的行头，那可是顶级户外装备啊，还是什么全世界限量版的，那条裤子防水、防火、防割、隔热，传说这条裤子刚买回来的时候，曹爷用工兵铲砍了三下都不能伤其分毫。

我一脚踩住虫尸的一条胳膊，后面赶上来的骆驼，对着虫尸的肋骨就是两脚，这两脚踢得狠啊，我看见骆驼的脸都变色了。不过好在我俩这样一配合，终于使乔大少脱离了虫尸的魔爪。虫尸的身体撞在了台阶两侧的墙壁上，顺着台阶滚了下去，一直到跪着的两个雕像处才停下来，连续几次翻滚，压死无数的尸纹蛾。

其他人也都赶了过来，曹爷举着工兵铲小心地面对着虫尸。骆驼和我的感觉差不多，就像是踢到了铁板上，差点儿把这小子的骨头踢折。我看骆驼没有大碍，连忙向乔大少看去，这小子刚才吓得快尿裤子了，此刻靠着矮几坐在台阶上喘气。

他那裤子的小腿处依然在冒烟，被抓过的地方一片乌黑。我蹲下来小心翼翼地拉起乔大少的裤腿，没想到那些布料乌黑的地方居然像抹了胶水一样，粘在了腿上，我这一用力，裤子就破了。

完了，已经挨着腿了，我这边一用力，本来还没啥感觉的乔大少差点儿疼昏过去。我干脆卷起了乔大少的裤腿，用匕首轻轻地挑起一块布料的边角，底下露出黄白的液体和烂肉。好家伙，这虫尸身上的液体比浓硫酸有过之而无不及。

乔大少双手抱着小腿肚子，咬着牙望着房顶，都不敢往下看。我趁机抓着那点儿边角，将一条布料撕了下来，布料被那种液体腐蚀过以后，朽得不行了，我才拽了一半，就从中间断掉了。

“啊——”乔大少惨叫了一声，两腿本能地蜷了起来。布料被拽下来，上面粘连着许多我也说不上是烂肉还是脓血的东西，而腿上的伤口居然没流血，也是那种脓血和泡沫。

霍青嬿围了上来：“这样不行，必须马上处理伤口。”

可乔大少一点儿也不配合，这也不怪他，谁要是被浓硫酸泼了，还能泰然处之，那就真不是人了。我顺手捡起地上的两只死尸纹蛾，一把揽住乔大少的脖子，“兄弟，对不起了。”说完，我将尸纹蛾在乔大少的鼻子边使劲地蹭了两下。

看着乔大少一点一点地陷入昏睡之中，我把他交给旁边的老林，对霍青嬷说道：“你来处理伤口，我去处理那个尸体。”

我走到台阶下，和曹爷站在一起，注视着那具虫尸。虫尸依然趴在地上，不时抽动一下。虫尸那些犹如向日葵一般排列整齐的虫卵，不断从缝隙里渗出淡黄色的不明液体，这种液体腐蚀性极强，但貌似对这些虫卵本身没什么作用。

好半天，那个虫尸才四肢撑地，像蜥蜴一样趴在地上。死尸那种空洞且失去灵气的眼神，配上裂开的超级大嘴，再加上一身让人腿都发软的“鱼鳞甲”，实在是恐怖无比。

我对骆驼使了个眼色，这小子一瘸一拐地站在了虫尸侧面。龙大少和淘金佬站在我身后，也都抽出自己随身的匕首。护卫军最后的那个幸存者，拉着恐龙专家，躲在一侧的立柱后面，紧张地看着我们。

我也抽出了军刀，攥在手中。他们都是匕首，只有我的是军刀。我对龙大少说道：“你和淘金佬保护其他人，我们三个对付它。”

龙大少点了点头，向淘金佬做了个手势，两人握着匕首退到了台阶上。

我和曹爷还有骆驼，三个人分三面向虫尸靠了过去。虫尸此刻就像一只没有尾巴的大蛤蟆。张着的嘴巴仿佛是在告诉我们，其实它最厉害的不是那些液体，而是那嘴牙。

“老板，我们怎么弄？”曹爷面对这样一个身上的鳞甲像石头一样的虫尸，不知道该怎么下手，关键是不知道这东西到底是什么。

“怎么弄？”我挥了挥抽出的军刀，说道，“大卸八块，给乔大少报仇。”说着就向虫尸走去。我不知道虫尸是靠什么寻找目标的，视觉？听觉？嗅觉？反正我们的脚步声并没有吸引它，它依然一动不动地趴着。

好机会，曹爷那猛人一个箭步冲到虫尸身边，一个力劈华山，工兵铲自上而下砍到了虫尸的头顶。虫尸没有被砍烂，只是头被拍得低了一下，但马上又抬了起来，转头就向曹爷咬去，工兵铲被震得乱抖，险些脱手。我飞起一脚，没敢踢，用脚后跟蹬的。这一下力量不小，虫尸正好又转头去咬曹爷，给了我一个侧面，一脚把它蹬得趔趄了一下。

虫尸又转过来咬我，我连忙后退，骆驼趁机从后面一刀插向虫尸头顶。匕首没插进去，顺着虫尸头顶向后滑去，亏得他反应快，赶忙缩回手，要不那只手就挨着虫尸的身体了。

曹爷改劈为拍，就像打地鼠一样，对着虫尸的脑袋连拍数下，然后退了回去。我们三人都退开来，虫尸也没有趁机进攻。这东西满身的“鱼鳞甲”太变态了，刀枪不入。

我算是看明白了，从刚才虫尸的反击动作来看，虽然也很敏捷，但在速度、力量、体型上，都和蜥蜴没法比，也就像一般的野狗一样。那王峰的满嘴食草动物似的牙口，更没法和蜥蜴的满嘴尖牙比，但虫尸身上渗出的黏液十分厉害，让人下不了手。

虫尸依然一副大蛤蟆的动作，趴在地上，不断抽动身体，好像羊角风发作一般，这小子别是欧阳锋的传人吧，咋动作越来越像蛤蟆功呢？那张嘴从我第一次见，到现在貌似都没合起来过，不过看样子也合不起来。

曹爷发起狠来，脱掉上身的衣服，“你奶奶的，我弄死你！”说完又端着工兵铲扑了上去。

我害怕曹爷吃亏，连忙和骆驼冲了过去。虫尸还没等曹爷靠近，就转身扑向他，身体居然从地面跃起，吓了我一跳，没想到这东西真能像蛤蟆一样跳起来，眼看就要扑到曹爷身上了。曹爷也吓了一跳，好在这小子临危不惧，工兵铲放平横着塞进虫尸嘴里，两手握着工兵铲两头，硬是将虫尸的一扑之力挡了下来。

虫尸身体抬起，两只胳膊在地上撑得笔直，后腿蹲着，就像只在主人手里抢骨头的恶狗，紧紧地咬着工兵铲的铲柄。我和骆驼岂能容它继续放肆，我俩冲上去，对着虫尸一顿猛踩，没啥章法，就像街边小流氓把人放倒后围殴一样。

虫尸依然死咬着工兵铲不放，我一看这玩意儿和王八一样，咬住东西就不松口，我和骆驼的一顿猛踩反而把紧抓工兵铲不放的曹爷带得东倒西歪。

“曹爷，”我喊道，“快放手！”这小子十有八九是舍不得工兵铲。

曹爷听了我的话，不情愿地松了手。本来一个用嘴拽着，一个用手拉着，像拔河一样，曹爷这一松手，由于惯性，虫尸向后倒来。我和骆驼早有准备，让过虫尸，又是一顿猛踩。

虫尸躺在地上，依然紧咬着工兵铲不松口，好像和工兵铲有深仇大恨似的，两只手乱挥，两只脚乱蹬，我和骆驼近不了身。我们刚准备退开重整旗鼓，猛听曹爷发话了："踩住它两只手！"

我飞起一脚，踢到那挥舞的手臂上，然后用厚厚的鞋底踩住了虫尸的手臂。骆驼也趁机绕到另一边，把手中的匕首当鞭子用，狠狠地抽到另一只挥舞的手臂上，然后顺势踩住。

此刻，虫尸平躺在地上，除了两条乱蹬的腿，整个就是空门大开，把整个身体前面部位全部展露给了它面前的曹爷。

曹爷也来不及说话，后退几步，一个助跑就高高地跳了起来。这爷们儿是打算直接落到虫尸身上，靠他的体重把虫尸压死，还是想学电影里的武林高手，一下腾空跃起，跪在敌人的咽喉上，把喉结顶回肚子里?

这小子自重大，下落速度快，我还没想完，他已经落在了虫尸的身上。好家伙，我猜错了，不得不说曹爷这招也太狠了点儿吧，佩服佩服，这样的狠着儿也只有曹爷能想出来。

曹爷高高跃起，准确无误地踩住了工兵铲的两头，工兵铲承受着曹爷那一百多公斤重量从空中落下的顺势下压，虫尸嘴里的工兵铲就像一个刀刃，一下子向下压去。

可惜曹爷忽略了一点，工兵铲的手柄是圆柱的，他这一踩，工兵铲不但顺着虫尸的牙齿滑到耳根，也翻滚了几圈，直到工兵铲的铲身卡在地面上。曹爷在上面哪能站立得住，当时就一个后仰，往后倒去。这要是躺下去，就正好压在虫尸身上，这二货还光着个膀子，等下那液体还不蹭他一身啊。

我连忙一把拉住曹爷的胳膊，曹爷太重了，差点儿把我拽个大马趴。好在骆驼也伸出手来拉住曹爷的另一只手，我再用力，堪堪在曹爷马上坐到虫尸身上的时候，把他拉了下来。两个人抱在一起，在地上滚了一圈才停下来。

等我再站起来，发现台阶上站着的几人，除了昏迷不醒的乔大少，剩下的人不是背转身，就是掩着双眼。咋了这是，又看见啥刺激的场面了啊？

我转过头，往虫尸那儿看去，好家伙，就看了一眼，恶心得我差点儿背过气去。

虫尸躺在地上，上半截脑袋已经不见了。知道的是曹爷把工兵铲当擀面杖用了，还是用脚擀的，不知道的还以为虫尸的脑袋是让十二点七毫米专门打装甲车的反器材步枪子弹爆头的呢。

虫尸的半个脑袋被工兵铲擀了老远，也是血了呼啦的。工兵铲就落在尸身不远处，自此役以后，曹爷的工兵铲就彻底奠定了“天下第一神器”的地位。

我还在回味虫尸给我带来的视觉冲击，那边霍青嬿已经给乔大少做完了手术，和我背上的情况差不多，都是一大片肉没了。不过乔大少这个有点儿危险，霍青嬿指了指那坨被她剔下来后依然还在泛泡沫的血肉，说道：“要是再晚一点儿，就腐蚀到骨头上了，好强的腐蚀性啊！”

看着乔大少苍白的脸和微微起伏的胸口，我这才放下心来，这要是把乔大少折在这儿，乔老爷子搞不好一怒之下雇上十个顶尖杀手，把我追杀到火星上呢。

“你们说这东西到底是啥，僵尸吗？”曹爷已经捡回了他的工兵铲，此刻正披着衣服坐在台阶上，用那块老林一开始裹在王峰脸上的破布擦拭工兵铲上血了呼啦的东西。

“不可能。”我说道。关于这个问题，我实在是想不明白，说它是僵尸吧，我从来没见过战斗力这么差的僵尸，或者说即使是在电视里，我也没见过战斗力这么差的僵尸。

老林依然扶着乔大少坐在台阶最高处，他可能也想到了这一点：“会不会是行尸？”行尸就是传说中诈尸后的尸体，会行走，有简单的攻击力。这都是以前老林在古书上看了后，当笑话说给我们听的。

我回头瞪了他一眼：“拉倒吧，还不如你前面说的那个旱魃靠谱呢。”说完还不忘再瞪他一眼，“你这老家伙现在是越来越不着调了。”

霍青嫾皱着眉头说道：“我始终觉得和那些虫卵有关系。”

我点了点头，我虽不是纯粹的无神论者，但也认为凡事应该都有科学的解释，可是虫卵到底怎么能让这尸体和疯狗一样攻击人的，我始终想不明白。

我们有一句没一句地探讨着这具虫尸会动的原因，除了霍青嫙，剩下的人说的大都不着调。通过探讨，我们倒是达成了一个共识，就是一定要把虫尸烧掉，要不然谁知道会再闹出什么幺蛾子。

就在我们准备往虫尸身上扔灯盏里的油脂的时候，虫尸突然动了一下，它这一动，把我们都吓了一跳。只见那没有头的虫尸突然翻了个个儿，趴在地上，接着又摆出修炼蛤蟆功的造型。

这东西比僵尸还牛啊，僵尸的脑袋掉了也就挂了，这东西脑袋没了，一点儿都不影响行动。

虫尸转了半圈，用它那个原本应该长着脑袋的地方对着我们。借着那堆火光，我总算看清了里面的构造。

每个虫卵都从腹部伸出一根黑丝一样的东西，数以百计、数以千计的虫卵就生出了千百根黑丝。那些黑丝抱成团，就像一团团毛线。只是，貌似这些毛线会动，自己会四处扭曲、缠绕。那些肉啊、杂碎啊什么的都已经分不清了，里面一片混乱，可能已经被转化成黏液了，剩下的就是毛线缠在骨骼、经脉和那些没有被转化的肉上。

不用再怀疑了，一定是这些和黑丝一样的触手在作怪。

“奇迹，又是一种未知生物啊！”我们一群人看着这恐怖的景象，几乎要抱成一团了。霍青嫙却看得津津有味，顺便还做出了评论。看来用学术的眼光来看待问题的人就是和常人的眼光不一样，真是应验了那句老话：知识使人胆大，无知使人胆小。呃，貌似没人说过这句话。

我攥紧手中的军刀，招呼曹爷、骆驼等人缓缓地围了上去。“这次一定要解决这个麻烦。”说句实话，这是我们进沙漠以来，头一次主动攻击敌人。

我们围着虫尸，却有点儿下不了手的感觉，不是不忍心，而是不知道怎么破它的防御。那一身“鱼鳞甲”还真不是摆设，不亚于蜥蜴皮，踢上去虽然管点儿作用，但自己的脚也跟踢到钢板上一样。

要是有块大石头就好了，比我们这些匕首强。

就在这时，虫尸突然向我们发起了进攻。这东西脑袋都被拚没了，居然还会玩声东击西，也不知道是用哪儿思考的。

它突然快速移动，向我和霍青嬿扑来。我刚抬脚准备踩回去，两边的曹爷和骆驼正想上去从后面给它来两下，结果这家伙突然掉转方向，猛地扑向骆驼。

这一下可把骆驼吓坏了，要是被这东西抱住，不死也要脱层皮。骆驼急忙一个闪身，躲过那一扑。曹爷从后面赶上，照着后背又是一工兵铲拍了下去。这一铲子可够狠的，直接把虫尸拍得趴到了地上。

曹爷自己也不好受，工兵铲震得双手发麻，险些握不住了。

虫尸被拍倒后，反而像没事人一样，又跳了起来，这次它把矛头对准了曹爷。曹爷一脸痛苦地连忙后退，和这家伙保持着距离。

我一看，这样不行，这东西就是个不死之身，想要干掉它只有大卸八块了。但就靠我们手上的这些小匕首和曹爷的工兵铲，要想切开那层“鱼鳞甲”不知要等到猴年马月，而且前提还得是虫尸老老实实地躺在地上让我们切才行，整把电锯来我看行。

算了，不扯那些没用的，还是老办法，火攻吧。

话说我这一路从沙漠里走来，基本上就是一路烧着过来的。火烧大蜥蜥、火烧盘龙蝎、火烧食金蚁、火烧尸纹蛾，出场的神兽都让我火烧了一遍。

闲话少说，我指了指台上台下的那些宫灯，对着其他人喊道："弄点儿油，给它点天灯！"

我和曹爷、骆驼将虫尸围住，你踩一脚，我拍一铲子的，玩得相当写意。这东西真是白长得这么恐怖了，整个儿就是一废物。不过蛮顽强的，我们不管怎么把它拍翻，它都能以最快的速度爬起来。

剩下的龙大少、老林几人都在用手抠那些被我之前抠剩下的灯油。虫尸身上的黏液越来越多，看起来十分滑腻。我拿过老林手里的一坨油脂，手伸了半天也没勇气拍到它背上。

最后只好握紧油脂团，对着虫尸就扔过去，油脂团砸到它身上，又弹到了地上。粘不住啊，难道非要用汽油才行？

随着虫尸身上的黏液越来越多，它的身手越来越敏捷，看样子是那些毛线对王峰身体的控制越来越好。这样下去不是办法，这小子的战斗力正在不断上升，速度越来越快，再这样下去，最后的结局就是我们被它一个个抱住，涂上一身黏液，就像被仇人泼了硫酸一样。

其他人也加快了速度，一边小心地观察虫尸的动向，一边抓着一个一个灯盏掏里面的油脂。好在虫尸真是没长眼睛，找不到台阶，所以站在高处的人暂时还安全。

此时不知道骆驼又咋惹着那虫尸了，虫尸跟发疯了一样，丝毫不管曹爷拍在它背上的铲子，只是追着骆驼不放，真不知道这东西到底是靠啥来辨别方向追人的。

骆驼左拐一下、右拐一下，结果不知道是自己转晕了，还是让虫尸给追晕了，跑到了台子下的宫灯旁边，没路走了。

老林正站在台子上卖力挖灯油，一看骆驼没路走了，伸手把骆驼拉了上来。

他这一伸手不要紧，骆驼是拉上来了，可惜怀里的歪歪趁机从他怀里跳了出来，落在了台子下面。

“歪歪——”老林见歪歪跳了下去，也不管骆驼了，马上伸手就去抓。骆驼刚站到台子边上，老林一松手，这家伙差点儿又栽下去，亏得一把抱住了宫灯柱子。

老林又准备跳下去，结果被站稳的骆驼一把拉住了。虫尸也刚好到了台子下面，这要是跳下去，就正好落虫尸身上了。

“老林，骆驼那一身膘要是落下去，搞不好还能把这东西砸死，你……就算了吧。”已经醒过来的乔大少，虽然脸色苍白，一脸虚弱，但这损人的功夫一点儿没落下。

歪歪落下后，向前冲了半圈，又绕回来，身体轻盈还是有好处的。它梗着脖子对着虫尸背后狂叫，我心中一紧，这小家伙别一时冲动，上去对着虫尸来一口，那就悲哀了。这东西咬不得的，咬它一口，相当于自己喝半瓶浓硫酸，划不来的。

虫尸没了目标，飞快地转过身来，好像发现了离它不远的歪歪，又抽了几下筋以后，向歪歪扑去。

我一个箭步蹿了过去，想把歪歪抱起来。谁知它根本不领情，转头好像很轻蔑地扫了我一眼，直接就扭头从我胯下钻了过去。

我一看虫尸已经扑了过来，刚准备抬脚把虫尸踩回去，却看见虫尸那满是毛线的腔子对着我，当时就腿软了，这要是踩过去，陷在里面，我就真悲剧了。虫尸貌似对我不是很感兴趣，追着歪歪从我身边跑过。歪歪倒是不慌不忙的，一边利用自己灵活的身体带着虫尸在那些雕像堆里绕圈子，一边不忘时不时地回头对虫尸吼两声。

这把我愁的啊，你说这破狗没事干凑啥热闹嘛，带着虫尸瞎跑啥，这让我们咋点天灯啊？

歪歪带着虫尸绕了个大圈，又回来了，这次它没有再往那些坐着的雕像堆里跑，而是径直奔向那个火堆。

那堆火本来不大，却着得很旺，被扔进火里的油脂团现在都被烧成液体油，流淌开来，面积增大了不少，要不是地上的死蛾子太多，油早就流一地了。

歪歪跑到火堆边突然一个急停，一头磕在地上，还翻了个跟头，它在地上连滚带爬地拐了个弯，绕过了火堆。身后的虫尸也冲了过去，冲到火堆边居然停了下来。到这一步，我才搞明白歪歪是在干啥，这小家伙是想把虫尸引到火堆里去啊。

不过貌似还差点儿，虫尸还没进去。算了，成全它一下吧。

我看见曹爷提着工兵铲追在虫尸身后，也到了火堆边上，连忙喊道：“曹爷，踹它进去！”

曹爷这才反应过来，绕到侧面冲过去，飞起一脚踹到虫尸的腰上。这一脚踹得够狠，虫尸一下子被踹到了火堆里。

虫尸沾了火油，像兔子一样跳了起来，在地上翻滚了几圈，看得我们目瞪口呆。这东西居然懂得在地上翻滚，来压灭身上的火焰，它真的有智商？

不过这火油沾身，岂是那么容易扑灭的？虫尸在地上翻滚了两圈以后，又四肢撑地立了起来，如同一匹脱缰的马在地上飞奔起来，身上还背着蓝色的火焰。

这样也行，最起码点着了，我就不相信那些虫卵是耐火、耐高温的玩意儿。我们害怕虫尸伤及无辜，都躲上高台，高度戒备地看着它。

虫尸在地上打了两个转，一头撞到了台子上。看到这个高台撞不动，它又转了个身，向大厅另一边奔去。一路上磕磕碰碰的，一头栽进暗河里，火光消失了。

这东西居然懂得用水灭火，我的神啊，要是给它一个灭火器，不知道它会不会用。

五分钟后，我和曹爷全副武装，小心翼翼地在暗河边寻找了一圈，河里河外都没有虫尸的踪影。

曹爷指了指平静流淌的河水，说道："那恶心的东西莫不是被河里的暗流冲得找不到了？"

我摇了摇头，有没有暗流还不知道呢。不过事实是，那虫尸真的在河里不见了。

第 4 章 | 别有洞天

我和曹爷回到了台阶前，大家都靠着台阶休息。龙大少和淘金佬还有霍青嬑三个人的包里都没有什么吃的了，最后一些肉干，也被我们一次干光了。看来，我们要在这充满诡异的山洞里玩野外生存了。

我一想起虫尸那越来越矫健的步伐、越来越灵活的身体，不由得打了个冷战。它还没有死，只是消失了，它还会回来的，等它再回来的时候，我们就该倒霉了。

我越想越不安，干脆把他们全喊起来，大家先换个场景，离开这个鬼地方再说。

进入翻转门后，我手持工兵铲开路，霍青嬑给我打着手电筒，曹爷背着腿上还在流血的乔大少走在队伍中间，老林、恐龙专家等人紧随其后，骆驼握着匕首断后。

我们再次穿过那潮湿、闷热的通道，来到了水帘洞前。曹爷已经说了，水帘洞外面有很大的空间，而且似乎有路。

希望有通往外界的通道吧，不过貌似我们现在越来越往地下深处走了。如果说那个迷宫之城是地下一层，魔音阵是地下二层，白玉宫是地下三层，那我们现在就站在地下第四层的门口。

我们陆续穿过水帘洞，三只手电筒聚齐，向外面的空间照去。外面果然空间够大，一个巨大的山洞，估计有大半个足球场大小，我们不是在地面上，而是在半空中。水帘洞外是个石台，从岩壁上凸出来，水流到石台上，继续向下流。

水帘洞门口放着一个木槽，像是用一整根胡杨木掏空造出来的。这木槽够大，一个人躺进去都没问题，要是有个盖儿，基本可以当棺材使了。这东西不稀奇，古西域人的木工技术貌似不咋样，一般造这样的水槽、船只、棺材什么的，都是直接在一棵大树上凿洞。直到现在，在塔里木河下游还能看见维吾尔族人用这种方式造出单人船在河里捕鱼。不过我就纳闷了，这里放个木槽是干啥的？

石台下面乌漆墨黑，什么也看不见，但是能听到流水落下后的声音，像是一个水潭。曹爷抬脚将脚下一块石头踢下石台，“扑通”一声传来，看来底下确实有水，而且还不浅。不过我也感觉出来了，石台离水潭的高度不是很高，大概只有十几米的样子。

洞里空气很不好，闷热且潮湿。底下的水潭似乎是一潭几千年的死水，发出腥臭的味道。

我转头往水帘洞上方望去，在我们站的石台上方十几米的地方，石壁上有一个水桶大的洞口，水正是从那里涌出落下的。

霍青嬨手电光一闪，石台的侧面有东西，那是什么？在石台侧面几米外平行的位置，居然是个木制水车。

几根粗大的胡杨木耸立在黑暗中，上面支撑着一个巨大的水车。车轴外包裹着一层铜皮样的东西，只是长时间待在这样潮湿的环境中，锈得都快长花了，哪还能看出是铜皮？只能看出大概的样子。

水车的车轴还连接着曲轴，可惜已经隐入底下的黑暗中，由于视觉角度的问题，我们也看不见了。

木头早已长满了绿毛。真不知道造这个水车的人是啥意思，涌出水的洞口离水车还有一段距离，根本就冲不到水车的槽子上啊，那如何让水车动？要说用那个洞口的木槽接水，转到水车上，也不对，木槽的出水口比水车要低，怎么能把水转移到水车上呢？

我们继续往前看，手电筒一齐照过去。石台外居然有一座木头桥，说是木头桥已经有点儿夸大，其实就是两根比碗口稍粗的胡杨木并排被木楔子钉到了一起。木桥另一端是一个和石台平行的木制高台，具体什么情况就看不清了。

奇怪的是这座木桥，木桥靠近石台这头，两根原木前端还镶有两根细一点儿的原木，分了个岔儿，一直衍生到水帘洞的洞口，与那个用原木掏空做成的木头水槽相连，横搭在石台上。水槽微斜，一直通到水车那边，上面流下的水有许多都顺着水槽流了下去。

这里不是久留之地，上面落下的水虽然没有直接落到我们头上，却也像下暴雨一样。

我用工兵铲砍了砍那座木桥，这个山洞要是和上面的白玉宫是同一时期的话，到现在也有几千年了，谁知道会不会腐烂，要是我一脚踩上去，像踏到纸片上一样就悲剧了。

不过好像蛮结实的，有点儿纹丝不动、稳如泰山的味道。我又用脚踩了踩，应该可以过去，就是上面有些滑。

“这东西应该做过防潮和防腐处理。”老林顺着手电光仔细地端详了一下，又开始充大尾巴狼，“而且胡杨木本身就木制坚硬，是防腐、防潮的。”

我用工兵铲刮掉木头上的一层滑腻的东西，露出树皮和新木头茬儿，里面虽然水分很大，但貌似没有朽掉的迹象。

“嗯，看样子防腐工作的确做得不错。”我对几千年前的人的工作给予了充分肯定。

“我先来。”曹爷说道，“要是我背着乔大少都能过去，那你们就更没问题了。”不待我们说话，他一把抢过霍青嬿手里的手电筒，走上了桥。我那个气啊，这小子咋净蛮干呢？“老板，我要是被这个疯子害死了，你要给我爹养老送终啊。”乔大少郁闷地闭上眼睛，一副死活随意的模样。

“哇哈哈哈——”曹爷听了乔大少的话，大笑着大踏步地顺着木桥前行，如履平地。

两根碗口粗的原木，说粗不粗，说细也不细。龙大少拿着手电筒侧身给曹爷照亮，却照到原来在桥中间的底下，还有一根粗原木，就像桥墩一样支起了桥，听了龙大少的话，我才放下心来。曹爷这小子狗命好，还真让他给蒙上了，就是乔大少可怜了一点儿，曹爷在桥上晃晃悠悠的，把这苦命的孩子吓了个半死。

曹爷过桥后，其他人也一个一个地走过去，没出什么问题。到恐龙专家时有点儿麻烦，这丫头死活不肯上桥，最后还是骆驼使蛮力把她扛过去的。

其他人都过完了，我对身边一直打着手电筒照亮的龙大少说道："走吧，我们也过桥。"

龙大少将手电筒转了过来，对准木槽，照了照说道："我总觉得这个水车和木槽有些古怪。"

龙大少不顾头顶上的流水，侧身将手伸进有水的木槽里，好半天才抠出个东西，放在灯下一照，似乎是块铜锈。

"原来这个木槽里包了层铜皮。"龙大少扔掉手中的铜锈，说道。

"这是什么意思？"我有些搞不明白了，为什么木槽里要包铜皮呢？这个铜皮和水车上的铜皮有什么关联呢？这个水槽到底是干什么用的？我心中是一连串的疑问。

"包铜皮可能是害怕高处落下的水长时间冲击，把木槽砸穿。"龙大少分析道。

龙大少用手电筒四处照着，一会儿看看水车，一会儿看看木桥，一会儿又看看水槽，还比画了几下距离，好半天才说道：“如果我没猜错，这座木桥其实是可以翘起来的。”

按照龙大少的解释，这座桥其实是一个杠杆，一头是山洞中间的木台，一头是那个水槽，支点就是那根我们认为是桥墩子的粗原木。龙大少一边解释，一边比画，当木台上某种力量增加时，这一头就会受力向下，然后水槽就会翘起，水槽翘起后正好到了水帘洞上面进水口的正下方，水会流到水槽中，然后水槽里的水就会顺着微微有些斜下的水槽往下流。而升起后的水槽另一个出水的地方正好在水车的上方，这样，流下的水就会落入水车的槽子中，从而带动水车转动。至于水车转动会有什么后果，龙大少也不知道，水车底下的那个曲轴，实在是太复杂，而且底下太黑，谁也看不清。

这家伙家里不愧是做机械制造的，看来没少在机械方面下功夫。

我走到桥的另一边，也就是杠杆下沉的那一头，用脚踩了踩木桥，没有下沉的迹象啊。龙大少说：“这东西不是靠人力就能压下去的，一定有机关。”

他这句话，吓得我们这些人站也不是、坐也不是，生怕一不小心触动什么机关。水车转动是好是坏，我们也说不上，还是小心点儿为妙。

木台也是用碗口粗的胡杨木横竖叠加两层修建的，有二三十平方米的样子，比我家客厅大，上面很滑，不过还算稳当。木台中间有一块石碑，打磨光滑，有棱有角。

我们打着手电筒凑了过去，出乎意料，碑文居然是用汉字写的，而且还是我们能看懂的那种楷书。仔细想想也是，汉朝时，楷书、草书、行书就都已经出现了。

碑上赫然刻着几个大字——“楼兰白玉宫督造玉师张普遗骨处”。凹进去的字槽里还涂有金粉，只是年代久远，金粉已经掉得差不多了。

除此之外，碑身还用细凿轻刻了一幅人物像。虽然字和像有些地方重叠，却区分得很清楚，让人一眼就能看明白，字是字，像是像。那人物像，不是别人，正是宝石男身后穿汉服的汉人，也就是乔大少所说的二师兄。

此刻二师兄没有站在宝石男身后的那种恭敬了，昂首挺胸一副器宇轩昂的派头。更离谱的是，这小子脚下还踩着祥云，身后还有一些飞行的鸟雀，似乎是在给他送行。这人站在祥云上负手而立，眺望远方的眼神无比深邃。这是要干吗？回去继续当天蓬元帅吗，那也不用搞得这么拉风吧？

看到这石碑上的话，我也猜出个大概，这个叫张普的人是个汉朝的玉石雕刻家，受聘到这个地方建造了白玉宫。只是他为什么要把石碑立在这儿，而不立在白玉宫中？

乔大少已经从曹爷背上下来了，此刻正拖着他的跛脚，四处转悠。他转到碑的背面看了看，惊呼道：“你们快来看，这后面还有字。”

我们又转到碑的后面，密密麻麻的蝇头小楷刻满了整块碑。老林凑过去，借着手电筒的光线，看了半天，才开始诵读起来。这老家伙颇具古风，读得抑扬顿挫，就是慢了点儿，字太小，老林已经有些老花眼的前兆了。

“征和二年……普同玉师四百七十二……徒工三千百余……受楼兰王尝归邀……至此……造白玉宫……王以国士待普……委以督造……敢不力竭……元凤三年初成……屠师匠……唯留普……仍厚待之……遂刻汉帝跪像……国师万年造迷魂阵震天鼓水流机关……大成……并屠军士奴仆……前后所屠……皆倾于此潭……了普心愿……留臂于此……终不事玉……”

后面老林叽叽歪歪地又念了一大堆，都是说见到这个羊脂玉山时的惊叹，还有一些关于在建造过程中，这几千工匠如何克服各种困难不怕牺牲、排除万难、争取胜利的故事，我没用心听。这汉代人，貌似不太重视遣词造句，形容词太少，反复都是一些什么惊为天人、敢不效死之类的话。

看来宝石男身后的家伙就是他了，这个叫张普的家伙还真是个汉人，可能在中原靠雕刻玉石混吃混喝，还得了宗师的头衔。结果受到一个叫尝归的楼兰国王的邀请，脑袋一热，跟着四百七十二个玉石雕刻大师带着三千多学徒就来了。楼兰王做作了一番就把他感动坏了，带着人从征和二年干到元凤三年，终于完成了主体工程。

最后，那楼兰王却大开杀戒，把那些大师和徒弟全杀了，只留下这个叫张普的人。

其间，还有一个叫万年的国师，造了这么一个水车机关，然后杀光了这里的士兵和奴隶。

要说这水车，我也知道点儿，这东西应该是东汉末年才有的，传说是孔明兄造的。但是那时的水车和这个不一样，那个是人踩着，靠人力提水。这个是用水力做动力，属于高端产品，这东西其实应该叫筒车，唐朝才有的。那位国师也够牛的，领先世界几百年，就制造出筒车，而且是以水力为动力的升级版。

再继续说张普，他以前估计雕刻的都是些玉佩、手镯之类的小东西，第一次承包这么大的工程，他自己也激动坏了。干了许多年，终于得偿所愿，这小子也够狠的，得其所愿以后自断一手，发誓再不摸玉石一下。

碑文念完了，老林依然不起身，蹲在石碑前，闭着眼睛，嘴里念念有词，手中还在不断掐算什么，样子就像路边骗财骗色的神棍一般。这老家伙不会又中邪了吧？我指着老林，对曹爷大喊一声："曹爷，动手驱邪！"

听了我的话，曹爷袖子一挽，把手电筒还给霍青嬘，就要上去抽老林耳刮子。

老林一看曹爷的动作，连忙摆手说道："你们别吵，我在算年份呢。"

一听这话，我连忙凑到老林身边。我也好奇，这个世界第九大奇观到底是用了多长时间才建成的。

说完，这神棍继续闭着眼，念叨着：“征和有四年，减两年……然后是后元，后元就两年……汉武帝挂了……然后始元是七年，始元六年和元凤元年是一年，然后元凤有六年，减三年……”原来，这老家伙是在算汉武帝和汉昭帝的年号，加起来就是工程的年限。

好半天，老林睁开眼，看见我就蹲在他旁边，不由得瞪了我一眼，才对大家笑道：“嘿嘿……算清楚了，从征和二年到元凤三年，一共是十三年的时间。嗯？元凤三年……”

“元凤三年……元凤三年……”老林算完了年号，依然对着石碑发呆，嘴里反复念着这句话。

突然，老林探身往碑文最前面的几行看去，好半天才缓缓地起身，说道：“果然是他。”

然后这老小子居然不说话了，好像是在闭目养神，看得我那个气啊。

“老林，你不要每次说话说一半行吗？你说的‘他’到底是谁？”乔大少的求知欲还是蛮强的。

好半天，老林才缓缓地说道：“我终于知道白玉宫里正中坐着的那个人是谁了。”

老林环顾四周，对着我们几个看上去有些文化的人问道：“看过班固写的《汉书》吗？”当然，排除了乔大少、曹爷、淘金佬等几个不学无术或者语言不通的家伙。

除了霍青嬿外，剩下的人都摇了摇头。

“其实这个人在《汉书·西域传》中有过记载的。”老林扬扬得意地说道。

一旁站着的曹爷被老林吊胃口吊得心中发毛，此时见到老林的嘴脸，再也忍不住了，上前一把按住老林的肩膀，眼睛一瞪：“你到底说还是不说？”

我发现曹爷就是老林的克星，专门治疗老林的神棍综合征。老林一见曹爷发怒，连忙说道：“呃，你们听过傅介子这个人吗？”

霍青嬿果然学识渊博，听了老林的话，马上接道：“你说的是傅介子刺楼兰王？”

老林点了点头，指着石碑说道：“没错，就是那个被傅介子做掉的楼兰王——尝归。”

我们又凑到石碑边，老林指着石碑说道：“看这一段，受楼兰王尝归邀……”然后，他的手指又换了个地方，“再看这一段，元凤三年初成……”

“尝归是元凤四年让傅介子干掉的，白玉宫是元凤三年修好的，时间上刚刚好。”

老林一边随口背出《汉书》中的原话，一边给我们讲解，我们好半天才搞明白整件事情。

这个楼兰王尝归，以前是在匈奴王手下做质子的，老国王死了，汉朝这边的质子不想回去，这个尝归就奔回去做了国王。做了十几年国王，和匈奴关系好。白玉宫就是他在做国王的时候修建的。

楼兰离汉朝近，我们头顶上的这片沙漠在那时候叫白龙堆。汉朝使节每次来，都要让楼兰王征发民夫草料给养，搞得楼兰王头都大了，和汉朝的关系越来越僵，几次把汉朝使节弄死在这沙漠里。

终于，尝归的弟弟，一个叫尉屠耆的二五仔告了尝归一状，说这小子勾结匈奴谋反。

那时候汉武帝已经死了，小皇帝又干不过霍光，所以那个霍光一直在把持朝政。霍光在历史上也是名人，他派了一个叫傅介子的勇士带着人去干掉尝归。

傅介子聪明，没硬来，而是带着大批金银到了楼兰，说是汉帝的犒赏。尝归一看有钱拿，暂时先忍下这口气，陪傅介子喝酒，喝到酒酣胸胆尚开张的时候，傅介子对尝归说有悄悄话，要单独说。

尝归喝晕头就答应下来，两个人相互扶着，走到帐幕中。早就在那儿埋伏的刀斧手冲出，把尝归杀掉了。

然后傅介子又诳那些大臣，说汉朝大军已到，吓得那些大臣一致推举尉屠耆做了新国王。尉屠耆把楼兰改名为鄯善，一心一意地跟着汉朝走，连王城都迁移了。从此以后，“楼兰”这个词就淡出了历史，楼兰就是从那时候开始衰败的。

情况基本搞清楚了，但是依然有许多疑惑。霍青嬿问道：“如果说白玉宫中的那个男子就是楼兰王尝归，站在他右边的、你们说的二师兄是玉匠张普，那他左边、你们说是空哥的人是谁？”

这个问题我心中已经有了一个猜测，见其他人还没想明白，于是我指了指石碑上的一段文字：“国师万年造迷魂阵震天鼓水流机关……”霍青嫱低头读道：“难道……”

“不用难道了，应该就是我们一直寻找的那个国师，迷魂阵、魔音阵还有这个水车应该都是出自他之手。”我说道。果然让我猜对了。

“所以说，这里是国师的墓？”乔大少提出了他的疑问。他这一问，我也想不明白了。按理说，楼兰王花这么大的功夫搞防盗、造白玉宫，怎么看也不像是给一个国师造的墓室，给自己还差不多。

“龙大少，你是不是谎报军情啊？”乔大少问道。

“不可能，我坚信这里一定有国师墓。”龙大少斩钉截铁地说道。

“其实我觉得这个尝归可能确实想把这里打造成自己的埋骨之地，这一点从白玉宫里描绘的景象可以看出。”霍青嫱说道，“就像秦始皇造兵马俑是为了死后能到地下继续统率军队一样，尝归死后也想继续他那歌舞升平的生活……”

其实古代人的思维真的有些奇怪，有钱人都想着修墓，想着死后依然能享受荣华富贵。这个尝归估计也不例外，在这片沙漠底下，花了这么大的代价建造白玉宫，绝对不会是想当避暑的行宫，极有可能是想当自己的坟墓。再说，搞行宫也不用搞出这么多的防盗设施吧？弄得自己想进来都不容易，所以最大的可能就是霍青嫱说的那样，这里是一个地下陵墓。

“嗯，我想大概是这样，只是……”霍青嫱点了点头。

老林也想明白了，他接口说道：“只是……他没想到，白玉宫刚建成，他就被傅介子干掉了，头被砍下来传首四方，尸体喂了楼兰城外的野狗，没机会躺在这里了。”

霍青嬑看了看龙大少，接着老林的话茬儿，又指着石碑上“大成……并屠军士奴仆……前后所屠……皆倾于此潭……”这一句推理道：“工程完工后，前后所有参与工程的工匠、士兵和奴隶，都被杀死后扔进我们脚下的水潭里。尝归死后，除了有限的几个人，整个楼兰都没人知道这个地方，然后那个叫万年的国师就趁机占了这里，做自己的墓地……”

龙大少点了点头：“大概就是这样子了。从我掌握的资料看，写羊皮卷的楼兰史官，可能有什么顾忌，或者说他也是道听途说，所以只是语焉不详地描写了一下。要是没有明朝和尚法乾的地图和东晋和尚法显的著作，根本找不到这里。”

可如果国师就是空哥的话，他应该在这个山洞更深的地方，也就是宝石男给自己准备的埋骨地躺着，怎么会在沙漠里背着棺材游荡呢？

只有两个答案，第一，国师不是空哥，空哥只是一个普通的古西域人而已；第二，国师根本就没有埋在这个洞里，而是在沙漠里的另一个地方，出来晒月亮的时候不小心让我撞上了。

我看乔大少张嘴想说什么，连忙给他使眼色，要不这小子绝对要说空哥的事情。我不想把这件事情告诉龙大少和霍青嬑，不是我贪心，想独吞金虎玉环，而是我总觉得龙大少这么执着地追查国师墓，似乎另有动机。有必要防着这小子一手。

乔大少见我使的眼色，连忙闭嘴。他腿疼站不住，于是就靠着石碑坐了下来。老林一副老神棍的模样，把我和乔大少的小动作都看在眼里。这老家伙看来也对龙大少的目的产生了怀疑，笑而不语地抚摸着怀里的歪歪，闭上了眼睛，似乎比他怀里的歪歪还享受。

世界上有种人就是变态，你说澡堂子里是给人搓背的人舒服，还是被人搓背的人舒服？有那么一种人，就是给人搓背舒服，越搓自己越快乐、越享受，我感觉老林就是那种人。

第 5 章 | 水流机关

检查完石碑，我们又开始打量这个新的环境。

“要是现在有个照明弹就好了。”曹爷说道。

“拉倒吧，你咋不整个火焰喷射器来？”乔大少一边抚摸着肚皮上的旧伤，一边抚摸着小腿上的新伤，还不忘揶揄曹爷。

“也行，我以前在部队时，用那东西烤过全羊。”曹爷随口说道。

老林围着木台的边缘转了一圈，说道：“周围没有路了，难道是个死胡同？”

龙大少摇了摇头：“一定还有机关，或者说出路在别的地方。”想想也是，难道搞这么大的工程，就是为了这块石碑？这不符合逻辑，最起码宝石男给自己建的墓室还没找到。

关键是，看了这个洞穴的设计，我估计，这里一定还有另外一条路，若仅靠那扇翻转门的通道来运送建造木料，得运到什么时候，建造这个洞穴的材料一定是通过另一条通道运进来的。如果我们找到运送材料的通道，估计就可以出去了。

想到这里，我不禁又燃起了希望，终于看见点儿曙光了。

“你们过来看看这个。”老林说道。

我们围了过去，老林指了指脚底下。他脚底下的木头少了几块，露出下面第二层的原木。少的一块正好是个正方形，长和宽大概都有一米，而且这个少了木头的方框四周都包着铜皮，像个窗口。这是什么意思，为什么偏偏在这里少了几块木头？说是往下的通道口吧，底下还有一层木头，这也下不去啊。

“你们快来！”乔大少坐在石碑前喊道。我们的目光又被乔大少吸引过去，这小子刚才坐在那儿没动。

手电筒照过去，乔大少手上抱着一只扁盒子，好像是玉做的，一看就像个宝贝。

我们都围了过去，乔大少指了指石碑，说道：“在石碑底下发现的。”

果然，石碑底下露出一个凹进去的方形空间，大小和玉盒相似。玉盒很古朴，打磨光滑，上面没有花纹，看不出个所以然来。

“打开看看。”曹爷说道。

乔大少抠着玉盒两边，将盒子打开。里面这是什么啊？

玉盒里是一只手——人手。本来有些地方还有皮肉，但是一打开，马上就氧化了，骨头开始发黑，皮肉也氧化得没有了。

“谁的手啊？”曹爷有些转不过弯。

“还能有谁啊，就是这个玉师张普的呗。人家在碑上明明白白地写着呢——‘玉师张普遗骨处’。”我咽了口唾沫,“这小子够狠的，果然把手给剁下来了。”

正在这时，突然石碑底下传来一阵声响。我们转头看去，石碑正在原地一点一点地往下沉。老林反应快：“不好，快把玉盒塞回去！”

乔大少一脸委屈地抱着玉盒：“我……我……我什么也没干啊。”仿佛就像惹祸的孩童在推卸责任。

我哪有时间理他的话，喊道：“快塞回去！”

晚了，空隙已经下沉了一半，乔大少还没来得及塞下去，那个空隙就已经整个儿没入了木头中。我们都有些惊慌地看着石碑，看着它一点一点地下沉。石碑下沉的速度越来越快，终于整个沉了下去，原来放置石碑的地方只剩一个和石碑宽度一样的长方形深洞，里面一片黑暗，什么也看不到。

我们惊恐地四处打量着，生怕猛然从头顶掉下一块大石头，或者某处黑暗的石门打开，一只上古妖兽出现在我们面前。还好，等了半天没见什么动静。

就在我准备把心放进肚子的时候，木台下面突然发出木头“吱吱——、咔咔——”的声音，接着木台都有些晃动了。“不好，木台要塌了！”乔大少喊了一声，吓得众人都蹲了下来，随手抓住一切可以抓住的地方。这小子见玉盒放不回去，也就没硬塞，随手塞进了旁边淘金佬打开的背包里。

木台没有塌，就如同龙大少猜测的那样，正缓缓地翘起。靠木台这头下沉，水帘洞下面的那个木槽越翘越高。“咔——”一声，桥停了下来，看来石碑下沉到位了，木槽也翘到了顶点，正好就在进水眼的下面，流水冲进木槽，顺着水槽流到了水车的上方。

我们看着流水冲到了水车上，水车上也是一些浅浅的水槽。“咔咔——、咔咔——”经过流水的冲击，水车正上方的水槽装满了水，正在转动，一点一点地下沉，两千年前的水车就这样转动了。

水车缓缓地转动，时而流畅，时而缓慢，毕竟两千年了，有些地方已经卡住了。在这样半死不活转动了几圈以后，终于顺畅起来。在水车转动的同时，中间的轴承带动着曲轴也在一点一点地转动。可惜时间有些长了，曲轴好像并不能真正地转动，水车却在不断地转动，这就好像是有一股劲儿，一点一点地憋在曲轴那里，一点一点地积存着力量。

最后似乎憋的力量太大了，连水车都开始颤抖了。“咔——”一声脆响，曲轴终于冲破阻挡，动了起来。黑暗中又是一阵晃动，一阵响声，那些躲在黑暗中的轴承、杠杆都开始动了。

木台发出“吱吱——”的响声，就在我们面前一点一点地转动起来。原来水车带动曲轴转动，是为了让木台转动。我向那个铜皮包裹的方格看去，上下两层木头都在转动，不过看上去，上面的这层，也就是我们现在踩的这层是在顺时针转动，而底下的那层好像是在逆时针转动。

木台转动得很慢，几乎可以说是用厘米为单位，但是它毕竟动了。那些原本被叠加在一起的两层木头，因为转动出现缝隙，得以重见天日，发霉的味道扑面而来。

一点一点地转动，弄得原本就有些晃动的木台更加晃动，感觉随时都会倒掉。我们这些站在上面的倒霉蛋，只能蹲下来，生怕一不小心就和木台一起倒下去。

木台转了大半圈，老林一惊一乍地喊道："你们看——"

我们顺着老林所指看去，那个包铜皮的方格下面第二层木头交错的地方，出现一个空，原来底下第二层木头也有一个和方格一样的缺口。在转动中，两个缺口就会重叠在一起，露出木台底下的空间。

在缓缓的转动下，两个缺口开始交错，一点一点重叠又一点一点地错开，不过就在完全重叠的那一刻，我也看见了底下的空间。木台底下正中间是一根用许多根细长原木箍起的柱子，很粗，需要四五个人手拉手才能环绕住。石碑看来就是在这根柱子里，那些机械看样子也有一部分在其中。围着柱子的有一道木制楼梯，螺旋向下。通路终于找到了。

可惜我正想探头仔细观察的时候，重叠已经过去了，两层木台又开始交错，最后交错到第二层木头出现，通道口不见了。想要再看见通道口，只有等下一次交错了。这就和日食一样，只有当日、月和地球三者全部对正的时候才会出现。

我大概估算了下，两者从交错到分开的时间，差不多每次可以送一到两个人下去。这是刚开始，后面转得更顺畅以后，可能速度会加快，只要不是太快，一次下去一个人还是可以的。

我把我的想法告诉大家，现在我们过来的桥已经成了杠杆，想回去也不可能了，只能往下，这个木台我总感觉支撑不了多少时间。

等到第二次重叠开始后，曹爷第一个拿着工兵铲跳了下去，“嗯，底下的楼梯也是用整原木造的，结实着呢。”这是我最担心的，真害怕底下的木制楼梯经不起岁月的考验，已经变成纸片了。

第二个是龙大少，这小子动作快，把背包扔给底下的曹爷，然后自己就跳了下去。他后面跟着的淘金佬也有样学样，将背包扔给龙大少，只是这小子刚想下去的时候，重叠已经快要过去了，他那块头想要下去有困难。

第三次重叠一开始，身材还算娇小的老林就被我半推半扔地弄了下去，刚刚卡着那个宽度，换个壮一点儿的绝对卡住了。没办法，节省时间啊，等到完全重叠、空间最大的时候，淘金佬也下去了。

第四次重叠开始后，霍青嬷下去了，然后是行动不便的乔大少。这小子速度太慢，恨得我牙痒痒，就在木头快要夹住他脑袋时，他终于下去了。

现在木台上只剩下我和骆驼，还有护卫军的幸存者和恐龙专家四人。护卫军似乎对这个颤巍巍的木台很恐惧，从木台开始转动以后，这小子就抓着原本放石碑的洞口的边缘，死活不松手。恐龙专家一脸傻笑，也在模仿他的动作。这倒为我们省了不少心，不用担心恐龙专家一激动从台子上跳下去。

我冲护卫军歪了歪头：“下一个，你下去！”

霍青嬔临下去的时候，把她的手电筒留给了我，通过手电光，我看见那家伙脸色惨白。“我……我……我再……再等等……”那家伙结结巴巴地说道。

我真想骂人，但是人家毕竟和我不熟，我只好对骆驼说道：“那你先下去吧，在底下接着恐龙专家。”

骆驼点了点头，等到又一次重叠的时候，这小子毫不犹豫地探身下去了。这时候木台的速度已经比较稳定了，也比较快，他刚下去，我都来不及去扯恐龙专家，重叠就过去了。

我心里骂娘，走到恐龙专家身边，抓着她一把提了起来，恐龙专家呜里哇啦也不知道在说什么，我也不管了，把她夹在胳臂底下，往洞口走。突然，木台的转动速度慢了下来，水车“吱吱呀呀”的声音没了。我抬头用手电筒一照，水车不知什么时候停了下来。晕死，关键时刻怎么能停呢？坑爹啊，我还在上面呢。

水流声也小了，我走到木台边缘，用手电筒照了照，原来是水小了，进水口好像被什么东西卡住了，只有小股的水流出，已经不足以推动水车。

我还没看出个名堂，就听见“哗——”一声，大股的水流从进水口中喷出，同时被喷出的还有一个黑色的东西，好像是个人。这家伙把水桶一样粗的进水口给堵住了，不过又被冲了出来，他是怎么从进水口出来的？这要是个活人的话，绝对折死在洞口了。

那个黑色的东西被冲到了水槽里，顺着水槽翻滚着落到了水车上，水车又开始动了。

底下楼梯上的人也发现了这个黑色不明物体，两只手电筒从下仰射到水车上，加上我手中的手电筒，三只手电筒一起照射，这才看清了被冲到水车上的黑色不明物体。

此物没有头，身穿黑色反光“鱼鳞甲”，光秃秃的颈子上面只露出一截已经被水泡得没有血色的白花花的颈椎骨。不用再看了，就是那个消失在白玉宫暗河里的虫尸，这小子咋就阴魂不散呢?

被冲到水车上之后，它居然还能动，顺势抓住水车的水槽。这么一个有分量的东西抓着水槽，水槽马上向下转动，虫尸居然又往上扒着上面的一个水槽爬了上来，然后这个水槽又往下，它又扒着更上面的一个水槽往上爬。

它这一爬不要紧，整个水车的转速突然加快了，本来高端的水力推动的水车系统，变成了低端的人力推动系统，不，应该说是虫力推动系统。不过，这虫力推动的水车系统转速提高了不止一倍。

此时整个木台摇摇欲坠，随时都有可能倾倒。我转头狠狠地瞪了护卫军幸存者一眼：“你们的这个同事太死心眼了。”

木台摇摇欲坠的感觉早就把这家伙吓了个半死，他的脸色一片惨白，连嘴唇都开始发紫了，“我……我……我有……恐高……恐高症……”这小子闭着眼睛说道。

木台晃动得越来越厉害，我也不敢在上面直着身子走了，而是弯着腰将还在挣扎的恐龙专家拖到了通道口，等着下一次重叠。

转速太快，重叠后，我只来得及看见骆驼仰着的脸，就又过去了。不行，这种速度要是把恐龙专家扔下去的话，搞不好恐龙专家就成两截了，上半截在我手里拉着，下半截在骆驼手里抱着。

曹爷、乔大少和龙大少等人，都在不停地晃动手电筒，对着依然在刻苦爬水车的虫尸大喊大叫，想要吸引虫尸的注意。没用，人家虫尸现在的状态是“掩耳不闻窗外事，一心只爬圣贤车”。再说了，它身上鼻子、耳朵、嘴巴、眼睛这些能用的感觉器官，都还在白玉宫的地上扔着呢。

我一连等了几次重叠，都没办法把恐龙专家扔下去，速度越来越快。我也被转晕了，几乎站不起来，只能蹲在地上。恐龙专家现在是老实了，这丫头也被转晕了。

无奈中，我只好喊道：“骆驼，你们都别站在底下了，快往下跑，台子要塌了！”

骆驼答应了一声，然后就没动静了。各种木头“嘎吱嘎吱”的声音，掩盖了他们下楼梯的脚步声。

完蛋了，看来等下我们三个只有掉到水里的命了。刚想到这儿，底下就传来曹爷的吼叫声，声音大得压住了木头的声音：“老板，底下的水面上全是铁刺，掉下来就成羊肉串了！”

我心中一惊，这还让不让人活了？本来还想着掉水里也就罢了，现在才知道，落下去就活不成了。

这时，我看见石碑下沉后留下的深洞，突然又有了希望，此刻护卫军幸存者还在用手抓着洞口边缘。我拉着恐龙专家靠了过去。嗯，这个洞里面似乎很大。我用手电筒照了照，隐隐约约地可以看到一点儿石碑，不算太深，里面并不是只有石碑大小直上直下的空间，而是一个圆柱形的空间，底下的柱子是空心的。

再看洞口，石碑落下的洞和石碑一样宽窄，长度是够了，就是有些窄，人进不去，不过好在石碑够厚，窄得不是很离谱，只需要加工一下即可。

我掏出军刀，开始没命地沿着边缘凿起来，都是些湿木头，看起来像是快朽掉了，但是凿起来艰难万分。

木台越转越快，我几次险些凿到自己手上。就在木台将倒未倒之时，我总算把两层木头凿穿，凿出了一个大概能容一人钻进去的口子。

“咔——”先倒下的居然不是木台，而是水车。那水车估计是再也承受不了虫尸的折腾了，推金山倒玉柱般地倒下了，顺便将虫尸也埋了进去。估计这次虫尸是在劫难逃了，底下都是铁刺的话，它铁定报销了。

我抓过闭着眼睛、摇头晃脑的恐龙专家，也不管底下是什么，硬是把她塞了下去。恐龙专家惨叫一声，跌了下去。

我又一把抓住护卫军：“该你了，这里马上要塌了。”

护卫军死死抓住洞口，不管我怎么拉他，就是不松手。这时，木台的晃动幅度突然变大了，我知道这是要塌了，哪还顾得上和他再说什么，两腿一蹬，自己先钻了下去。但是我没有松手，依然抓着他，想把他拉进来。

就在我身体进去的那一刻，两层的木台传来“哗啦——”的声音，木台不堪重负，从中间断裂开来，翻了个个儿往底下倒去。拉扯之力巨大，我抓着的护卫军的手也不得不松开了。

我在往下跌的时候，看见木台翻过来，把最后一个护卫军扣在底下，然后跌了下去。

还好我没落下多深，就撞在两根并排的原木上，原木一头很高，斜着从圆柱形里伸了出去，一头很低，正好是个斜坡，我就挂在这根斜木头上。木头依然很滑，我的身体滑了下去，直接压在了趴在石碑上的恐龙专家的身上。

刚才我滑下来时太快，我直担心把这丫头挤断了气。不过看样子，恐龙专家的状态还好，没有奄奄一息的模样。

这次真的是捡回一条命来，我不禁拍拍胸口，太刺激了。外面的人都在喊我，他们估计以为我和那个护卫军一样掉下去了，我听见乔大少的声音里都带有哭腔了。我从杠杆上跳了下来，杠杆突然晃动起来，幅度特别大。我连忙把恐龙专家也拉了下来，两人背靠着圆柱的内侧，“咔——”杠杆歪倒，一点一点把那些围成圆柱体的原木别开。

“都散开，柱子要炸开了！”我紧贴着内侧，嘴里还在提醒外面的人。

“咔——”一声清脆的声音，紧挨杠杆的原木首先从中间裂开，然后就是一片咔嚓声和轰隆隆的倒塌声。我捂着恐龙专家蹲在地上，石碑也被撬了起来，翻滚着落到我面前，吓了我一身冷汗。各种零碎的木头也纷纷落下，砸在头上虽不致命，但也蛮疼的。好半天，一切声音都停了下来，我这才睁开双眼站了起来。

第 6 章｜死水潭边烤活鱼

好家伙，杠杆直接把圆柱体的顶子给掀掉了，好好的一个桶形圆柱体，硬是瞬间变成了一堆参差不齐的木头桩子。

我没管依然蹲在地上、还有些犯迷糊的恐龙专家，而是爬出了木头桩子。一束手电光照过来，然后就听见乔大少的声音：“李日天，你小子咋还不死啊，你不死我咋转正啊？”没看出来，这小子还是个官迷，一个副队长还当上瘾了，准备转正干正职啊。

我笑骂了一句，凑了上去。老林捣了我一拳，说道：“刚才我们看见那个家伙从空中掉下来，落在尖刺上被穿成串，还以为你也死了呢。”

我不禁摇了摇头，那个护卫军绝对有机会逃生，是他自己放弃了。

霍青嬔望着我，说道：“木台上的情况，我们都知道，你就不要自责了。”

我有些无奈地点了点头，接过龙大少的手电筒，四处照了照，这才看见了底下的全景。至于霍青嬔给我的手电筒，早就不知道被我扔到哪儿去了。

底下的空间是一个大水潭，水潭中心是一个跟木台差不多大的岩石堆，圆柱体就是一根根原木扎在岩石堆里形成的，我们现在就站在岩石堆上。水潭里竖着一根根铜质尖刺，密度挺高，就和魔音洞里的陷阱一样，上面满是铜锈。我毫不怀疑，要是被这尖刺戳一下，即使没有戳到要害，也百分之百要死于破伤风。

那个护卫军也不知道掉到哪儿被戳死了，估计是被碎片掩埋了。再往远望去，水潭周围围着一圈石头，石头外面估计就是平地了。至于岩壁什么的，实在是看不清了，只是感觉空间很大，足有一个足球场那么大。

水潭没有路通往岸边，看来想要到对岸，只有踩着那些尖刺走过去，或者从水里顺着尖刺的缝隙游过去。现在我们这些人都异常狼狈，所以我没打算继续前进，而是让曹爷和骆驼把圆柱体的里面收拾一下，大家可以在里面稍作休息。

也不知过了多久，我被背上的伤口疼醒了。伤口让汗浸透了，现在蜇得疼，看来等下要重新包扎一下。我睁开眼睛，看见面前有一堆火，龙大少坐在火堆前沉思。这小子肚子里还有多少我们不知道的事情？不管了，出了山洞就分道扬镳，再也不掺和他这趟浑水了。

我爬起来，蹲在火堆边上，摸了摸火堆边放着的一些木头片，大部分被烤干了，我捡了几个粗的扔进火堆。龙大少见我醒了过来，点了点头，继续沉思。

曹爷、骆驼和淘金佬几人挤在一起睡得正香，唯独少了老林和霍青嬿。

我四处张望，老林提着几条鱼，抱着歪歪翻过断木茬儿，跳进圆柱体。霍青嬿跟在他身后，手上提着一个登山头盔，里面还装满了水。

“从哪儿整的鱼啊？”我不禁有些奇怪。

“废话。”老林将鱼扔在火堆边上，没好气地说道，“当然是水里捞的，还能是菜市场买的不成？”

“这臭水里也能有鱼？”我凑了过去，抓起一条鱼看了看，有点儿像博斯腾湖特产的五道黑，肉质应该不错。“你怎么抓的？”我又问道。

老林抽出我的军刀，蹲在地上开始收拾起鱼来：“哼，笑话！以我的本事，要是连条鱼都抓不住，二十多年前早就饿死了。”

这老家伙又开始了……

果然，老林的话匣子被我不小心打开后，就犹如决堤的洪水，滔滔不绝，淹没了一切。他对着龙大少和霍青嬿一顿狂吹，都是当年在山里搞勘探的时候，吃过这个肉、吃过那个肉的。

其实在这件事情上，他说的是实情。他参加工作的那个年代，虽然粮食已经够吃了，但是各种副食，尤其是肉蛋之类的少得可怜。加上那时候还没什么动物保护的意识，所以老林他们进山基本不吃干粮，逮住啥吃啥，反正都是肉，能填饱肚子就行。这老家伙的弩箭射得有几分准头，就是那时候练出来的。

霍青嬿一边听得津津有味，一边手也不闲着，从背包里掏出一袋药粉倒进了登山头盔里，等了几分钟，才开始用那些已经干净的水帮老林冲洗收拾好的鱼。

我蹲在一边也没闲着，挑了几根笔直的原木，用军刀削成细木条，把霍青嬿洗干净的鱼穿到细木条上，放在火边烤起来。大家都是常在野外跑的人，这点儿手艺还是有的。

老林收拾干净鱼，拍拍手站起来，说道："这几条不够吃，我再去抓几条。"说完又爬出了木头断茬儿，霍青嬿也提着空头盔出去打水了。

我望着有些焦黄的烤鱼，对着同样盯着鱼的龙大少说道："这要是再有点儿盐就完美了。"

龙大少听了我的话，在背包里翻找起来，好半天才扔给我一个硬疙瘩，看来和石头一样。我捡起来看了看："这啥玩意儿啊？"

"土盐粒子，我喂骆驼用的。"这小子不说，我都忘记了，他来的时候还骑着四峰骆驼呢。

许多食草动物都是这样，吃了草以后，喜欢舔一些咸的东西补充盐分。所以一般养羊啊、牛啊这些家畜的人家，都会在牲口圈里放一大块土盐，让家畜自己舔去。

土盐不同于我们吃的碘盐，它是没经过加工的，从盐井、盐矿之类的地方挖出来直接就拿来用。再加上西北的环境，所以这块土盐里不仅有盐的成分，也有土的成分。

现在这种环境下，有的吃就已经不错了。我用军刀刮掉外面的一层土，切下一块，将剩下的又扔给龙大少，然后将盐放到手上用刀背捻碎，均匀地撒到了鱼肉上。龙大少也有样学样地切下一块，将盐撒在他照看的几条鱼上。

没过多久，老林和霍青嬁回来了，老林手上又提着几条鱼。这水潭里的鱼是不是都是傻子啊，咋那么容易就让老林逮住呢？霍青嬁神秘兮兮地捂着那个头盔，一直走到我们面前，才将头盔掀开，这里面是啥啊？

借着火光，几朵黑色肥大的木耳躺在头盔里。我和龙大少凑过去："嗬，从哪儿弄的这么肥的木耳？"想想也是，这环境，这木头，要是不长木耳实在是说不过去。

没想到，老林鄙视地看了我一眼，说道："你再仔细看看是啥？"

我拿起一朵，摸起来和木耳质感差不多，不过更有肉感，只是长相有些不同，这个木耳长得和喇叭花一样。

我把木耳递给龙大少，龙大少仔细翻看了一下，说道："是木耳啊。"

老林依然一脸鄙视的样子，我直接忽略他，望向霍青嬁。霍青嬁微微一笑，没有答话。

"这东西是长在石头上的。"老林过足了吊胃口的瘾，好半天才说道。

我和龙大少同时惊呼道：“石耳！”

“这不可能啊。”说话的是龙大少，“石耳我见过，那东西只有在南方的山上才有，怎么可能出现在这里呢？”

霍青嬿耸了耸肩，说道：“这确实是我从石头上摘下来的。”她顿了一下，接着说道：“而且你没发现，这里的环境和南方的一些山洞很像吗？”

我突然想明白了一个问题，一把拍在老林的肩膀上：“这南方产的东西，你个北方佬在这儿装啥大尾巴狼，你见过石耳吗？”

老林被我吓了一跳，好半天才怒道：“没见过还没听说过吗，你想不想吃鱼了？”

其实石耳这东西，我也是听得多见得少，真正见过的也只是些干石耳，和干木耳没啥区别。石耳，长在石头上，样子有些像木耳，但是营养价值比木耳高得多。中国最有名的石耳在庐山，号称“庐山三石”之一。

霍青嬿用手将那些石耳翻出来，一片一片地掰开，穿在木条上。她一边穿一边说道：“石耳的蛋白质成分很高，但是热量很低，更难得的是具有解毒和止血功效。你们几个受伤的人可以多吃点，有利于伤口恢复。唯一的缺点就是这种菌类长得太慢。”

我本来都已经撕下半片准备塞进嘴里，听到霍青嬿的话又停了下来：“那还是留给乔大少吃吧，这小子的伤口还在渗血呢。”

霍青嬿听了我的话，笑了笑说道：“我只说它长得慢，没说它长得少，那边石头上还有许多，我再去摘就是了。”霍青嬑又端起头盔走了出去。

老林收拾好几条鱼，也坐在火边上烤鱼，龙大少将他珍藏的土盐疙瘩又拿了出来。老林这小子比我识货，抓着土盐疙瘩就在嘴边舔了一下：“唔，是个好东西。”

不一会儿，烤鱼就散发出了阵阵清香，霍青嬑也捧着满满一头盔石耳回来了。我们一边烤着石耳，一边烤着鱼。霍青嬑将头盔递给龙大少，龙大少又将头盔塞进背包，不是他的那个，是淘金佬的背包。这个德国淘金佬进沙漠还带着登山头盔，果然是有备而来啊。

吃饱喝足以后，我们靠着残垣断壁休息。霍青嬑说，从木台坍塌到现在过了十几个小时，我们也该继续赶路了。只是现在我们要怎么过去，难道真要游泳游过去?

我私下里偷偷地问了老林，在我们睡觉的时候，他和霍青嬑轮流守着，没有发现虫尸的踪迹，极有可能被埋在水车下面，永世不得翻身了。听了这话，我终于安心了点儿。要是虫尸再冒出来，这么一个狭小的环境，可就真要了我们的命。

我们打点好自己的东西，我点着了几根已经被烤干的木头，当作火把。众人陆续翻出圆柱体，又到了水潭边的岩石上。

老林望着依然往下流水的进水口，说道：“看样子这里似乎是个死水潭啊，有进水没出水的，怎么就没看见这水有上涨的迹象？”

这个问题有难度，可以肯定，这个水潭不是活水，没见过活水上面还能发臭长毛的。那么，那些流下来的水又到哪儿去了？水面没有升高，这里没太阳，又没有蒸发，这些水就这么神奇地消失了。

“扑通”一声，一条鱼从水中跃了起来，又落了下去。也难为这些鱼了，生活在这样一潭没有氧气的死水里，怪不得时不时要出来透透气呢。

我终于知道老林从哪儿弄的鱼了，这都不用他动手，负责捡就行了，新时代的守株待兔啊。

我不禁对身旁的老林报以一顿白眼，老林脸皮厚，一脸承蒙夸奖的表情。倒是霍青嬁应该早就知道了老林的秘密，只是没有说，这会儿看见我看她，不禁吐了吐舌头，一副顽皮的表情把我看得愣住了。没想到，霍青嬁除了严谨的科学精神以外，还有这样可爱的一面啊。

环视四周，四处是从水中耸立而出的尖刺，看来我们只有涉水过河了。

我把恐龙专家交给了骆驼，现在只剩下我们这些人，恐龙专家也只能由我们自己照看了。

说到恐龙专家，自从被龙三少推下石台受了刺激以后，本来还不严重，只是精神萎靡。但是接二连三又受到刺激以后，终于崩溃了。现在每受到一次惊吓，就会变得更痴呆一些，除了尖叫，只剩下挂在脸上目光呆滞的傻笑。

霍青嬁说，她的这种病症是可以治疗的，基本可以恢复。只是我们现在没有条件，霍青嬁这个科学家也不是万能的，所以只能带着她走一步算一步了。

龙大少第一个下了水，也该这小子做一次先锋了。他一手拿着手电筒照着水面，一手握着一根木头杆子在试探水的深度，没走两步便一个趔趄，没入水中，好半天才又钻出水面。

龙大少吐掉嘴里的污水，说道："底下的水很深，我们得游过去了。"

其实也说不上游过去，那些尖刺之间的距离都不是很远，扒着一根尖刺，一伸手就能抓住下一根尖刺。有这些东西钉在水里面，即使是不会游泳的人，只要握紧这些尖刺，也能游到对岸。

龙大少下水后，接着是淘金佬，然后曹爷将一脸苦相的乔大少扔上肩膀也下了水。乔大少刚才执意要求换人背他，他对曹爷实在是不放心，惹得我们几个大怒，这小子以为这是他家开的酒店啊，在这鬼地方还想享受帝王般的服务？

这一入水我就郁闷了，太腥臭了，可熏死我了。我尽量昂起头，让鼻子和嘴远离水面。这水刚才龙大少还喝了一口，等下我一定要问问他啥感觉。

我抓着尖刺，犹如人猿泰山在丛林中抓着树藤穿行一般，左荡一下，右荡一下。水中的阻力有些大，没荡几下我就累了一头汗，环境闷热也有一定原因。

最少还有十几米才能到岸边，前面几人的速度也慢了下来，都累得气喘吁吁的，更郁闷的是，一张嘴就吸一嘴臭气，换成谁谁都受不了。

就在这时，我听见身后传来一声狗叫，我回头望去，吓了一大跳。只见歪歪踏水而行，在水面上向对岸飞奔。没看错，确实是飞奔，水面只没过它四肢的一半。

我大脑还没来得及反应，更匪夷所思的事情发生了。老林也在水面上健步如飞，一边向前跑，一边伸着手呼喊歪歪的名字，还不时侧身躲过那些突起的尖刺，这老家伙追着歪歪就过来了。

好家伙，这爷俩儿不会是背着我们吃了啥天材地宝吧，转瞬间都练成了绝世武功。

霍青嬟依然站在岸边，有些发愣地看着老林和歪歪的身影。就这样，我们一行人就像傻子一样，在水中看着那爷俩儿从我们身边四五米开外的地方跑过，激起一阵水花。

直到老林冲到对岸，将站在岸边抖毛的歪歪抓在怀里，我们才反应过来。

这时，我们又看见霍青嬟背着她的背包，大摇大摆地踩着水从我们身边徐徐走过。当走过我身边的时候，她终于说了句实话：“这底下有条石板路，让水淹了，你们没看到罢了。”

我们连滚带爬地扑腾了四五米，才上了石板路。我抓着路上的尖刺摇了摇，很坚固，被镶在石板路上了。水也就淹过石板几厘米，因为太黑，所以我们谁都没发现这里有条石板路。

我们浑身湿淋淋的，还散发着恶臭。看见浑身干爽的老林和霍青嬟正对着我们微笑，我的气就不打一处来。

“老家伙，你啥意思，成心看我们笑话是吧？”我上前一把攥住老林的衣服领子，“兄弟们，为了公平起见，把这老家伙扔下去，让他也享受一下我们的待遇。”

老林一脸委屈地看着我们几个，还没来得及说话，他怀里湿淋淋的歪歪却探出头，一脸敌意地冲着我叫了两声。

我当即大怒：“把这只狗也一起扔下去。”说完，上前就准备将老林放倒。

老林吓得连连后退，摆手说道：“不关我的事情，我也没发现，是刚才歪歪发现的。”看我们一脸不信的样子，连忙又说道：“不信？不信你们可以问霍丫头。”

“霍丫头？”我转头想了想，原来是霍青嬿，这明显是长辈叫晚辈的称呼，这老家伙怪会占便宜的，这就开始充大尾巴狼了。

“林叔说的是真的，是你们下水后歪歪发现的，而且当时我也没搞明白是怎么回事。”霍青嬿说道。

“林叔？”霍青嬿喊那老家伙叫“林叔”，那我们几个不都成她叔叔了？

第 7 章 | 通道遇险

我们围在一起，透过手电筒的光线，打量着岸边的环境。站在洞底部，才真正地感觉到了山洞的空旷。背靠水潭，远处一片黑暗。

龙大少打着手电筒，对着地上的石板路照了照，上面有花纹，类似白玉宫殿大门上的那种百兽图。我们费了好大劲，才蹭干净一块石板，上面浅浅地刻着各种动物的图案：狗熊、蟒蛇、老虎、雄鹰，当然也有蜥蜴。

这些在考古学家眼里的无价之宝，我们现在看着居然一点儿反应都没有了，仿佛是在家里的卫生间，对着十几块钱一块的瓷砖。

观察完石板，我们小心地顺着石板往前走，龙大少依然走在最前面。这小子手中的那根木棍现在才起到一些作用，被他用来探路了。谁知道前面有没有啥机关陷阱的，龙大少干脆用那木棍在前面一边捣一边走，要是哪块石板底下是空的，大概能听出声音。

这样一弄，整个山洞里就响起了木棍敲击地面的声音，就像盲人棍的声音一样。

石板路两边，一些凸起的石头上长着黑色的花，看得我们一群人啧啧称奇。老林又用看白痴的神态看着我们。

走了大概一百米，我们到了石板路的尽头，一个犹如火车隧道一般的山洞出现在我们面前。隧道口两侧，就是这个山洞的岩壁了。各种不规则的凸起，让人感觉这个山洞是天然形成的。岩壁上长满了各种形状的石耳，大大小小的，看上去真像是开满了花朵。

隧道里依然闷热潮湿，头顶还不时地滴下几滴水。我们浑身几乎都被汗弄得湿透了，当然，本来我们就浑身湿透了，让汗水再次弄湿了一遍。

霍青嬿提醒大家，如果出现头晕或者呼吸不畅等情况时，必须马上说出来，谁知道山洞里有没有氧气呢？这姑娘蛮细心的，考虑问题也挺全面的。

不过看样子还好，通道里虽然闷热，但空气似乎比水潭那边的好，起码腥臭味少了许多，沼气味也淡了。

我们一路向前，山洞是人工开凿出来的，或者说是根据本身存在的自然山洞扩建的，所以人工开凿的痕迹很明显。在这些山洞的岩壁上，也长满了大大小小的石耳。

我们随手拽下岩壁上的石耳，塞进嘴里。突然，走在最前面的龙大少喊道：“都住手！”

他的这句话吓得我正准备去摘石耳的手哆嗦了一下，我旁边的乔大少抓着一片石耳放在嘴边，这会儿听到龙大少的话不知道是该拿下来，还是该塞进去。

龙大少转头道："石耳上有东西，都扔掉。"

我们一行人见龙大少这么说，都赶紧将手中的石耳扔掉，满脸迷惑地看着他。

龙大少一脸严肃地对我们说道："你们过来看。"说着，手电光线一转，又到了前方。

我们围了过去，只见在我们前方不远处，有一片肥大的石耳长在岩壁上，上面似乎真的有什么东西。

仔细一看，又把我恶心到了。那上面斑斑点点一团，正是尸纹蛾产的卵，油亮的卵壳在手电光下一览无余，恶心得我几乎站不稳了。一想到刚用手抓过石耳，大家都连忙往自己手指上看去，虫卵的腐蚀性至今仍让我们记忆犹新。

还好，没人被腐蚀，我把手放在衣服上搓了搓。我发誓，以后再也不摘石耳吃了。

"你们看。"几只死去的尸纹蛾落在地板上，湿漉漉的，已经被地上的水滴打湿了。

"这东西怎么会把卵产在石耳上？"我有些搞不明白了。其他人看来明白得也不比我多，大家都一脸疑惑，难道只是巧合，或者说有尸纹蛾没找到肉，找了块石耳就解决问题了？

龙大少手中的手电筒扫过地面，地上散落着许多尸纹蛾的尸体，又往岩壁上扫了扫，发现了一些被产卵的石耳，看起来不是巧合那么简单。

乔大少有些胆颤：“喂！你们谁能告诉我这是怎么回事？”

霍青嬏小心翼翼地上前，抓住那片被产卵的石耳，翻了翻，将上面的虫卵抖了下来。

我们这才注意到，地上、墙角附近还有许多虫卵，有些颜色都变了，一看就是被水泡了不知多少年。曹爷上前踩了一脚，那些被泡变色的虫卵当即被踩碎了，而新掉下来的没事。

霍青嬏盯着石耳研究了好半天才开腔：“我们身上的肉与这石耳最大的共性就是都含有大量水分和蛋白质，区别是肉含有脂肪，石耳没有。”霍青嬏点了点头，“除此之外，我再也想不到还有什么原因能让尸纹蛾在这两种东西上产卵了。”

她这一说，我也想到一个问题。根据霍青嬏所说，蛾子变成成虫后，存活的时间很短，不可能待在黑暗中几百甚至上千年。那么在这样一个空间里，我们不来的话，唯一的生物就是水潭里的鱼，尸纹蛾是怎么延续种族的？本来我一直想不明白这个问题，现在想想，极有可能，在石耳上产卵才是人家的本行，在肉里产卵只是人家的副业。

我把我的想法跟其他人说了下，大家也都点头表示认可，这是最合理的解释了。这时，通道里突然响起一阵毛骨悚然的笑声：“桀桀——桀桀——”

本来大家都在思考，结果猛然听到这么一阵恐怖的笑声，一下都被吓着了。所有人都抄起自己的护身法宝，四处寻找笑声来源。通道里有回声，一时半会儿我也分不清笑声的来源。我们都紧张地四处打量，生怕笑声的主人突然出现在面前。

“难道有活人在这儿？”龙大少问道。

“不可能，这地方除了我们，怎么可能有活人？难道是……”老林推测道。

“鬼？”乔大少和曹爷异口同声地说道，说完乔大少异常敏捷地跳了起来，哪里像个腿上受伤的人。

仿佛是为了刺激我们本来就已经绷成皮筋的神经，笑声再次响起，无比阴森恐怖。

以前就说过，曹爷这人天不怕、地不怕，是个敢和蜥蜴王单挑的主儿，但这小子受小护士家人的影响，对鬼神也怀有敬畏之心。但这只是一般情况，要是把他逼急了，神神鬼鬼的事对他来说也和蜥蜴王一样，属于可以挑战的类型。

连番几次毛骨悚然的笑声勾起了曹爷的怒火，曹爷抄起工兵铲大喝一声：“是人是鬼，给我滚出来！”

黑暗中，笑声突然停止。但越是平静，我们就越是紧张，看不见的敌人才是最可怕的。我可不想玩个《铁血战士》，让人把队员全干死了，还不知道自己的敌人长啥样。

好半天，通道里也没有一点儿响声，大家这才稍微放松下来。我们摆出战斗队形，我和曹爷手持利刃在前面开道，龙大少和淘金佬在后面端着手电筒照亮，骆驼拿着匕首断后。

我们小心谨慎地在通道里走着，我和曹爷更是十分戒备，等着前方突然出现的恶鬼。周围异常安静，那个发出笑声的东西仿佛消失了。

岩壁上的石耳越来越大，已经有脸盆大小了，这么大的石耳，就连见多识广的霍青嫙和龙大少也瞠目结舌。大石耳上的虫卵也越来越多，地上除了尸纹蛾的尸体外，也出现了一些类似蛹的东西，踩烂后里面是一些半蛾化的幼虫。

霍青嫙说，石耳的肉越厚，承载的虫卵就越多。那些虫卵完全长成幼虫，才能脱离石耳，结成茧，等着变成蛾子。而我们刚开始见的那些石耳，因为太薄，所以虫卵长不了多少，就掉到地上死掉了，根本就变不成幼虫。

头顶上不时有尸纹蛾飞过，我们不得不又掩住口鼻，生怕再次中着儿。其实，在我们头顶上黑暗的洞顶，还不知隐藏着多少尸纹蛾呢，为了不惊扰它们，我们几乎吓得连话都不敢说。

前方出现了一个丁字路口，左拐右拐没几步路就是封死的石壁，正对着中间石板路的是一扇石门。此刻两扇石门中的半扇大敞着，一些看不清的东西从石门中涌出，和泥石流一样。

走近一看，这哪是什么泥石流？这些冲出大门的东西是尸纹蛾、死虫卵、茧壳的混合物，还有些腐烂的东西，软乎乎地裹在一起，应该是石耳了。

我和曹爷拉开了两扇大门，又有一些混合物顺势涌了出来，好在不多，众人轻松躲了过去。头顶上还有一些尸纹蛾飞出，吓得我们赶紧又开始扯衣服，掩住口鼻。

手电光照过去，看得我都有心顺原路回去了。透过灯光，原本应该是一条路的通道里，覆盖着厚厚一层混合物，大概得一米多厚，看来我们是找到尸纹蛾的大本营了。

石墙上那些超级肥大的石耳上，密密麻麻的都是虫卵。那个一米多厚混合物的最上层，满是茧壳，有些虫卵是空壳子，有些尸纹蛾正努力地从茧壳里破茧而出。还有些石耳上的虫卵正在从尾部吐丝，将自己黑色的身体包裹起来，当然，也少不了正在产卵的尸纹蛾。

要让我们从此处穿行而过，还不如直接杀了我呢。龙大少也看得头皮发麻，退了过来。“看样子，这里过不去啊，要另找出路。”我说道。

大家一致点头，四下寻找。在右边岔路尽头的角落里，有一个比狗洞大不了多少的洞口，也不知道通向哪儿。就在我们打着手电筒四下张望寻找出路的时候，站在最后面的骆驼突然发出一声惨叫。我们转头看去，骆驼躺在地上，面朝我们来的路。一个黑影正从骆驼身上跳起来，飞快地隐入黑暗之中，速度快得连手电筒都没法照到它，也不知道是个什么东西，随之而来的是一阵由近及远的恐怖笑声，又是那个熟悉的笑声。

我们连忙冲了过去，骆驼双眼紧闭，手捂着腹部。好家伙，肚子上一条一尺长的口子，血没流出来多少，肠子倒是流出来不少。

各种死法的人我见多了，但这活人流出肠子我还是第一次见。我蹲在骆驼身边，对着那些肠子，真不知道该怎么下手。

笑声又由远及近，那东西又回来了。霍青嬁接住骆驼，我和曹爷并肩站在通道里，手里握着各自的兵刃，等着那个笑声的主人。

霍青嬁小心翼翼地将骆驼的肠子塞回体内。老林解下自己的腰带，递给霍青嬁。霍青嬁将骆驼的腰部扎起来，疼得昏迷中的骆驼直皱眉头。

“会不会是那虫尸？”曹爷问道。

我摇了摇头，说道：“应该不会，那虫尸被压到水车底下了，况且脑袋都没了，它拿啥叫？”

那东西就在通道里来回蹿，不时发出笑声，却一直没有再靠近我们。

这样下去也不是个办法，谁知道这东西到底有啥攻击力，我们和它耗不起。狗洞也不能钻，要是里面再有点儿啥东西，我们在那样的空间里，别说反抗了，就是想退出来也不容易。

现在唯一能走的路只有一条，就是踩着混合物，穿过这条通道。情急之下，我一把拽过龙大少手中的手电筒，扒着石门往里照，隐隐约约地看见了通道的另一头，也是扇石门，两门之间的距离有二三十米远。

“我们必须从这儿穿过去。”那笑声忽远忽近，吓得我们的汗毛都竖起来了。

“曹爷动手！”我喊了一声，走到曹爷身边，接替了他的位置，也接替了他手中的工兵铲。曹爷背起昏迷的骆驼，用碎衣服扎住自己的口鼻，踩着混合物走进了通道。老林和霍青嬁紧随其后，扶着骆驼。龙大少拽着晕晕乎乎的恐龙专家，淘金佬搀着乔大跛子，陆续钻了进去。

我一边后退，一边谨慎地查看四周，就在我要踩着混合物退进通道之时，突然那个黑影迎面向我扑来，速度之快是我平生罕见的。这东西和蜥蜴比起来，就好像是跑车和拖拉机，我们和它比，撑死也就是个自行车。

黑影扑来，我哪有时间抵挡，连忙弯腰躲了过去，顺势伸出工兵铲对着它下落的地方拍了一铲。工兵铲没拍上，这东西如鬼魅般地消失了。从头到尾这东西长啥样，我都没看清。

我不敢再耽搁，捂着口鼻踩着混合物钻进了通道。这东西踩上去远没有看上去那么瓷实，走一步，往下陷一点儿。前面的人把混合物踩得稀松，我一脚踏进去，就没过膝盖，两千年的沉积果然不一样，熏得我眼泪都掉下来了。前面的曹爷已经走到了通道尽头，此刻正在用力撞门。

其实我最担心的就是门打不开，或者这些混合物里带有虫卵的腐蚀性。不过看样子还好，通道里水分很充足，虫卵分泌的黏液可能被稀释了，即便这样我也不敢停留，艰难地迈着步子往前走。

一阵石板摩擦地面的声音传来，曹爷终于不负众望，推开了大门。其他人都钻了进去，我也加快了速度。

龙大少拿着手电筒站在门口给我照亮，眼看还有几米就要到门口了，里面的空气似乎要好很多，迎面吹来的凉风让我身心愉悦。

不过我这好心情连一分钟都没持续，只见龙大少一脸惊恐地望着我，或者说是望着我身后，好半天才指着我身后，用可怖的腔调说道："李队，你……背后有东西……在偷偷地跟着……"

听了龙大少的话，我连尿意都上涌了几分，想都没想，挥动手中的工兵铲向后砍去，不用说了，又是那个鬼魅般的身影。这东西真像鬼一样，偷偷地跟在我身后，我都没有发现，怪不得骆驼会受伤呢，要不是龙大少提醒，我也躲不开被扑倒的命运。

那东西就在我转身的一刹那，又隐入黑暗之中，退出了通道。即使有龙大少的灯光照着，我也没看清是什么，但感觉不像是人，或者是鬼，倒像是某种动物。龙大少也没看清，但和我感觉差不多，觉得有点儿像动物。

我连滚带爬地走进了石门。"快关门，快关门！"我趴在地上，招呼着他们。

曹爷和龙大少几人，连忙推着石门，将其合上。就在合上石门的时候，通道里又响起了笑声，那东西踩着混合物追进来，敌退我进的兵法被这家伙运用到了极致。一想到骆驼肚皮上那道触目惊心的伤口，其他人哪还敢怠慢，拼死在那家伙跟进来时将门合了起来。

好在通道这头的这扇门几千年来没打开过，所以通道里的混合物积淀得很整齐，与石门齐平，这才能使石门顺利合上。

第 8 章 | 又见空哥的棺材

我躺在地上，听着石门外传来的恐怖笑声，知道这是又躲过了一劫。

好半天，我才爬起来，随着龙大少的手电光，查看起这间石室来。石室有一个篮球场大小，四边石墙有楞有角。中央有一具棺材——竖着的棺材。看着这具棺材，我们几个从沙漠里死里逃生的人，除了恐龙专家和昏迷的骆驼，冷汗当时就下来了。

这棺材我们见过，就是失踪的空哥的棺材。一样的胡杨木棺材，顶上的四个木销子被我起出来又插回去一半的痕迹清晰可见。

居然是空哥！时隔数天后，我们又重逢了，可是空哥怎么从十几或者几十公里外的沙漠到了这里，还把自己的棺材弄得竖起来的？这也太匪夷所思了吧，难道真有鬼神之力？

空哥的棺材就这样静静地竖在那儿，让我们不寒而栗。石室里的空气比起山洞里来说好了不止一千倍，只是有点儿潮湿，如果没有空哥在的话，这里可真是一个舒适的休息场所。

这种潮湿的环境，让我想到了第一次见到空哥时的场景，那时在干燥的沙漠中，空哥的棺材却显得有些潮湿。难道当时空哥刚从这里游荡过去，所以棺材才会潮湿？

我转头和老林对视了一眼，都从对方眼里看到了深深的不解。

环顾四周，石室四个角各有一盏石质的宫灯，大小形状都和白玉宫中的玉石宫灯一样，连里面的材质都一样，只是这宫灯不是连座的，是带个底座放在地上的。想来没什么危险，我们分头点亮了宫灯，石室顿时亮了起来。

这时，一直站在棺材附近的乔大少突然爆出一句："梅超风，九阴白骨爪！"

乔大少冷不丁来了这么一句，把我们吓了一跳，半天没反应过来他说的是什么，围过去之后才发现，棺材前方不远处的地上，摆着一堆骷髅头骨。

你别说，乔大少这小子形容得还真像。当年梅超风在蒙古的土山上练九阴白骨爪的排场，就是三排六个头骨叠在一起，最底下的一排三个，中间一排两个，最顶上一个，排列整齐，只是这里的头骨上少了五个窟窿眼儿而已。

不知道为什么，以前人骨头也没少见，但这次我见了这六个头骨，有种特别不舒服的感觉。

“铁尸梅超风只有全真七子的天罡北斗阵才能克制住。”乔大少嘀咕道。

我环顾了一下四周：“我们不就是全真七子吗？”除去只能扮演傻姑的恐龙专家和生死不明的骆驼，我们还有七个人，六男一女，符合全真七子的性别需要。不过貌似我们不会天罡北斗阵，而且曹爷演全真七子实在太亏了，这样的英雄人物应该去演南院萧大王，而乔大少更适合演四大恶人里的云中鹤。

龙大少打开手电筒仔细地照了照棺材周围，又发现了三个骷髅头骨，棺材的左右和后面各有一个。摆头骨的位置和棺材的距离各不一样，前面的六个头骨和棺材的距离最近，然后是左边的和后面的，最远的是右边的，大概有两米的样子。

现在不是观察头骨的时候，骆驼还在地上躺着呢。

“他的伤口必须马上缝合。”霍青嫣说道。她从背包里翻出一个急救包，找出一截鱼钩状的针和半截黑线。我们把骆驼平放在地上，一群人围着他，两束手电光直射骆驼腹部的伤口，我和曹爷按着骆驼，怕他疼痛之下暴起。

这骆驼也是个硬汉，没缝两下就醒过来了，但咬着牙硬是没发出一点儿声音，看着霍青嫣在肚皮上穿针引线。好在霍青嫣手脚麻利，骆驼没受多大苦就缝合完了，倒弄得我们几人一身大汗。

此时的骆驼很虚弱，躺在地上喘着气，巨大的疼痛让这个铁塔般的汉子也不免脸色煞白。

霍青嫣倒出两片药，喂骆驼吃下，说是特效的消炎药，缺点就是人吃了瞌睡多。看来骆驼这条命算是保住了，我这才放下心来。

看着骆驼昏昏沉沉地躺在地上睡了过去，我不禁摇了摇头。这么一条汉子转眼就差点儿挂了，好在还有我们，哪怕就是背，也要把他背出沙漠，能带着一个恐龙专家，就不在乎再多个骆驼。

忙完了骆驼的事，我们走到那六个头骨边。龙大少用手电筒照去，头骨上有红色的花纹，像是花纹刻上去之后又在刻的缝隙里抹上了红色的涂料。

望着那具棺材，我就郁闷啊，现在我是真不想动空哥的棺材，这棺材在沙漠里看着没什么，但此刻见到只觉得处处透着诡异。谁知道开棺以后，会不会看见空哥躺在棺材里一脸微笑地看着我们，然后龇着满嘴尖牙说："你们进来休息会儿，我出去转转……"

至于空哥的秘密，我就更不想说了。当时见面没和龙大少、霍青嬬他们说，还是先看看情况再说吧，搞不好我们弄错了，这棺材根本就不是空哥的。有可能这种型号、款式的棺材在两千年前属于流行款式，属于流水线批量生产的，大家用的看起来都差不多。

我仔细看了看头骨上面的花纹，不对，那不是花纹，像是某种文字，但也不是我们前面见识过的吐火罗文字。

霍青嬬俯身看了半天，才说："这是佉卢文。"

我哪管是什么文啊，关键是看能不能认出来，给点儿出去的线索。我问道："能认出来吗？"

霍青嬬点了点头："这种文字比吐火罗文字好认多了。吐火罗文类似于两千年前楼兰的官方书面语言，使用的范围较小，流传下来的很少。而这种佉卢文属于民间文字，半个西域都在使用，在楼兰、尼雅遗址里都有大量发现，它和古波斯的文字有些相同之处，所以辨别也容易点儿。”

曹爷从人群后面探出脑袋说道：“那就赶紧看看，上面有没有刻点儿存放金银、古董的地图什么的。”

霍青嬿白了曹爷一眼，打着手电筒对着最上面的一个头骨仔细地看了起来。我们蹲在一旁瞎操心，紧盯着那些文字，好像真能看懂似的。

好半天，霍青嬿才看完整个头骨上的文字。她抬起头来：“龙先生说的对，这里真是楼兰的国师墓，而且和我们猜测的基本一样。这个国师叫万年，应该就是白玉宫中，站在楼兰王左边的那个人。”

霍青嬿指着头骨上的文字继续说道：“这上面的文字是他自己刻上去的，基本上就是他的个人简历。这个国师不简单，他说自己活了三百多岁，楼兰的国师也当了一百多年。”

老林摇了摇头，说道：“楼兰的历史也不过百余年，哪能当这么长时间的国师啊？”其他几人也开始嘲笑那国师，把人当傻子哄的人，在别人看来更像傻子。

“还有没有别的内容？”我问道。

霍青嬿摇了摇头，用手指了指那个头骨，说道：“第一个头骨上就写了这么多，剩下的内容在下面几个头骨上。”

曹爷上前就要抓头骨：“那还想啥，看第二个就完了呗。”

我一把抓住曹爷的胳膊：“慢！你小子不要命了，万一上面有啥剧毒怎么办，你忘了白玉宫里王峰是怎么死的了吧？”

一句话让曹爷猛然想起王峰中毒惨死的样子，这小子连忙缩回胳膊，嘿嘿一笑：“我看还是谨慎点儿好，谨慎点儿好。”

老林掏出两团破布递给我，都是前头扯下来当纱布用剩下的。我接过破布小心地顶住第一个头骨的两个沿儿，把头骨一点点地举起来。

没什么危险，既没有毒烟，也没有毒虫。我放下头骨，霍青嬿已经凑上去，开始阅读中间一层那两个头骨上的文字了。

霍青嬿蹲在头骨边，仔细端详了好一会儿，还小声地念着那些文字，发音抑扬顿挫，直到都读完了，才直起身子，缓缓地说道：“我终于明白了。”

我们都凑了上来，围着霍青嬿。霍青嬿说道：“这两个头骨上记载的都是楼兰王尝归的事情，而且是尝归被杀后万年写的。他在文中凡是提到尝归的地方，都称其为‘神王’，语言非常尊敬，而且把尝归描写得非常神圣。”

“神王？任何一部史书，对尝归的记载都没有‘神王’这样的称呼啊？”老林这个伪历史学家发表了自己的见解。

霍青嬿点了点头：“这是个新的发现，从这些文字上不难看出，万年对尝归很尊敬，把他当神一样崇拜。”她指了指头骨上的文字，向我们一句一句地讲解，弄了好半天我才听明白，这国师果然是宝石男的死忠啊，夸宝石男的文字比他自称活了三百年还要牛。

鉴于现在还没最后确定国师到底是不是空哥，所以在以下的文字中，我们称呼国师本名。

国师万年说尝归不是人，是天神的儿子，被派来管理人间，所以称他为“神王”。这小子从小就很聪明，而且是近似于变态的聪明，文武双全。十六岁的时候，就以王子的身份征讨南山羌人，以五千破十万，光斩首就有五万。

话说，其实楼兰周围并不都是一望无际的沙漠，沙漠东边和南边都有高山，东边是阿尔金山，南边是昆仑山。根据当时楼兰的位置，这个“南山”极有可能是阿尔金山和昆仑山相交的地方。

闲话少说，继续说这国师笔下的尝归。后面的事情就有些玄乎了，各位就当玄幻小说看得了。说这小子在征讨羌人时，其实一进山就中了埋伏，漫山遍野的羌人就像食金蚁一样涌了过来。楼兰军被杀得落荒而逃，仅剩下他和国师两人。他们俩被追得走投无路时，突然发现了一个仙人居住的山洞，还有个仙人站在洞口向他们招手。

那个仙人说，尝归是天上某大佬的儿子，自己是那个大佬手下的小弟，专门在这儿等尝归，要给他送上一件宝物。

什么宝物呢？一个大的轮盘，国师描述得不太详细，大概像个磨盘，上下两层，还有手柄。仙人说，这东西叫“天盘”，能穿越古今。

好吧，我们必须得承认，楼兰国国师万年，其实是中国最早的穿越题材写手，领先爱因斯坦的相对论两千多年，领先黄易大师的《寻秦记》两千多年，领先国际上的“时空穿越”理论两千多年。这位伟大的国师从此以后头顶上又会多一个光环——穿越题材创始人，伟大的科幻派作家。

我说这小子怎么能想出来把汉朝皇帝和匈奴王都弄得跪在他面前啊，原来他还真不是意淫。要是有了这个磨盘，一遍一遍地退档重来，对发生的事情了如指掌的话，还真有这个可能。

仙人要走，尝归却说话了，说你不能走啊，你走了我现在的实力保护不了这东西啊，要让别人找到这个山洞，我就悲剧了。仙人想想，觉得也是这个道理。说着他用手一指远处的石山，手指间一道金光轰塌了石山，凌乱的碎石化成十个高大的石头人。仙人说，这十个石人刀枪不入、寿命无限，是用来保护那个山洞的。那个山洞只有你一个人能进，别人进去就会受到石人的攻击。

尝归说那不行，我还指望他们帮我扫荡这片山区的羌人呢，你让他们全守着那山洞，我拿什么和人家打仗？

仙人被尝归搞烦了，说你不是有五千兵马吗，我给你施个法术，为你打造个不死军团。但这法术有违天和，只能用一次，我给你说个口令，等你征讨完羌人，再让他们恢复成活人肉身。

仙人再三叮嘱，说不死军团只能用来清剿羌人，如果用作别的用途，他们就会在太阳下灰飞烟灭，你也会种下祸根，总有一天不得好死。

尝归大喜，连连答应，当下拜别仙人，带着五千不死军团继续进攻。尝归一战击溃羌族联军，斩首五万。

但是，清剿完羌人，尝归并没有按照仙人吩咐的那样，念动咒语解除不死军团的法术。此刻，的他信心膨胀，想靠这个不死军团，征服整个西域、整个世界。

这个国师也在一边煽风点火，两人一合计，就带着不死军团回楼兰了，一路上烧杀抢掠，一直到楼兰城下。

尝归也硬气，被国王抓住后罪名全部自己揽了，说万年是被自己逼的。老国王一看，人家活三百多岁了，也不容易，再加上国师在楼兰地位尊贵，有点儿精神领袖的味道，也就没怎么为难万年。

正好赶上匈奴王派人来，说前面派的那个质子水土不服，死在蒙古草原上了，你再派一个来吧。国王就把尝归派去了，让他去匈奴那边自生自灭。

尝归一去多年，直到某一天，听说老国王死了，弄了个新国王，没两天又死了，他就想回来。这小子在匈奴人面前装孙子，骗得匈奴王也力挺他。

其实我估摸，那个新国王的死，少不得国师在里面做手脚，为的就是让尝归回来做皇帝。

这两个头骨上，信息量还真不少。

我又帮霍青嬑将第二层的两个头骨拿开，露出了底下的三个头骨。好半天之后，故事继续。

话说，尝归回到楼兰当上国王，第一件事情就是带人去寻找石人把守的洞穴，居然没有找到。那个山洞像个传说一样，就这样消失在了茫茫群山之中。

尝归不死心。他一遍一遍地派出自己的亲信，去大山里寻找那个山洞。

山洞没找到，倒是俘虏了一队一队的羌人，且把他们都押回了楼兰。正好有人在沙漠里发现了一个大型玉矿，尝归就把这些俘虏全赶到玉矿里去了。后来发现这个玉矿太大了，整个儿就是座玉山。

尝归又秉承封建王朝历代帝王的传统，一当帝王就开始谋划给自己建个墓。听说这座玉山以后，二话没说，带着国师亲自前去考察，当场拍板就在这儿了。

国师万年非常敬业，为了早日完工，吃住都在工地上。就在快要完工的时候，从楼兰城里传来消息，反骨仔尉屠耆带着汉朝人傅介子杀死尝归，占领了楼兰全境。前白玉宫总督造官张普断手之后住在楼兰城，但也在战乱中消失了。国师万年被通缉。

这时，更郁闷的消息传来，那个山洞居然在这个时候被找到了。带队寻找山洞的是万年手下的十个徒弟，都是亲信中的亲信。去时浩浩荡荡的人马，结果只有那十个徒弟回来了，到了楼兰城下发现已经换了主人，只好马不停蹄地到白玉宫来找万年，还带回一件东西，就是那个磨盘盖儿。

万年说晚了，国王都死了，你们把这玩意儿找回来又有什么用？这时，十个徒弟里最小的一个就给万年出了个主意，说："师父啊，其实我们可以再回山洞去，转动轮盘，回到国王没有被杀死之前，那样就可以救国王了啊。"

万年一想，还真是这个理儿。悲哀的是，等他们火急火燎地到了山里才发现，那个山洞又不见了，留下来守着山洞的人死了一地。

更可悲的是，他们的踪迹被发现了。新国王尉屠耆的亲信军队也追了过来。万年带着十个徒弟在大山里到处躲藏，不但被军队追，还被羌人追。

即使在这样艰难的情况下，万年依然没有忘记自己的使命，始终坚持不懈地寻找山洞。

就在又一次被追得走投无路的情况下，他们遇见了当初那个仙人，仙人还是专程来找万年的。仙人见了万年，就说是尝归派我来给你传话的，你们当初不听我的话，非要带不死军团去别的地方打仗，才会受此大难。所幸尝归没有死，或者说只是肉体死了，他的灵魂已经回到了天上，成为天神。现在他很忙，没空来见你，派我跟你说一声，你们就地解散吧，他会在天上保佑你们的。

仙人闪了，万年也失去了寻找山洞的信念，带着十个徒弟回到了白玉宫。回去的路上，虽然躲过追兵，但是被羌人袭击，万年身受重伤。

等逃回白玉宫，十个徒弟跪在万年身边。万年就说，神王升天了，我也没啥留恋的，现在又受了重伤，估计命不久矣。但是神王的东西必须保护好，按照仙人的指示，留给以后有缘的人。我打算把磨盘盖儿放进神王的墓室里。

十个徒弟跪在那儿指天发誓，要永远紧跟师父的脚步。万年说，那好吧，虽然仙人说要把磨盘留给有缘人，但是我始终不放心，想留给以后的"有缘人"几个考验，通过考验才能进入墓室，找到磨盘。

我打算设置三个巫术来考验"有缘人"，比较麻烦的是，这个巫术需要九具尸体做道具，还必须是精通萨满巫术的人。

然后九个徒弟磕头拜别师父，自己就抹脖子了。第十个徒弟是个女的，是国师最喜欢的小徒弟，喜欢穿用黑色羽毛织成的斗篷，而且名如其人，叫墨羽。

墨羽按照万年的吩咐，斩下了九个师兄的人头，并且制成了干头骨，然后和万年一起完成了巫术的设置。万年此时已经油尽灯枯，在头骨上写完了这个故事后，就一命呜呼。

墨羽用山洞里制造水车剩下的胡杨木料，做了一具棺材。她把万年安葬在这个石室里，让他继续守护着白玉宫，然后离开了。不过貌似这个墨羽也是狠角色，她虽然离开师父，但没有走远，而是就在白玉宫门口坐了下来，陪她师父一起死在了白玉宫里。

好了，国师的故事讲到这儿就告一段落了。

第 9 章 | 无头尸

我和老林两人站在一地的头骨前，交换了一下眼色。对这几个头骨上记载的故事，我俩都不相信，古人不论弄点儿什么事情，都要和神啊、鬼啊扯上关系，这样仿佛才能抬高自己的地位。

霍青嬷任务完成，站起身将手电筒还给龙大少。龙大少接过手电筒，照了照剩下的那几个头骨，说道："看那几个头骨上好像也有字，是不是那三个考验的内容啊？"

我打断他的话，说道："不管那些考验，也不管那个什么天盘，即使真的有神仙，这些事情也都是真的，我也一点儿兴趣都没有。"说完，我指了指身后的一干人等，继续说道："我现在只想找到出去的路，带着他们回家。"

看着默不作声的龙大少，我继续说道："虽然我们之间的生意取消了，但是作为朋友，我还是希望你停止这些无谓的探险，和我们一起找路离开，毕竟生命才是最重要的。”

一边的乔大少也走过去，拍着龙大少的肩膀，说道：“是啊，还是和我们一起找路离开吧。”

可能是我说的话有些重了，又一次刺痛了龙大少的自尊心，这小子怒了，“不行！”他一把甩开乔大少的手，“我一定要找到尝归的墓室。”

霍青嬑也开腔了，她一说话，完全是一副科学家的做派，抛开个人安危不说，只说科学发现：“我觉得我们也应该离开，现在我们不具备发掘文物的条件，不如等下次准备充分了再来，像我们这样再继续闯下去，谁知道还要糟蹋多少文物。”

龙大少见霍青嬑说话了，也不好再强硬坚持，只好说道：“我们已经离墓室不远了，只要突破那三个考验，就可以找到天盘了。”他望着我继续说道：“李队长，我感谢你在魔音洞里救了我们。我知道你们都是英雄豪杰，不在乎钱，如果你们不愿意的话，我可以单独去找。出了这片沙漠，我还是会给你们应得的报酬的。”

晕死，这小子咋把国师写的小说当真了？

曹爷怒了，上前一步说道：“废什么话？说什么你听着就得了，惹火了我，把你捆着提出沙漠。”

龙大少的脾气也上来了，“你们不愿意继续找可以自己走！”那个德国淘金佬虽然没听明白是怎么回事，但看曹爷一副凶神恶煞的模样，还以为我们要火并，嗖的一下拔出了匕首。

曹爷大怒，又向前一步，抽出工兵铲，和淘金佬对峙起来。我一看，这是真要火并啊，连忙冲霍青嬨使眼色，让她调和一下。

乔大少听了龙大少的话也怒了，上前对着龙大少说道："你说的这是什么话，要不是我俩还算朋友，我才懒得管你的死活呢！"

霍青嬨开口了："都把家伙放下！你们没发现吗？不论是想离开，还是想找墓室，首先是要先找到出路。"

她这么一说，我才意识到，刚才光顾着听故事，把门外那个会笑的危险生物给忘了，再看石室四面墙不像另有出路，难道我们又被困住了？

龙大少的神情也缓和下来，两边罢兵熄火。这时，老林那家伙钻了出来，抱着歪歪说道："这就对了嘛，渡尽劫波兄弟在，相逢一笑泯恩仇。有什么事大家不能坐下来谈的？"

我现在正被龙大少和门口堵着的那个不明生物弄得一肚子火，听了老林的话，特想一脚把他踢死。我一把推开老林："你个老家伙，跑这儿说风凉话来了？"

我的举动引起了老林怀里歪歪的强烈不满，对着我干号了起来。它这一号不要紧，本来门口已经停止的笑声，此刻又隔着门响了起来。

这笑声弄得我毛骨悚然，我连忙提高了声音："不管怎么说，我们现在要找条路出去才是。呃，老林，能不能让歪歪别叫了？"

龙大少指着棺材说道："打开棺材通过三重考验，自然就能找到路了。"

乔大少听了龙大少的话，又一个暴怒："你怎么还不死心啊？"

此时，刚把歪歪安抚下来的老林，张嘴说道："对，打开棺材，才能找到出去的路。"

乔大少听到老林帮着龙大少说话，当时就不乐意了："老林，你——"

我一把拉住了乔大少，看着一脸微笑的老林，"是啊，只有打开棺材，才能知道出去的路。"我也说道。

乔大少被我和老林彻底搞迷糊了，一脸茫然地看着我俩。我望了望一脸微笑的老林，原来这老家伙早就想明白了。只有打开棺材，看看里面是不是空哥，我们才能知道有没有出去的路。

如果是空哥的话，那么一定有出去的路，空哥既然能从沙漠到这儿来，我们就能从这里再回到沙漠里去。我们踩着虫卵混合物冲进石室的时候，石室的门是紧闭的，空哥应该不会关门，所以他不是从这扇门进来的，那么就一定有出去的路。除非空哥真的能玩个瞬间移动，要是那样，让我死在这儿，我也无话可说了。

霍青嬿站在一旁，一脸疑惑地看着我和老林。龙大少倒是大喜，见我们同意他的话，连忙招呼淘金佬开棺，现在淘金佬是他唯一能使唤得动的人了。

龙大少的手电筒光芒突然暗了许多，电池终于快用光了。

我指了指四角的宫灯，说道："我们可以把宫灯移过来，这样就不用浪费电池了。"

于是我和乔大少、龙大少和淘金佬，哼哧哼哧地把两盏宫灯搬了过来，却发现曹爷早就一个人搬了两盏过来。猛人啊，猛人。

快要打开棺材的时候，我们几个反而紧张起来，里面到底是不是空哥？

答案是确定的，龙大少和淘金佬掀开棺材盖儿后，我们就看见了空哥。他还是老样子，一副泰然自若的模样，身上的毛发依稀有几分大师兄的风采。从现在开始，国师也罢，万年也好，都和空哥这个人物重合到一起了，他们是同一个人。

霍青嬏可能见多了这种干尸，她本身就是研究西域文化的，所以并没有多大反应。龙大少早有心理准备，虽然看到空哥的样子也吓了一跳，但是勉强还能接受。倒是淘金佬猛地一见，吓得差点儿跳了起来。

龙大少站在空哥面前，从头到脚把空哥仔细观察了一番。突然，这小子把手伸向空哥的腰间。不好，空哥腰间拴金虎玉环的麻绳还有半截在腰带上，居然让龙大少看到了。

龙大少将麻绳举在眼前观察了许久，才递给一旁的霍青嬏。霍青嬏拿着麻绳和腰带上的麻绳印记对比了一下，说道："这绳子上面，之前拴着东西，分量好像还不轻。"

龙大少又拧亮了手电筒，在空哥的脚下寻找了半天，嘴里还嘀咕道："不对啊，那个东西怎么没有啊？"

不好，龙大少一定是听说了什么。此刻我也不好说什么，只能静观其变。龙大少抽出匕首，小心翼翼地想揭开空哥身上穿的皮衣。几千年了，那些东西早就和身上的皮肉连在了一起，哪有那么容易揭开。

龙大少一无所获，干脆从背包里掏出两双手套，递给淘金佬一双。两人戴上手套，准备把空哥从棺材里移出来。

“别！”霍青嬑喊道，“现在条件不完善，如果移动干尸的话，会损坏干尸的。”

龙大少和淘金佬的手已经放在了空哥的肩膀上，听了霍青嬑的话，顿时停了下来，但是仅仅几秒钟，他思索了片刻，又开始搬动空哥：“现在管不了那么多了。”

这小子有问题，他从打开棺材后，就表现得很不正常，似乎打开棺材就是为了从空哥身上找某样东西，而且目的很明确，好像他知道要寻找的东西一定在棺材里。

如果我没猜错的话，龙大少的目标一定是金虎玉环，这小子一定是从另外的渠道听说了金虎玉环可能在国师身上。

霍青嬑是真心地想保护这具干尸，见龙大少不听劝，也有些生气，走上前去，一把抓住龙大少的手腕。龙大少被霍青嬑一把抓牢了，当即想要甩开她。

龙大少一把没有甩开，向后退了一步，又一甩，把自己弄了个趔趄，才甩开了霍青嬑抓在手腕上的那只手。不过他这一个趔趄不要紧，向后又退了一步，一脚踩上了身后的一个头骨。咔嚓一声，头骨被龙大少踩成了几瓣。

就在头骨碎掉的同时，石室周围的墙壁上出现响动，像是有人在砸墙。更让人郁闷的是，石门处传来咔嚓两声，貌似这次是真的锁上了。

现在我们是不怕外面那个会阴笑的哥们儿了，门锁上了，我们出不去，它也进不来。

我上前一把推开龙大少，将头骨碎片按照顺序捡了起来。“你们兄弟几个怎么没一个让人省心的呢？”说完也不管龙大少尴尬的表情，端着头骨碎片跑到了宫灯边，招呼霍青嬷过来辨认一下上面的文字。

砸墙的声音越来越大，龙大少拧亮手电筒，看见石室周围的几面墙都出现了震动。这石墙后面是啥妖怪啊?

“第一重考验，打碎这个头骨，消灭九个……”霍青嬷读到这儿突然没声了。

我抬头正好看见一处石墙被里面的东西砸了个洞，石块乱飞，那个东西还在不断地扩大那个洞口。“到底消灭九个什么？”我着急地问道。

霍青嬷对着碎片看了好半天，把她自己都急了一头汗：“后面……后面……后面的碎片不见了……”

我晕死，关键时刻又出幺蛾子。我抬头往龙大少脚下望去，只见一片头骨被这小子踩成粉末了。这小子现在也慌神了，靠着棺材，四处张望。就这么一会儿的工夫，由于龙大少的一个不小心，我们被迫迎来了第一重考验。

石室四周，石块乱飞，不是一处墙壁被砸开，而是许多处。里面东西的破坏能力实在是太强了，连石头都能砸个洞出来。

终于，砸开石墙后，那些东西陆续钻了出来，昏暗的灯光下看不清是什么，只觉得有手有脚，应该是人。龙大少拧亮手电筒，好家伙，居然是一群干尸，而且还是无头干尸，左、右、后的墙上各被砸了三个洞，一共九个干尸从三面朝我们围了过来。

乔大少顺着手电光，真真切切地看见了干尸：“这是什么，刑天吗？这玩意儿怎么没脑袋？”

我看了看干尸，光秃秃的肩膀上什么都没有，再加上这些家伙手里都提着斧头之类的武器，还真和刑天有几分相似。“你就扯吧！刑天就一个，这玩意儿有九个。”老林说道。

干尸慢慢地向我们靠过来，它们只是移动缓慢，但步履绝对不蹒跚。看样子不像活人啊，死人也会动？难道世界上真的有鬼，有僵尸？

干尸越靠越近，我们被迫向进来的那扇门退去。霍青嬔死死地拽着恐龙专家，老林和乔大少架着依然昏睡的骆驼。没几步路，我们就被逼到了门口。门外虽然没有声音，但是谁知道那个喜欢阴笑的生物还在不在门口。

看着干尸越来越近，我有些发毛：“老林，这玩意儿到底是什么？”

老林和乔大少两个人架着骆驼，依然感到吃力：“不知道，没见过啊，僵尸吧？”其实问老林也是白问，这老家伙以前是搞地质的，你问他山里的动物，搞不好这老家伙能给你说个十之八九来，问他干尸，专业有些不对口啊。

乔大少转身，想要拉开石门，连着拉了几下，都没拉动。看来刚才那两声，果然是锁门的声音。

我又转头看向霍青嬑，此刻她正把恐龙专家拉在怀里，挡住恐龙专家的眼睛，不让她看到那些恐怖的家伙。看见我望向她，霍青嬑说道："是巫术，有文献记载，古萨满教一些厉害的法师可以通过巫术来操纵死尸。"

"萨满——源于女真语，意思就是会巫术的人。"霍青嬑给我解释道，"这是我们现代人给他们的称呼，在他们那个时代，谁知道自己称呼自己什么呢？"

我抽出军刀，和曹爷、龙大少、淘金佬几人站在最外围，全神贯注地盯着那几个家伙。乔大少拉不开门，也抽出匕首走了过来，站在我身边。这小子还行，虽然身上有伤，又是个富二代，但关键时刻也是个敢为兄弟拼命的人。

我没理乔大少，而是嘴里问道："怎么破这个巫术？"

霍青嬑道："不知道。巫术种类太多，我以前也没见过能操纵死人的，还以为只是传说而已。"

算了，先不管怎么破了，这些无头尸各提着一把大斧子一样的东西，看不清材质，估计是青铜一类的。我又问道："它们手里提着的是什么玩意儿？"

霍青嬑看了一会儿，才继续说道："是短钺——这种兵器商朝时候就有了，只是后来退出了兵器的舞台，基本上成了贵族墓里的陪葬品。"

就我们说话的这会儿工夫，一群无头尸已成合围之势，把我们围在了门口。即使我们能打开门逃出去，估计门口那个会阴笑的哥们儿也不是好对付的。

霍青嬁突然想到了什么：“正好九个……你们说，它们会不会就是万年的那九个徒弟……”

“嗯，有可能，正好头也没了，估计是让万年剁下来当笔记本使了。”我说道。

一旁的曹爷早就不耐烦了，这小子提着工兵铲破众而出，迎着无头尸走去。“奶奶的，我倒要看看，是你们手上的破铜烂铁厉害，还是我的工兵铲厉害。”

曹爷大踏步地走过去，胳膊抡圆了，工兵铲在空中画着弧线就向其中一个无头尸的躯干劈去。那个无头尸和它身边的另一个无头尸，就像长了眼睛一样，也抡起短钺对着曹爷劈了过来。两下交击，金铁之声响彻石室，兵刃都没有损伤，两个无头尸纹丝不动，曹爷变成了滚地葫芦。

曹爷滚到我脚下，我把他扶起来。曹爷吐掉嘴里的血沫子，有些狼狈地说道：“这俩家伙劲儿太大了。”我看见工兵铲上有两道深深的豁口。好家伙，这是第一次见曹爷和别人比力气败下阵来，虽然这个“别人”不一定是人。

那些无头尸越走越近，不能再让它们靠近了，这要是真把我们包围了，那绝对是一顿砍瓜切菜了。

我高喊一声：“动手！”率先向离我最近的两个无头尸扑了过

去。我们现在有四个半能打的：我、曹爷、龙大少、淘金佬，乔大少只能算半个，加起来就是四点五比九，平均一人要对付两个无头尸。

大家都是有脑子的，见识过虫尸的力气，没人和它们硬碰，都是绕着圈子来，有的闪到背后用匕首猛刺，有的引诱无头尸往回跑。

我一个弯腰，躲过无头尸横着劈过来的一钺，顺手将手中的军刀插向无头尸的肚皮。这家伙的肚皮和棉花一样，顺势凹下去一块，又弹了起来。完蛋了，又是个刀枪不入的家伙。

我还没起身，旁边一个无头尸就一钺劈了下来。我来不及回身，只好就地一个翻滚，从无头尸侧面滚了过去，躲过那劈下来的一钺。我滚到无头尸身后才起身，这是个好机会啊，既然戳不动，何不放倒它。

我使出了中华武术中，被电影人演绎得最多，也是最烂的招数——扫堂腿，横扫过去，想攻无头尸的下盘，把无头尸弄个大马趴。谁承想，这些家伙的两条腿太硬了，我没扫动人家，倒让人家给弄了个半残。

就在另一个无头尸准备攻击我时，我连滚带爬，狼狈地拖着我那条被震得几乎残废的腿躲开了。亏得这无头尸只是力大皮厚、手持利器，并不以速度见长。别说蜥蜴的速度了，要是和虫尸一样，我也逃不过。

更让我郁闷的是，此刻墙角传来了一阵声音："救命啊！救命啊！"是乔大少，这小子刚才带着俩无头尸兜圈子，结果一不小心让人家堵墙角了。

其他几人都被无头尸缠住了。我连忙飞奔过去，有人速度比我还快，是霍青嬿。只见霍青嬿奔到墙角，也不管无头尸身上有没有毒，抬手就架住了刚准备砍向乔大少的无头尸的胳膊。她的手腕靠在无头尸的胳膊上下滑，滑到无头尸握着短钺的手腕处，突然抓住无头尸的手腕，然后顺势后仰，借着身体的力道，拉着无头尸往下砍的手偏离了乔大少的脑袋。这难道就是江湖上传说已久的“四两拨千斤”？在做出这一系列动作的同时，霍青嬿还顺势用后脚跟将窝在墙角的乔大少磕了出来。

霍青嬿依然抓着那个无头尸的手腕。无头尸身体向前，霍青嬿用脚勾着无头尸的脚踝，大腿突然一个弓步，用膝盖猛地顶住无头尸关节的内侧，抓着手腕的那只手轻轻一带，然后松手，就见无头尸身体一个前倾，一头撞在了乔大少几秒钟前站着的那个墙角。

我跑过去，一把将乔大少推到老林那边：“保护好恐龙专家和骆驼！”这小子还是算了吧，打人都打不过，别说打怪了。

此时，大殿中宫灯的光突然暗了许多。我一边带着我身后的两个无头尸从霍青嬿身边跑过去，一边回头望。好家伙，曹爷见用工兵铲拼不过那些无头尸，干脆玩了个狠的，直接双手抱起一根宫灯柱子，横扫起来。

周围的四个无头尸被曹爷撞得东倒西歪，不过和霍青嬿一样，曹爷对无头尸的伤害也是微乎其微，只要停止挥动宫灯柱子，那些无头尸就会在下一秒围上来。

曹爷的动作启发了我，日子不过了，今天我要再上演一出火烧无头尸的好戏。那些无头尸其实是穿着衣服的，只是衣服和身体早已黏成一体。

我跑到宫灯边上，将身后的两个无头尸吸引过来，然后对着一个无头尸，用肩膀顶翻宫灯柱，灯盏里的灯油泼了那家伙一身，和汽油一样，唰地就着了起来。

不过还没等我高兴，诡异的事情发生了，火苗仅仅在无头尸身上着了几秒，就像烧完的汽油一样灭了。

火攻居然没有效果，无头尸身上比涂了防火漆还厉害。那个无头尸身上的火灭了之后，反而更加凶狠，就像打了五百毫升鸡血似的，旁边一个无头尸也赶过来帮忙。

我一看要糟，连忙躲闪，结果躲过了一个攻击，却没有躲过另一个，胳膊上被短钺划了一道，所幸我身手敏捷，要不就得贡献一条胳膊了。

这一钺下来，血也喷出来了，还喷到了无头尸身上。完了，本来还想，这无头尸不怕火，应该怕水，总得有一样它怕的，搞不好喷点儿水上去，无头尸就都化成灰了。现在看来，血都没用，别说水了。这巫术果然不一般，施展起来居然水火不侵。

我捂着那条受伤的胳膊不断退后，曹爷也用尽了力气，只得扔下灯柱，提着工兵铲掩护我。龙大少和淘金佬两人没了曹爷吸引火力，顿时压力倍增，也只好后退。霍青嬷还在角落和那个无头尸玩摔跤，我们又被逼到死角了。

此时，曹爷累得只剩半条命了；我又受了伤；霍青嫿的情况也不乐观，摔了无头尸半天，把自己累得够呛，无头尸还生龙活虎的。至于龙大少，小脸惨白惨白的，也不知是累的还是吓的。淘金佬一个劲儿地抹汗，看样子也不行了。

我们又陷入绝望中，要是一个两个，我们可能还有办法，但是这一次就上来九个，谁都受不了。

第 10 章｜怕狗的萨满巫术

看着九个无头尸大军压境，我感到特别无力，看来我们今天注定要折在这儿了。我们折了以后，老林他们也逃不过乱钺分尸的命，我往老林他们那边看了一眼。

咦，不对啊？我们在这边打得热火朝天，老林他们那边居然一点儿事情都没有，甚至那些无头尸从老林他们那边经过的时候都会刻意绕路，好像那边有什么巨大的危险一样。此刻，老林和乔大少也一脸焦急，但是貌似他俩也知道自己帮不上什么忙，所以没过来凑热闹。

我用胳膊肘碰了一下霍青嬷，指着老林那边，说道："无头尸都绕着他们走，怎么会这样？"

霍青嬷沉思片刻，突然眼睛一亮："巫术也有弱点，老林他们身上应该有某样东西能让这些无头尸感到害怕。”

“怎么可能，这些家伙水火不侵的，它们能害怕什么？”虽然眼前情况紧急，但我还是提出了自己的疑问。

霍青嬿可能真对古萨满教有过一番研究：“我虽然没见过控制死人的巫术，但是推想一下，其实用巫术驱动死人和用巫术干其他事情一样，会使用许多材料。他们身上的某样东西，正好和制作这个巫术的主要材料相克，所以那些家伙才感到害怕。”

霍青嬿这样一说，我也明白了，就像狼吃羊，有人用巫术害人，材料是羊皮，结果正好碰上了一只狼，狼和羊相克，巫术就破了。不过这也得非常巧合，就说这九个无头尸往这儿一站，谁知道把它们弄成这副模样的材料到底是啥。

既然霍青嬿都这样说了，那就拼死试一试吧，现在我们被无头尸围在墙角，只能让老林他们过来了。

我冲老林招了招手：“老林，过来！”

老林看见我招手，咬牙跺了跺脚：“罢了，要死死一块儿吧……”说完，他和乔大少架着骆驼就往这边走，乔大少一只手还拽着被无头尸吓傻的恐龙专家，这老家伙以为我坑他呢。

幸好和霍青嬿说的一样，老林往这边走，那些无头尸都自动让开，避得远远的。

老林和乔大少都惊奇得不行，他们加快脚步走进我们围成的圈子。老林疑惑地看着我：“这是怎么回事？”

我把霍青嬿说的话告诉老林他们，边说边打量着，可他们身上都没什么可疑的。乔大少就算了，这小子几分钟前还让无头尸差点儿劈掉，一看就不是他。

我拉着恐龙专家的手往前走了几步，看着无头尸顿时就围了上来，连忙后退回去，无头尸见我们退回去也就没什么动作了。

我望着老林和骆驼："就你俩了，也不知道是谁。"

老林将骆驼搭给乔大少，自己走了出去。果然，问题出在老林身上，这老家伙往前走一步，无头尸就往后退一步，配合非常默契。要是让老林和无头尸面对面地站着，就有点儿跳恰恰的感觉了。

这时，一直缩在老林怀里的歪歪突然伸出头来，对着面前的无头尸叫了两声。那些无头尸听了歪歪的叫声，就和活人听见鬼叫一样，连连后退。

天哪，满天神佛，你们睁开眼睛看看吧，这些刀枪不入、水火不侵的家伙居然害怕的是一只走路都会摔跟头的狗。真不知道当初万年造那些家伙的时候，给下的是什么配料，这巫术的主要材料不会是瘸腿兔子吧？

"老林，快放狗咬它们！"我激动地喊道。

老林听了我的话，转过头来看了看我，又看了看已经被他捧在手里的歪歪，有些犹豫。

"等等，"霍青嫱喊道："它们只是害怕歪歪，并不代表歪歪就能消灭它们。"

我一听这话，就又有些糊涂了："什么情况？害怕歪歪，不就表明歪歪有伤害到它们的可能吗？"

霍青嬨说道："不是它们害怕，是驱使它们的那种材料害怕。你也说了，它们刀枪不入、水火不侵，你觉得歪歪的乳牙能咬动它们吗？"

我一时语塞，不过马上就想到了驳斥她的话："反正都已经是科学解释不清了的，干吗还要用常理去推断？搞不好歪歪上去一口，这些家伙就化成黑烟，烟消云散了。"

霍青嬨张嘴还想反驳我，但一时让我的话戗住了，只好气鼓鼓地瞪着眼睛。

老林适时地出来打了个圆场："要不，就让歪歪试试？"说完这老家伙将歪歪放在了地上，然后拍拍歪歪的屁股，指了指退到几米外不动的无头尸。

歪歪好像有点儿不情愿，扭扭捏捏半天，才晃晃悠悠地冲着无头尸小跑过去，又引得无头尸一片后退。结果歪歪一见无头尸动了，也吓了一跳，转头一路小跑，又连滚带爬地奔回了老林怀里。

老林一看歪歪奔过来，连忙又把它抱了起来。歪歪躲在老林怀里，四肢还在发抖。

老林抚摸着歪歪背上的皮毛，给他"儿子"找了台阶下："它刚才叫是出于对危险的本能反应，那几个家伙虽然都是人形，但是没有生命，动物对这样一身死气的东西最敏感，当然害怕了。"

乔大少望着站在不远处原地踏步的无头尸，悄悄走到老林身边，突然一把抢过歪歪，对着老林说道："借你儿子用下。"说完，抱着歪歪就向无头尸冲去。

老林一时没反应过来，让乔大少得逞了，虽然知道乔大少不会伤害歪歪，但是也知道这小子不会干好事，连忙在他身后追。

乔大少举着极不情愿的歪歪，一路赶着那些无头尸到处跑。他往前冲，无头尸就往后退，石室就这么大点儿空间，无头尸的速度又没有乔大少快，让乔大少东堵一下、西堵一下，渐渐给逼到了角落里。

老林冲到乔大少身后，抓着乔大少肩膀：“把歪歪还给我。”不论语气还是腔调，都像一个被抢走玩具的小孩儿。

而乔大少此刻表现得像一个欺负弱小的霸道男，他晃开老林的手：“等下就还给你了，我又不是不还。”

见老林还要抓自己肩膀，乔大少又说：“我跟你说啊，我现在要是还给你，墙角的那些家伙就都跑出来了。”

就在这时，我突然感觉到那个被划破的伤口处一阵阵发麻，然后开始奇痒无比，连忙掀开袖子一看，我吓得差点儿站不稳了。伤口处早就不流血了，取而代之的是皮肉翻开，其实这也没什么，皮肉翻开又不是第一次了，关键是整条胳膊乌黑，伤口周围长出一圈肉芽。

霍青嫣也注意到了我的伤口，她走近观察：“不好，你中巫毒了。”

她这一句话惊得我差点儿跳起来，曹爷和老林也围了过来。只见伤口周围那些小肉芽正在以肉眼能看清的速度生长，先是发芽，紧接着又长出一个小疙瘩，犹如花骨朵一般。

霍青嫣指挥老林和曹爷：“快扶他坐下——”此时我虽然神志

清醒，但是突然手脚都不能动了。老林一边扶着我坐下，一边回头对乔大少招呼道：“那些家伙手中的玩意儿有毒，你们小心点儿。”

乔大少有心过来看看，但是苦于不能脱身，只好一边继续抓着歪歪保持威慑，一边频频回头张望。

我靠着墙坐着，四肢僵硬，只有头勉强能活动。霍青嬷用匕首割开我的 T 恤，露出胸膛。那些肉芽的生长速度很快，转瞬已经变成了花骨朵，而且还在蔓延，连伤口周围的皮肤都开始冒出肉芽。

曹爷忍不住骂了句：“妈的，这是什么玩意儿？”

霍青嬷仔细观察着那些肉芽：“这是巫毒。”

老林蹲在我身边问道：“现在怎么解毒？这些肉芽的生长速度太快了。”

霍青嬷想了半天才摇头说道：“巫毒不是用解毒药可以治的，有的巫毒只要巫术破掉就能解了，有的巫毒……”

一听这话，我和老林还有曹爷都紧张起来：“会怎么样？”

霍青嬷摇了摇头，叹息地说道：“无药可救——”

不一会儿的工夫，肉芽已经遍布整条手臂，连手背上都长出了肉芽。而伤口周围最先长出肉芽的地方，那些大花骨朵已经鲜花怒放了，不过是粉红色的肉花。

听了霍青嬷的话，我眼前一黑，险些一头栽过去。也许这还不是最可怕的，我发现我的意识非常清醒，难道要我亲眼看着自己的身上长满花朵，然后在恐惧中死去？

曹爷看着还在不停蔓延的肉芽，发起狠来，“现在只有把胳膊剁了，才能保住一条命……”这小子拿起工兵铲，对霍青嬑、老林、龙大少等一干人说道，“来，你们把他按着，我来剁掉。”说完，这小子就在我肩膀处比画起来。老林也配合地点了点头，这样的事情虽然不多，但是我们以前也干过几回，野外哪有那么多规矩，先保命再说，该截的时候绝不含糊。

“不行，我宁可死，也不会砍掉胳膊。”如果让我失去一条胳膊，还不如让我死了算了。

老林一把扳住我的脑袋，无奈地说道：“兄弟，我们这是救你的命啊。”

我挣扎地喊道：“不行，让我死可以，绝对不能剁我的手。”说着，我歪头求助地看着霍青嬑，希望她能帮我说句话。

“希望能有用吧。”霍青嬑望着我，然后哀伤地转过头去，不再看一眼，我心中唯一的希望也破灭了。

老林一把扳住我的脑袋，用胳膊勒紧我的脖子，然后对曹爷喊道：“曹爷，动手！”

龙大少和淘金佬都扑了上来，压在我身上，其实不用他们压，我现在浑身除了脖子，再没有一处还能动的。

但是我依然在拼死挣扎，老林死死地扳住我的脖子，让我不能动弹，我只好无奈地喊道：“曹爷……你敢？等下我弄死你！”

曹爷一边用工兵铲摆正我的胳膊，嘴里还一边说道：“行，行，等我救了你的命，你说什么都行。”

“不要再等了，快动手，再晚就蔓延到身上了。”老林一边扳着我的脑袋，一边催促曹爷道。

曹爷望着我犹豫了片刻，最后终于下定决心，“嗨——”他举得老高的工兵铲犹如一道利剑似的劈了下来。我绝望地闭上了眼，此刻真的连想杀了曹爷的心都有，虽然我知道他们是为了我好。

这时，一个天籁般的声音响起：“等一等！”是霍青嬿。我睁开眼，关键时刻，曹爷的工兵铲顺着我的胳膊划了过去，砍在了我身旁的地上，激起火星四射。好险啊，亏得是曹爷听了霍青嬿的话，保住了我的一条胳膊。

老林也无奈地松开了我，指着我的肩膀说道：“唉！一切都晚了，肉芽已经蔓延到肩膀了，现在动手也没用了。”然后叹了口气，扫了一眼霍青嬿：“霍丫头，现在有什么话就说吧。”

霍青嬿跪坐在我身边：“我们要是能找到操控那九个无头尸的东西，也许就能破掉巫术。”

“在这里，在这石室里？那些东西居然是有人操控的？”老林问道。

“嗯，”霍青嬿点了点头，“我觉得这些无头尸是被某种力量操控的，如果能找到，这些就都能破解了。”

“那还等啥，快点儿动手吧！”曹爷站起身，四处打量。

老林望了望我那长满鲜花的胳膊，又叹了口气，说道：“唉，死马当活马医吧！”

曹爷环顾四周，有些茫然地问道：“你们说的那东西长啥样？”

霍青嬿摇了摇头：“说不上，反正是件不寻常的东西。”

其他人点了点头，都在石室里寻找起来。我靠着墙躺着，旁边躺着昏睡的骆驼，看着巫毒一点一点扩散，发芽、生长、开花，心里真是连死的心都有了。

就在我几乎绝望的时候，龙大少呼喊道："过来看看，这里有东西！"龙大少是在正对着我们进来的那扇门的墙上找到的，那面墙上现在有三个洞，是刚才无头尸破洞而出时留下的。

他们围在中间的一个洞口，往里张望。千百年来，那九个无头尸就一直站在这样的洞里，等着有人触动那个头骨，来启动它们。

"好像是个铜箱子。"老林说道。

"拿出来看看。"曹爷说着就钻进洞去，然后洞里传来一阵挖坑刨地的声音。那洞应该不是很大，最多也就只能容一个无头尸站立，好半天，才看见曹爷抱着一个满是铜锈的箱子钻了出来。

这小子小心翼翼地放下箱子，说道："我说这些家伙怎么这么厉害，石头都能打个洞钻出来，原来那些石墙看上去是个石墙，实际上和土块一样。不过除了这几个洞，其他地方可是货真价实的硬石头。"

那些无头尸自曹爷抱出箱子开始，就显得有些不安，虽然还在害怕歪歪，但蠢蠢欲动，似乎知道这箱子和它们的命运关系很大，乔大少那边的压力顿时增加了。

龙大少说道："这东西藏得够深的，就在洞底下。那个无头尸要是在洞里的话，正好把箱子踩在脚底下，要不是掩盖的石板掉了一块，还真发现不了。"

还没等别人反应过来，曹爷就一铲砍到了箱子的铜锁上。那两千年前的铜锁岂是工兵铲的对手，当即被砍成了两截。曹爷一脚踢开了箱子，一群人现在被吓坏了，都连忙后退，生怕铜箱里再冒出邪兽毒烟什么的。

看了好半天，曹爷才惊呼："妈的！我说那些东西为什么会怕歪歪，原来是这东西在捣鬼。"

我躺在地上看不见，只好问道："是什么东西？"

老林说："里面有九个坛子，装的什么还不清楚，坛口是用蜡密封的。九个坛子中间是一具黑猫的干尸，还是双头猫尸。"

"双头猫尸？"我听得头皮都麻了，这东西听起来就有点儿邪恶。不过想想也是，双头猫活着的时候估计就极怕狗，所以用它做巫术的材料，连无头尸都怕狗了。

霍青嬿说道："猫尸和九个坛子应该就是那个巫术的根本了，只要我们毁了这箱子里的东西，应该就能破掉这巫术。"

曹爷说道："让我们看看坛子里有什么东西。"说完又一铲捣在坛子上。其中一个坛子应声而碎，空气中顿时弥漫着一股腥气。

曹爷和老林还好，其他人看了一眼之后，都捂着嘴，貌似坛子里的东西有些泛恶心。

好半天，老林才看着箱子里的东西，说道："呃，耳朵一双，眼珠两个，鼻子一个，上下嘴唇各一。"

曹爷又捣碎了一个坛子，里面还是一样的东西，都泡在一些腥臭的液体里。曹爷用铲子铲出那具双头猫尸，然后对着箱子里一阵猛捣，稀里哗啦地把九个坛子全捣碎了。

双头猫尸被扔在地上，浑身黑色，即使是干尸也是如此。脖子上长着两个头颅，都长着嘴，露出尖牙，要多邪恶有多邪恶。

那九个坛子里装着的东西估计是无头尸身上的东西。那些无头尸自曹爷打开箱子，就和疯了似的，几次想要通过乔大少的围堵，冲过来。还好，因对歪歪的畏惧，它们始终没有突破那条防线。

曹爷蹲在地上，看着那具双头黑猫的尸体，说道："现在怎么办，这东西怎么弄，切碎了喂狗？"

霍青嬷也蹲在黑猫尸体旁边一筹莫展："我也不知道啊。"也是，霍青嬷对古西域萨满巫术的了解，全部都停留在纸面上，要不是今天遇见这档子事，搞不好她还以为巫术只是个传说呢。

老林开腔了："这东西应该和蛊差不多，都是邪物。云南人除蛊的方法大部分是用火烧，这东西就应该一把火烧得无影无踪。"

我看了看胸前的那些花朵，对着老林喊道："不管怎么样，你们赶紧动手，再不动手，我的脑袋上都要开花了。"

乔大少也转头喊道："快点儿啊，我这边快顶不住了！"那些无头尸自从坛子被捣碎开始，就变得烦躁不安，亏得乔大少一直捧着歪歪左封右堵的，将它们逼在角落里。

曹爷见老林这样说，当即走到一盏宫灯前，吹灭灯盏里的火焰，也顾不上烫不烫，剜了一把油脂出来，丢在双头黑猫身上。

升腾的火焰将双头黑猫的干尸烧得噼啪作响，就在黑猫被点着的那一瞬间，那些无头尸就像疯了似的，再也不管乔大少手中的歪歪，挥舞着短钺杀气腾腾地从角落里冲了出来，吓得乔大少抱着歪歪跑得比无头尸还快。

老林一看：“坏了，没干掉。那些无头尸疯了！”说着他抓着我的一条胳膊，拖着我往石室另一头跑去，曹爷也将骆驼扛在了肩上，霍青嬟拉着恐龙专家，我们一路退到墙角。

无头尸一边大踏步地前进，一边挥舞着手上的短钺，站在角落里。曹爷亮出工兵铲，霍青嬟握紧了匕首，他俩成了我们最后一道防线。

霍青嬟和曹爷对望一眼，两人突然同时大踏步地迎着无头尸走了过去。他们不是去战斗，是去送死。

望着他俩的背影，一种从来没有的悲凉和无奈涌上心头，在沙漠里遇到那么多危险我们都活下来了，但这次我们真的要葬身于此了。老林和乔大少把我架起来靠在墙上，我们三个人就这样站在一起，等着最后时刻的到来。

突然我发现四肢又有了知觉，双腿居然能站住了。再往胸口和手臂上看去，花朵正在快速地变小，变回肉芽的状态，而肉芽又在不断变小，缩回肉里，就和从来没长过东西一样。

我欣喜万分，对着曹爷和霍青嬟喊道：“快回来，巫术被我们破掉了！”就在我喊出的同时，那些原本大踏步向前、几乎走到曹爷和霍青嬟面前的无头尸一个个地栽倒在地上，再也没有一丝动静。

看到这样的场面，所有人终于松了口气。我靠着墙又坐了下来，看着倒下的无头尸，也吐了口气，活着的感觉真好。

大家都靠着石墙，享受着死里逃生的感觉。只有经历了这种由死到生的场面，才知道活着的可贵，现在就连呼吸的空气，似乎都甜美了许多。

那些无头尸躺在地上后，失去了巫术的保护，身体恢复了普通死尸的状态。尸体迅速氧化，几乎变成一堆灰烬，连带手上的短钺也变得腐朽不堪。

我身上的花朵已经全部消失了，伤口的肉也不再往外翻，全部合上了。我活动了一下胳膊，除了有些疼之外，其他一切都好。好半天，我才想起来这一切的罪魁祸首——龙大少。此刻，这小子就坐在离我不远的地方，捂着脑袋不知道在想什么。

我对龙大少说道：“现在知道空哥留下的东西没那么简单了吧？”说着我扫了周围其他人一眼，“我看我们也别管什么考验了，找到出路，大家一起离开吧。”

龙大少抬头看了我一眼，摇了摇头，坚定地说道：“不，我一定要完成考验，找到天盘。”说着这小子站起来，走到空哥的尸体旁，再次寻找起来。

经历了刚才的事情，淘金佬发横财的想法估计也淡了许多。这小子走到棺材前，和龙大少用德语交流起来，虽然不知道他们说的什么，但是可以看出，淘金佬似乎也是在劝龙大少放弃他那个疯狂的想法。

不过看样子，淘金佬这个说客当得有些不合格，没把龙大少说动，反而让龙大少又说动心了。两个人搭了把手，把空哥从棺材里请了出来。

看着龙大少和淘金佬把空哥摆放在地上，四处翻找着，我连一点儿想管的力气都没有。这两个家伙转眼就将刚才的危险忘得一干二净，现在他们只要不碰第二个头骨，干其他的我也懒得理了。

我知道他们在翻找金虎玉环，龙大少做梦也想不到，空哥和我们在白玉宫外的沙漠里已经打过一次交道了。

我看霍青嬿刚才也累得够呛，她正靠着墙坐着，脑袋里不知道在想什么，可能还在消化刚才的那个巫术吧。

第 11 章 | 金翼甲虫

老林怀里抱着歪歪，这家伙让乔大少折腾惨了。乔大少捧着歪歪来回转悠，弄得它晕头转向，此刻它缩在老林怀里，一副萎靡不振的样子。

乔大少研究起那九个洞来，看能不能再发现什么东西。

我端着第二个头骨，走到霍青嬿旁边坐下，将头骨放在她面前。“反正闲着也无事，不如看看，第二重考验是什么，搞不好还能找到出去的路。”关于头骨的问题，我刚才问过霍青嬿，她说，可能是按照摆放的距离来区别哪个是第一重考验。

除了那六个头骨，龙大少踩碎的那个位于空哥棺材的左边，并且离得最近，应该是第一个。现在我拿的这个是正对着空哥棺材背后的那个，应该是第二重考验。

霍青嬔仔细阅读着头骨上的文字，曹爷走到那些腐朽的尸骨前，挑挑拣拣了好一会儿，才提着一把短钺走到我跟前，递给我：“就这把好一点儿，留着防身吧，比你的军刀好用。”

我接过短钺，失去巫术的控制，短钺也氧化了，只是这把的情况好些，入手沉重，握把儿和武器连成一体，应该是整体用青铜铸成的。

霍青嬔看了好半天才说道：“上面提到一种叫‘金翼’的东西，不知道是什么，还提到铜环、锁链……”

“铜环？锁链？”我疑惑道，搞不明白空哥又在玩什么把戏。

乔大少一直在石室另一头的一个洞口研究什么东西，听到我说的话，他使出吃奶的劲儿，从洞里拉出一个铜环，呼喊道：“这不就是铜环吗？”

我们几个看见他拉出一个铜环，铜环的另一头还连着锁链，当即吓得跳了起来，“快放回去！”我喊道。

这时，洞里传来一阵锁链哗啦哗啦的声音，接着石室的顶上也传来一阵锁链的声音。老林连忙喊道：“上头有东西，都靠着墙。”

他这一喊，吓得乔大少扔掉了铜环，龙大少和淘金佬放下了空哥，一群人靠着石墙，仰头看着石室顶。

我这才发现，原来石室顶上，有一个被锁链吊在空中的箱子，是胡杨木的，做法和空哥的棺材有些像。自从进了石室，就没抬头看过一眼，加上光源有限，木箱一直隐藏在石室顶上的黑暗中，要不是这铁链的声音，还真没人发现。

乔大少拉的那一下铜环，明显是触动了什么机关。一条本来吊着木箱的锁链突然脱节了，失去平衡的木箱一头拖着锁链，一头向下从空中跌落在地上，摔裂开来，露出里面的东西。

由于木箱一头还连着锁链，所以下坠的时候还荡了一下，落在离我们不远的地方。里面依然还是一个箱子，个头小了许多，比笔记本电脑大不了多少，看样子应该是青铜的。

好半天，石室里再没有动静，我们这才都围了上来，“完了，第二重考验。”我看了目瞪口呆的乔大少一眼，都说曹爷是冒失鬼，没想到乔大少冒失起来，比曹爷有过之而无不及。

“我是不是又做错什么了？”乔大少一脸无辜地望着我。你真没做错，你就是手贱，高台上拔玉盒，弄得我们和坐飞碟一样。现在又拉铜环，咋的，你不弄出点儿事情，是不是就不能证明你的存在啊？

我正准备数落乔大少，却被老林拉住了，现在说这些有什么用啊，总不能让乔大少再把这个箱子吊回去吧？吊箱子的另一截锁链高悬在空中，除非飞上去，要不怎么也挂不上。乔大少自知犯错误了，躲得老远。

手快的曹爷已经从碎裂的木箱中搬出了一个铜箱，不知道这次里面会有什么惊喜。我们围着铜箱，这箱子就这么大一点儿，里面应该不会关着什么干尸、猛兽吧？

龙大少说道：“这次可不是我，是你们的人自己触动的第二重考验，和我无关。”

我没有说话，皱着眉头扫了他一眼，懒得和他再说些什么，只顾全神贯注地看着那个铜箱，打开还是不打开？我抬头望了一眼，老林、霍青嬿，还有远处的乔大少都看着我，虽然大家都害怕再有危险，但还是想打开看一眼里面装的是什么。

最终，在他们希望的眼神中，我用军刀砍断了已经氧化到几乎用手就能拧断的锁，打开了铜箱。

掀开铜箱盖，手电光照过去，里面只放着一块木牌，木牌和箱底差不多大，与头骨上涂的红色涂料一样，木牌上也有花纹，不像是文字，倒像是图。奇怪了，空哥的第二重考验居然只是一块木牌，这小子想干吗？

曹爷刚准备伸手进去取出木牌，却被老林拦住了。老林指了指铜箱的一角，我们这才发现，在铜箱的一角，蜷缩着一只虫子。

褐色的硬壳，背上有一对翅膀，极像我们经常见的甲虫。在手电光中，那个本来蜷缩的甲虫渐渐舒展了蜷缩的身体，突然张开了翅膀——一对金黄色的翅膀，和众多昆虫相似，略带透明。

就在我们的注视下，这东西飞了起来。“这难道就是万年在头骨上说过的‘金翼’？原来是种昆虫。”龙大少盯着甲虫说道。

霍青嬿点了点头，“应该就是了，不过……”她表情凝重地说，“我总感觉这只虫子没有那么简单，如果它是第二重考验的主角的话，那它绝对是一只‘巫虫’。”

是啊，想想第一重考验，就几乎把我们逼上了绝路，第二重能简单吗？那只甲虫貌似许久没有飞行了，在空中歪歪扭扭地进行活动筋骨的“试飞行”。

“巫虫？难道这个甲虫已经活了两千年？”老林也盯着甲虫，提出了疑问。

霍青嬦说道：“应该是了，有出土文物上记载，萨满教擅养各种昆虫，有的用来作为巫术的配料，有的被制成巫虫。至于具体的作用，我和你们一样，也是一无所知。”

曹爷说道：“总不能让这家伙就这么一直飞着吧，拍死它。”

老林摇了摇头：“情况不明，先不要动手。”我们这一路经历了太多欺负了一个却引来一群的事情，现在见到这样落单的家伙，都不敢动手了。

金翼甲虫在空中盘旋了几圈，熟悉了飞行，又盘旋了两圈，突然从高处对着我们俯冲过来。我们连忙挥舞着胳膊散开来，此刻我还赤裸着上身，那甲虫又抬高了高度，冲着我飞过来。

我连忙躲开，结果胳膊上的伤口一疼，我没躲利索，金翼甲虫擦着我肩膀飞过。我这才发现，这东西的两只前爪就像两把锋利的刀，只是被轻轻地划了一下，我的肩膀就出现了一道血口子，虽然不深，却可以让人看出这小东西的不凡。

有了上次的经验，我连忙后退，其他人都开始施展手段，有的脱下衣服，有的挥舞双手，驱赶那只金翼甲虫。霍青嬦趁机走到我身边，观察了那道血口子。这口子就像是被树枝划了一道一样，连血都没有流。

还好霍青嬿只是在血口子上按了按，说道："没关系，只是一道普通的口子。"

我这才放下心来，还好不是巫毒。我抬头四处寻找，早已找不到甲虫的踪迹。其他人也停了下来，全神贯注地盯着头顶和四周，生怕那家伙又从哪个地方钻出来。

好半天都没见动静，我疑惑地问道："这就完了？"

老林放松了精神，说道："甲虫都找不到了，能不完了啊？不过这貌似也太简单了一点儿吧。"

失去了金翼甲虫的踪迹，我们暂时安下心来。这东西飞行的时候，翅膀有声音，只要它再次出现，我们就能发现。

我们将目光又集中到箱子里，我小心地取出箱子底下的木牌。木牌两面抛光，刻着水车、高台、尖刺、水潭，甚至连老林"父子"发现的那座隐藏在水面下的桥都有，原来是外面那个山洞的立体图。木牌用红色涂料勾勒了刻画的缝隙，和我们见到的场景相同，没有什么区别。

我把木牌翻过来，长期放在铜箱里，底下有些泛潮了，但也算清晰，后面什么都没有，就是普通的木板纹路。

这就有些奇怪了，空哥的第二重考验，怎么处处透着不着调的味道？一只莫名其妙的虫子，一块莫名其妙的木牌，最起码他得告诉我们，怎么做才能破除第二重考验吧，搞这么神秘干吗？

我们围着木牌仔细研究，却找不到丝毫头绪。这时背后突然传来声音，我回头望去，只见骆驼站在墙边，这小子终于醒来了。

我对着骆驼招了招手："你小子倒是够能睡的啊。"说完又准备低头研究木牌。突然，我觉得骆驼哪里有些不对劲。这小子睁着眼睛，但是眼睛里却没有黑眼珠，而是纯白色的，脸上没有任何表情，他站在那儿，对我刚才说的话没有任何反应。

"你们看！"一旁的龙大少将手电筒照在骆驼身上，我这才看见，就这么一会儿工夫，这小子肚皮上那道连肠子都流出来的伤口居然神奇地愈合了，霍青嬑之前给他缝合的伤口，那黑色的缝合线，此刻只是粘在表皮上，只要一阵风就能吹掉。

不可能啊，霍青嬑给他吃的那两片消炎药又不是千年灵芝、万年人参，伤口怎么可能好得那么快？

不过，这种愈合看样子不是什么好事。

霍青嬑望着站立不动的骆驼，说道："看样子他是中巫术了。"

龙大少再次喊道："快看他的胸口。"

我们又望过去，只见骆驼右边肋下的皮肉突了起来，形成了一个鼓包。这个鼓包在不断地往胸口移动，就像里面有只虫子。看鼓包的大小，我突然有了一种感觉，里面就是那只消失的金翼甲虫。也只有它有这个能耐了，看来这才是真正的第二重考验。

我冲曹爷歪了歪头，曹爷会意，收起工兵铲，我俩一左一右，向骆驼包抄过去。骆驼完全没有任何反应，就那样站着。

走到跟前，曹爷见骆驼依然没有反应，上前推了一把："骆驼！"

曹爷见骆驼依然没有反应，又上前用手翻起骆驼的眼皮。我也凑上前去，只见眼眶里根本看不到任何黑色，黑眼珠到哪儿去了？

就在这时，站着不动的骆驼突然动了，他猛然一把抓住曹爷的手腕。我一看不好，上前掰住骆驼的手腕，想要把曹爷解救出来。这小子的力量本来就和曹爷是一个级别的，此刻中了巫术，力量更加变态，他一扬胳膊，把我甩开，抓着曹爷的手臂就咬上去了。

其他人也冲上来帮忙，几个人将骆驼团团抱住。曹爷抽了半天才把手抽出来，胳膊上鲜血横流，再看骆驼嘴里，正在咀嚼什么，嘴角还有鲜血溢出，估计就是曹爷的那块肉了。

我冲到曹爷身边，问道："没事吧？"

曹爷看了一眼伤口，挥了挥手，说道："没……"就没声音了，我向他望去，只见曹爷眼睛里的黑眼珠也突然消失了，取而代之的是同骆驼一样的白色。他晃了晃身子，倒了下去。

我再往骆驼那边望去，只见龙大少、淘金佬几人正把骆驼死命往墙上按，连霍青嬷和老林都上去帮忙了。骆驼浑身通红，血脉上涌，那个凸起的疙瘩已经游走到了锁骨。

"小心，别让他咬着！"我喊道。刚喊完，就看见骆驼挣开龙大少按着的胳膊，一把抓在龙大少的脖子上。我这才看见，这家伙的手指甲变得老长，油黑发亮。

龙大少摔倒在地上，我连忙将他扶起，只见三道血痕出现在他脖子上。我还没来得及问话，就见他的眼睛也变成了白色，然后倒在了地上。

少了龙大少，骆驼更难被控制，眼看马上就要挣脱了，我冲上前去，毫不犹豫地对着他的面门一拳，砸了个结实。

骨头咔咔作响，不是骆驼的，是我的拳头，我感觉好像是砸在铜墙铁壁上。老林拼命把骆驼的另一条胳膊按在墙上，他冲我喊道：“抄家伙，要不我们都得完蛋！”

我低头看见被我立在墙角的短钺，算了，还是用工兵铲拍吧，这东西下去就是个口子。我急忙转头去拿被曹爷别在后腰上的工兵铲，一回头，却看见曹爷站在我身后，模样、表情和骆驼刚开始时一样。更可怕的是，这小子胳膊上那块被咬掉的皮肉，正在一点一点地生长。

我转头向龙大少趴着的地方望去，只见这小子也在慢慢地从地上爬起来，没有用手撑地，身体就那样突兀地直了起来，跪在地上，然后又站了起来。

“小心点儿，被咬上或抓上都会中毒，和他们一样！”我提醒道。

曹爷突然从背后抱住我，张嘴就往我脖子上咬来。我连忙侧身用手托住他的下巴，趁这家伙还没把我抱紧，一个矮身从他怀抱里钻了出来。要是让这小子抱紧了，大猩猩也挣不脱。

我见抵挡不住，连忙冲其他几人喊道：“别管骆驼了，跑啊！”其他几人见状，松手撒腿往石室另一边跑。老林刚转身，就被骆驼从背后一把揽住，我一看情况紧急，从墙边捡起短钺，挥手砍在骆驼的头上。

我现在最害怕的就是再碰见刀枪不入的家伙，这一路上见了太多刀枪不入的怪物：蜥蟔、虫尸、无头尸……要是骆驼再刀枪不入的话，我真想开骂了，你空哥有这样欺负人的吗？

还好，短钺划过骆驼的脸颊，出现一道浅浅的伤口，流出黑色的血液，不过只流了一点儿，伤口就开始愈合了。此时我哪还有别的办法，又是一钺。骆驼伸出双手将短钺抓在了手里，老林乘机从骆驼两臂之间钻了出来。

我望着已经向我们靠过来的曹爷和龙大少，冲老林喊道："老林快跑！"可惜我话音刚落，就看见老林也倒了下去，一定是刚才被骆驼抓住的时候，骆驼的指甲划破了老林的皮肤。

歪歪从老林怀里钻了出来，转头望了老林一眼，似乎也知道以它的能力帮不上忙，只好歪歪扭扭地跑掉了。

那把短钺被骆驼抓在手中，我拽不出来，只好无奈地松手。"咔嚓"一声，短钺在骆驼手中变成了两截，骆驼扔掉短钺向我冲来。

我跑到石室另一头，只看见霍青嬑和淘金佬："乔大少呢？"

霍青嬑用手一指，只见乔大少拉着恐龙专家，正躲在石室中间无头尸藏身的一个洞里，此刻他正露出脑袋，紧张地望着外面。这小子倒是挺会躲的。歪歪一会儿蹿过来，一会儿蹿过去，他们四个却没有要难为它的意思，看来目标只是人。

我望着打头的骆驼，此时他正好从宫灯边走过，那个凸起的疙瘩已经顺着脖子到了眉心上，没有再动，看来那个地方就是它最后的地盘。

看着那个疙瘩，我那个恨啊："早知道，第一次看见那甲虫，我就应该一脚踩死！"

霍青嬔摇了摇头："也不一定，巫术的事情不好说，当时你要是弄死了，搞不好还会弄出什么更变态的。"

我不禁打了个寒战，这个已经这么变态了，更变态的长什么样，我是真想不到了。"现在怎么办？"我冲着霍青嬔问道。

"实在不行，只有把骆驼身上的那个东西弄出来，再弄死，看行不行。"霍青嬔猜测道。

不过貌似也没有更好的主意了，我点头道："好吧，只能这样了。"借用老林说的话，死马就当活马医吧。

四个人并排走了过来，走在最边上的曹爷，似乎发现了躲在洞里大气都不敢出的乔大少，他冲着那个洞走过去。

我刚准备上前，想想办法把骆驼按倒在地上，却被淘金佬一把拦住了。

淘金佬冲着我说道："Parkour，Parkour。"我说这小子是干吗？平时像个闷葫芦一样不说话，关键时刻搞什么鬼？还"怕苦"，你怕苦我来啊，你拦我干什么？

霍青嬔听了淘金佬的话，两个人用简单得不能再简单的英语交流了两句。"他说他会跑酷，帮你引开其他人，让咱俩去对付骆驼。"霍青嬔说道。

这主意倒是不错，不过我有个疑问，"什么叫跑酷？"我问道。

霍青嬔见我不明白，只好给我解释道："这是种极限运动，是法国人发明的，‘Parkour’一词就来自法语，所以我刚才才能听懂。”

就我们说话的这会儿工夫，淘金佬这小子已经开始穿戴了，穿完以后，我感觉这小子是要上场打橄榄球。

“他说的那东西管不管用？”我又问道，别这小子上去一个回合，就让那四个人撕碎了，那还不如让我这个酒吧锻炼出来的武林高手上呢。

霍青嬷摇了摇头：“要说这项运动，如果玩得好的话，骆驼他们四个根本就摸不到他的毫毛，但是不知道卡恩斯的本事怎么样。”

我看了看正在跃跃欲试的淘金佬，看这小子自信满满的样子，应该不会太差吧？

此时，石室中间传来乔大少的惨叫：“啊——曹爷，别抓！曹爷，我是你哥们儿乔大少哇，哎哟——”曹爷堵在洞口，一把一把地往洞里面抓。

我看见骆驼、龙大少和老林越走越近，连忙推了淘金佬一把。这小子最后又整理了一下头盔，就冲了出去。只见这小子玩了个绝的，靠着墙跑，正好老林在边上，离墙不远。这小子离老林还有几步远的时候突然发力，跃起，用脚蹬着墙面，连跑几步，眼看就要落下时，正好到了老林的头顶，他双手借力按着老林的头顶旋转半圈，便落在了老林的身后，飞起一脚将老林往我们这边踢了过来。

他的这一系列动作，看得我目瞪口呆。我这人平时很少服人，今天看见他的这套动作，我是真服了。

淘金佬趁着其他三个人还没反应过来的工夫，从背后上去，一人一脚，直到这三个家伙都转个身，他才转身向后跑去。曹爷也不管洞里的乔大少和恐龙专家了，冲着淘金佬就追了过去。地上那些散落的无头尸本来都快化成灰烬了，让他们这么一踩，彻底变成了骨灰。

霍青嬿上前，一把按住了老林的脖子，冲着我喊道：“把他塞进去！”我顺从地听了霍青嬿的话，扑过去抱起老林的两条腿，直接将老林塞进了那个洞里。

老林这小子是趴着被塞进去的，他要是站起来，也是面朝里，一时半会儿出不来。我抹了把汗，转过头去，看见乔大少和恐龙专家正从那个洞里爬出来。看两人的眼睛，我就无语了，什么巫术啊？连恐龙专家这样大脑受刺激的都不放过。

淘金佬带着他们三个奔到了角落，三人刚围住他，就见他站在墙角突然跳起来，左蹬一下墙，右蹬一下墙，然后趁着身体到了最高点，一个前空翻，又落在了三人的身后。

他对着三人背后又是一人一拳，等三人转过身，才又往我们这边奔过来。

霍青嬿问我：“怎么困住骆驼？”

我也没有办法，骆驼那块头，两个我也搞不定。就在一筹莫展的时候，我看见石室中间从房顶垂下来的锁链，锁链的一头还连着被摔散的木箱子。

我指着锁链，对霍青嬿说道：“把他捆住！”

霍青嬿点了点头，我俩贴着墙和他们擦身而过，淘金佬身后的队伍，虽然少了老林，却多了乔大少和恐龙专家。

其他几人无视我和霍青嬿的存在，把目标都放在淘金佬身上，也给我们省了不少麻烦。我俩等他们从我们身边冲过时，奔到石室中间的那个锁链处。霍青嬿抓着锁链用力一拽，唰的一下，锁链就掉了下来。

只见霍青嬿手腕一抖，锁链像毒蛇出洞一般，正好缠在跑在最后面的骆驼的脚踝上。看来这练过功夫的人果然不一样，要是我，搞不好就直接缠骆驼脖子上了。

只是霍青嬿没骆驼那么大的劲儿，虽然缠住了骆驼，却被骆驼差点儿带趴下来。我扑到骆驼头上，一个人往后拽，一个人往前扑，终于把骆驼给弄倒了。

我整个人扑在骆驼身上，这小子一用力，我差点儿飞起来。我使出全身力气按住他，喊道：“快来把那个虫子弄掉！”我几乎把牙齿都咬碎了，才勉强把骆驼制住。

霍青嬿从后面跑过来，手上还拖着锁链，她没有急着动手，而是用锁链在骆驼的脖子上缠了一圈，又从腋下穿过，这一拉紧，我的压力顿时松了许多。我接过锁链缠在骆驼的两个脚踝上。这下好了，骆驼的脚用力挣的话，勒的是他的脖子，他的脖子用力的话，勒的又是他的脚踝。

我趴在骆驼身上，用全部重量压住他，同时两手扳住他的脖子。霍青嬿扑上去，也抱住他的脑袋，从腰间抽出匕首。

此时，淘金佬早已把剩下的几个带到了墙角，这小子发现我们正在给骆驼动手术，也不敢把人带过来，只好在那边的两个墙角来回蹿。好在那几个家伙中邪以后，动作有些迟缓。淘金佬用他们的身体和墙壁当支点穿梭其中，只要躲过那几个家伙的利爪，暂时没什么危险。

骆驼被压在地上极力挣扎，霍青嬿用匕首挑开他眉心的那个鼓包，果然不出所料，那只金翼甲虫飞了出来。

霍青嬿抄起地上一块散落的木箱碎片，像打棒球似的将还在振翅的金翼甲虫扇得撞在旁边的墙上。我随手捡起一把破烂的短钺，对着还在墙边挣扎的金翼甲虫一顿猛剁。这种感觉太解气了。

骆驼他们就在我剁碎金翼甲虫的瞬间，像没气的皮球一般，都萎缩地躺在了地上。墙角的淘金佬正准备按着乔大少的脑袋从头顶越过，谁知乔大少一软，这小子差点儿一个跟头栽死。

事情还没完，金翼甲虫是死了，但是从它被我剁成粉末的身体里，又飞出几只更小的虫子。这大虫还套小虫，有完没完?

那几只虫子很小，身上却闪着蓝色的光芒，和萤火虫一样。它们在金翼甲虫身体周围盘旋，不知道在干什么，我和霍青嬿只好后退。虽然还有小虫子，但是看着骆驼他们集体躺倒，我的心里还是舒服了点儿——我是没劲儿和他们再斗上一场了。

那几只蓝色的虫子在石室中飞舞，不一会儿就又落了下来。我和霍青嫾，还有此役当论首功的淘金佬围了过去。只见蓝色小虫落的地方不是别处，正是那块和金翼甲虫放在一起的木牌上。

它们整齐地围成一个圆圈，落在了木牌上，再也不动。我们三个守在边上，大气都不敢出，生怕再惊动这些“巫虫”。不一会儿，那几只虫子身上的蓝光接连消失，失去蓝光的虫子随即从木牌上掉下来，蜷缩四肢，看样子是死了。

“你们看！”霍青嫾指着被虫子爬过的木牌，对我们说道。

我连忙望过去，木牌上原本虫子围成一圈的地方，出现了一个黑色的圆圈。

“这是什么，它们产的卵吗？”我现在见到虫子的第一反应，就是产不产卵。

霍青嫾仔细地端详了下，才说道：“不像是卵，倒像是分泌的液体。”我一听液体，就想起满身腐蚀黏液的虫尸，头皮又发麻了。

“我知道了，你们看！”霍青嫾突然激动起来，指着木牌。我和淘金佬又凑了上去，这样有点儿距离，我反而能更直观地看见整块木牌。

那些虫子落下的位置，正好在地图上，它们在水潭那座桥底下的深处的位置，围了个圈。看来空哥果然是个守信的人，作为破除第二重考验的奖励，他用那些虫子分泌的液体给我们勾画出了一扇门，应该是通往尝归墓室的门。

谁能想到，尝归会把墓室建在水潭底下？在我们之前吃烧烤的地方，脚底下就是尝归的墓室。

空哥应该是用什么东西提前抹在了木牌上，只是无色，我们看不出来，却能吸引那几只虫子。打死我也不相信那几只虫子是自己随意趴上去的。

不过，看着那扇门的位置，我又有些郁闷了，这么深，怎么下去呢?

看来怎么下去这个事情，还要看第三重考验了。只可惜，我们全真七子外加傻姑和塞北明驼，现在能动的只有三个了。

第 12 章｜心中有鬼

我们三个把软倒在洞里的老林拖了出来，挨个儿检查身体，看样子只是依然昏睡。脉搏沉着有力，翻翻眼皮，黑眼珠回来了。骆驼眉心的那个伤口也没有再自动愈合，而是一个血口子，看上去就和二郎神一样。

终于消停了一会儿，我们把他们挨个儿放在角落，让这些家伙继续睡，中了巫毒对身体的消耗也是很大的。

淘金佬收起他那身打橄榄球的装备，也靠着那些家伙坐了下来，刚才爬高蹦低的，加上最近这几天，只吃过一顿烤鱼还算是饭，他的体力有些跟不上了。

我和霍青嬿没有跟那些酣睡的家伙掺和，而是靠着空哥的空棺材坐了下来。

“你有没有发现，龙大少隐藏了什么秘密？”我问道，经历了这么多场生死，还有霍青嬑之前和曹爷的那次慷慨赴死，我从心里把她当我们自己人了，而且我发现霍青嬑貌似知道得不会比我多。

霍青嬑点了点头，“嗯，之前我一直认为，他做这些只是为了探险，但是……”霍青嬑望了一眼不远处空哥有些凌乱的尸体，继续说道，“但是进了这个石室，他表现出许多不正常，比如说他在这干尸上寻找什么呢？我们一路发现的线索中，没有哪条说干尸身上有什么秘密。”

我笑了一下，“其实不是干尸身上有秘密，而是龙大少有秘密……”说着我将一直装在兜里的金虎玉环掏出来，“他在找这个。”我突然想明白了，这东西只要我不死，迟早会拿出来的，不如我现在就对霍青嬑说。

霍青嬑看见金虎玉环，眼睛一亮，她接过去仔细地查看起来。我也把我们是如何在沙漠里发现空哥的棺材，然后空哥又如何消失的事情告诉了她，并告诉她，这个玉环被称为“金虎玉环”。

霍青嬑对于空哥的棺材如何出现在沙漠里，也有些想不明白。她看了好半天，才将金虎玉环还给我，然后说道：“李队长，冒昧地问一句，你们出了沙漠，会怎么处理这个玉环？”

我笑了笑：“当然是交给国家了。这东西价值太高，我可不敢私自转卖，那可是犯法的事情。”

“谢谢你，其实你可以把金虎玉环的秘密继续隐瞒下去，我看你的队友也不会说的。”

我摇了摇头，“这么多次危险，你都拼死相救，你……也是我们的队友。”我继续说道，“要说感谢，其实应该我感谢你才对。”

霍青嬟点了点头，“你说得对，我们是队友，”她冲我笑了笑，“所以，你也不用感谢我了。对了，再给你涂点医用酒精吧。”说完从背包里拿出一瓶酒精准备给我涂上。

涂完酒精，我俩继续有一句没一句地聊着，关于龙大少的秘密，霍青嬟知道的真不多，看来有些问题我要等到龙大少醒来，亲自问他才行。我觉得有些事情还是有必要问清楚，要不谁知道他后面又要闹出什么幺蛾子来，现在不问，后面搞不好要坏事情，我可不希望再有人死在这里。

好半天，也没见他们醒来，不过情况也越来越稳定，曹爷甚至打起了呼噜。我闲极无聊，用脚把远处的第三个头骨扒拉过来。

端着头骨，总感觉这个头骨和别的头骨有些不一样，却说不上来。更绝的是这个头骨上什么都没写，只画了一片羽毛，而且不像别的头骨，勾缝的颜料是红色的，这个头骨，用来勾勒羽毛的居然是黑色颜料。

我端着头骨递给霍青嬟：“你看看，这片羽毛是什么意思？”

霍青嬟接过头骨，又摆出一副专家的模样研究起来。我看她一脸认真的模样就想笑，只是一片羽毛，至于这么严肃吗，但又不好意思当着她的面笑，只好低着头，忍住笑意。

我见霍青嬟捧着头骨半天不说话，于是抬头向她望去，这一眼望过去，我直接就跳了起来。我旁边坐着一个女人，穿着霍青嬟的衣服，留着霍青嬿的发型，可那张脸不是霍青嬿，此刻她还看着我。

我跳起来之后怀疑自己眼花了，再一次望过去。没错，那张脸不是霍青嬿，是一个从没见过的女人，不似汉人模样，表情阴冷，嘴角露出一丝比表情更加阴冷的笑意。

那女人也站了起来，用带着挑衅的眼光看着我。好半天，我鼓起勇气问："你是谁？你把霍青嬿怎么样了？"

"咯咯——"那个女人突然掩面而笑，虽然她在笑，但是我感觉到她比刚才还要冷。

唰的一声，她从空哥的棺材边闪过，我刚想去追，石室中仅剩的宫灯也灭了，四周漆黑一片。

我背靠空哥的棺材，警惕地看着四周。石室中没有声音，只有时不时响起的曹爷的呼噜声。

灯火熄灭后，另一头的淘金佬也醒来了。这小子见灯灭了，大声喊起来，他知道我名字，虽然不会说汉语，但是能喊出我的姓："李、李！"

我听到他的呼喊，连忙对着他喊道："Stop，stop！"

这小子虽然没学过英语，但是好在地处欧洲，多多少少能接触许多，所以简单的英语还是能听懂几句。他听到我让他停下来，知道可能又出现了危险，再没发出声音。

我摸索着走到记忆中宫灯的位置上，宫灯果然在那儿，我掏出打火机，对着灯盏点着。就在点着的那一刹那，突然有东西从我旁边划过，"咯咯——"的笑声再次响起，速度很快，我还没来得及看，她就消失在了黑暗中，刚点燃的灯盏又被划过的劲风扑灭了。

我仓皇地后退，背靠墙壁，在这种充满未知的黑暗当中，把自己的后背露在外面绝对是个错误的决定。

“唰——”有东西从我头顶飞过，我抬头望去，那东西已经隐入黑暗之中。“咯咯——”她又飞了回来，依然从我头上飞过。我高举打火机，微弱的火苗瞬间就被风吹灭，不过我还是看清了，其实不用看，听笑声我也感觉出来了，正是那个女子。她身披黑色的羽毛披风，用一个极潇洒的姿势从我头顶飞过，身上还穿着霍青嬔的户外服。

其实这点火光中，看见她的不止我一个，淘金佬躲在墙角也看见了。他惊呼起来，又是一通我听不懂的鸟语。

我也顾不上了，冲着淘金佬喊道：“手电筒，快开手电筒！”我记得我们最后的两只手电筒，一只在龙大少那里，一只在淘金佬手里，只是为了节约用电，淘金佬的手电筒很少开。

“咯咯——”头顶上那个女人的声音不断响起，又是巫术，又是那该死的巫术。我都没时间去想那巫术是怎么触动的，难道看一眼头骨就触动了，那我也看了，怎么没事情？

那女子的笑声响彻石室，就在我们头上，听起来她在空中不断飞舞。我见淘金佬那边没反应，才想起这小子听不懂我说的话，于是抱着头向那个角落冲了过去。

适应黑暗后，我的眼睛也能看见一点儿东西，冲到墙边时，淘金佬正手握匕首，一脸警惕，看见是我才放松下来。

我连忙和他比画着手电筒的样子，淘金佬这才恍然大悟，从裤腿的口袋中抽出手电筒。我拧亮之后，照向石室顶，一个黑影唰的一下从灯光中穿过。那女人张开双臂，飞翔在空中，身后的羽毛披风仿佛是她的羽翼，在飞翔中猎猎作响。

不过我们俩还没看清，女人就隐入黑暗当中。淘金佬抓着我的胳膊，又是一通鸟语。我哪有工夫管他啊，继续打着手电筒追寻那女子的踪迹。奇怪，那女子好像是失踪了，我照了两圈也没看见她的踪迹。

“咦，怎么不见了？”我有些纳闷地说道，刚说完就觉得身边一阵劲风刮过。劲风倒还是其次，那个黑羽披风从我和淘金佬身上划过，一股很大的力量将我俩扇得翻了个跟头，手电筒也被扇飞了，撞在墙上，还原成一堆零件和电池。

“哈哈——哈哈——”一阵笑声由近及远，那女人从小声的偷笑变成了放声大笑。

我和淘金佬从地上爬起来，靠着墙，免得等下又被扇个跟头。笑声不断响起，回荡在石室中，我已经判断不出那女人在哪儿了，只是感觉耳朵里充满了她的笑声。

那女人没有再靠过来，我们也没敢有别的动作，刚才让羽毛划了一下，脸上还热辣辣地泛疼。不过第三重的考验倒是蛮有意思的，只要没有光线，那女人就不会攻击人。她不会打算就这样和我们耗下去吧？

“哈哈——哈哈——”此时响彻石室的已经不能再说是笑声了，

声音凄厉，感觉更像是悲愤的哭泣，我已经分不清是笑还是哭了，只是知道这声音不断地灌进我的耳朵。

身边的淘金佬突然开始颤抖，我连忙上前一把扶住他，黑暗中看不清他的脸色，但是我能看见他的嘴角在吐白沫，这是怎么了，羊角风发作啊？

我还没搞明白怎么回事，淘金佬已经翻倒在地上。我从口袋中掏出打火机，只打了一下就灭掉了，即便这样，火光依然招来了那女子，唰的一下从我头顶掠过。就在这一下的亮光中，我看清了淘金佬脸色紫黑，口吐白沫，正躺在地上抽搐。

我扑上去，探了探他的鼻息，气若游丝。

这时我才发现，曹爷的呼噜声许久没响了，连忙又冲到他们身边。躺在地上酣睡的骆驼、老林等人也在抽搐，同样嘴角吐白沫，同样气若游丝，我又打了一下打火机，嗯，同样脸色紫黑。

不好，这群人不会同时发羊角风的，一定是又中了巫术。霍青嬔不见了，其他人都中了巫术，看样子这第三重考验要看我的了，郁闷，连个商量的人都没有了。

我正想着，突然意识到一个问题，为什么我没中巫术，睡着的人都中了，醒着的淘金佬也中了，为什么我没中呢？难道这巫术是看人品的，人品好就不会中？不会吧，这么恶搞吗？

如果我能想明白是怎么回事，搞不好就能破掉这第三重考验，最差也可以把他们救醒。

头顶上的笑声倒是小了许多，也许那女人笑累了，却依然在不停地飞来飞去。

我又一次打着了打火机，地上躺着的家伙们的脸比刚才更黑了，再探一探鼻息，已经进气少、出气多了。我毫不夸张地认为，如果我再想不出办法，他们就会死。可到底什么才是我没中巫术的关键呢?

我和他们吃的一样，喝的一样，干的事情也一样，要非说有不同的话，那就是我身上的伤口多一点儿，有好几道呢，还有就是我兜里装着金虎玉环，以及我在第一重考验里就中过巫毒。

就在我刚才打着打火机的那一下，又把那女人招来了。她在我头顶擦着背后的墙掠过，披风边沿几乎扫着我的头发过去了。就在披风扫过时，我突然感觉到披风上掉下什么东西，还掉在了我脸上。

我顺手一把捏住，从手感上觉得是只虫子，但绝不是金翼甲虫那样的东西，这虫子很小。我一手捏着虫子，一手打着打火机，趁着那女人还没来得及掉头的工夫，我又看了一眼，米粒大的虫子，像只农村常见的虱子，就是比那种虱子大了一号而已。

什么情况，那羽毛披风已经脏到生虱子的地步了？不可能，这里面有问题，我突然觉得，这虱子是关键。我正对着虱子发呆，突然感觉一股劲风袭来，晕死，忘记熄灭打火机了。

那女人这次飞得很低，从我身侧擦了过去，披风下摆狠狠地扫中了我的后背。我被扫得往前冲了两步，又被最边上老林的身体绊倒，趴在了人堆上。

这一下够狠的，亏得是底下垫着人，否则我必定磕个鼻青脸肿啊。

我捏着虱子的那只手被压在身体底下，只有手腕子露了出来。然后我就感觉那只虱子在我的手指间没了，不是消失掉，而是化成了液体。我爬起来打着打火机，手指尖一团血红，什么情况？我的手指什么时候变得这么厉害了？难道是因为刚刚涂的医用酒精？

我扑到老林身边，在他身上摸索，想找到他们中巫术的原因。当摸到老林的头发时，我吓了一跳，老林的头皮上居然趴着一片疙疙瘩瘩的东西，用手仔细一摸，就是那种虱子。它们的嘴和吸盘一样，吸在了老林的头皮上。

我又翻身摸了摸另一边靠着墙的淘金佬的头皮，上面果然也有许多虱子。那个女人在空中不断飞舞，看来是为了播撒这种虱子，她那瘆人的笑声只不过是虚张声势罢了。

我探了探淘金佬的鼻息，已经快微弱到没有了。我跳了起来，摸着黑冲向空哥的棺材。

还好，那瓶酒精还在。我抓着酒精一路跌跌撞撞地跑了回去，同时用手指把瓶口堵得很紧。这是救命的东西啊，多一滴搞不好就能多救一条人命。

我蹲在老林身旁，小心翼翼地从瓶中倒出一点儿酒精，抹在手掌上，两手搓了搓，能不能救人就看此一举了。

我用沾满酒精的双手，顺着老林的头发，摸到了头皮上。手掌拂过的地方，虱子纷纷脱落，沾上酒精就化成了血水，这着儿果然有效。

我小心翼翼地在老林头发里摸索了几遍，确定一只虱子都没有了才放手。此时，老林的鼻息渐渐地恢复了正常。

我一个一个地帮他们把头皮上的虱子弄掉，正忙活到最后一个人，也就是恐龙专家的时候，老林突然“呵——”了一声，长长地喘了一口气，坐了起来，好像那口气差点儿把这老家伙憋死。

“什么情况？”老林翻身就开始在身上摸索，黑暗中也看不清这家伙在干啥，但十有八九是在找打火机。自从火烧大蜥螈之后，我深切地感受到打火机的重要性，正好那时曹爷的背包里有十几个，于是每人发了两个防身。

“不要点打火机！”我喊道，“要不然你会把霍青嬷招来。”

“霍丫头？”老林疑惑道。

我蹲在恐龙专家身边，一边弄着她头上的虱子，一边简短地对老林讲述了他晕倒后发生的事情。配合着那女人在空中的飞舞，还有那夸张的笑声，老林总算弄明白了是怎么回事。

“你说说这都什么事，我不过就把那头骨拿给霍青嬷看了一眼，就成这样子了。”我是真委屈，谁能想到，其实就是一个羽毛图案而已，至于这样吗？

“鬼上身？”老林猜测道。

听了老林的话，要是搁以前，我早啐他一脸口水了，但这次的事情太诡异，我是亲眼看见的。我不但没反驳他，相反，我还觉得他说的挺有道理。“我觉得更像是灵魂附体。”我说道，说完又问道，“这东西怎么治？”

老林也犯愁了，一个劲儿地抠他的头皮，估计是虱子爬得有些痒。我们这些人都不是神棍，哪懂这些啊。

我弄完恐龙专家头上的那些虱子，回到老林身边，淘金佬也已经醒过来了，此刻正趴在地上大口地喘气。

老林又问道："我们这是中什么着儿了，怎么都和被憋死的一样？"

"要是没有这半瓶酒精，你们真就被憋死了。"我扬了扬瓶子，里面还剩小半瓶，我是绝对地节约，亏得那些虱子敏感，只要挨着一点儿就化成血水。

老林挠了挠头皮，说道："这虱子估计也是巫虫吧？"

这还用问啊，你见过谁家的虱子，遇到酒精就化成血水啊，酒精又不是杀虫剂？我说道："还是商量一下怎么救霍青嬷吧。"

老林沉吟片刻，说道："这东西估计就是白玉宫外的那具尸体的主人了。"

我点了点头，应该就是那个叫墨羽的，空哥最小的一个徒弟，但我有个疑问："那家伙不是给空哥盖好棺材以后就走了吗？"

老林又沉吟了半天，说道："人走了，魂还在。"说着他仰头倾听了半天那女人的笑声，又说道："这萨满教啊、巫术啊，我虽然没霍丫头那么了解，但还是在古书上看到过点儿，古代的巫术里有一种就是摄魂，施术者能占据或者控制其他人的身体和灵魂。"

我有些不相信："不太可能吧，搞不好都是什么迷药之类的。"

老林见我不相信，便怒了，当即喊道："难道你忘了长门宫内的陈阿娇吗？”

我突然想起，老林有一次读一个唐朝叫司马贞的人写的《史记索隐》一书，还专门给我们讲过这一段。说汉武帝喜欢上卫子夫以后，冷落了陈阿娇。陈阿娇一怒之下，找御用女巫用巫术摄取了卫子夫的魂魄，说白了就是在卫子夫身体里找了个地方，把她的魂魄软禁在里面。

后来汉武帝发现了这个事情，找来大师，用中指的鲜血抹在卫子夫左边的眉毛上，才破了这个巫术。

我有些不放心，又问道："这能成吗？"

"成不成也就这办法了，试试吧！"老林也有些无奈，说出来的办法连他自己都觉得有些心虚。

黑暗中，我连那女人在哪儿都看不见，怎么把血抹她左眉毛上啊？我正发愁呢，老林又喊道："那些虱子怕酒精，估计她也好不到哪儿去，用酒精泼她。"

是啊，我咋把这茬儿忘了。我站起身，对醒来的两位喊道："都闪开！"说完，我把最后那小半瓶酒精全灌进了嘴里。

我含着酒精，打着了打火机，那女子又笑着冲我扑了过来。我侧身让过她的羽毛披风，一口酒精全喷到她那羽毛披风上。

"啊——"笑声变成了惨叫。晕死，我这是酒精，不是浓硫酸，不用这么夸张啊。那女子唰的一下拔高了起来，在空中飞舞，仿佛是受了什么巨大的疼痛。

她就这样不断地尖叫，在空中翻滚。

在空中盘旋了几圈之后，她呼的一下，飞进了空哥的棺材，声音随之也戛然而止。

终于还是让她停下来了，我和老林赶紧飞奔过去，弄得这边又醒来的几位还以为狼来了呢。

我冲到棺材边，老林掏出打火机点亮，只见竖着的棺材里站着一个人，没有羽毛披风，一身穿着打扮和霍青嬿一模一样，只是那张脸依然是那女人，此刻她闭着眼。

老林冲我喊道："赶紧啊，左眉毛！"

我有些迟疑："这有用吗？"霍青嬿的情况和卫子夫的不一样，如果真像那个司马什么的说的那样，人家卫子夫的魂魄还在身体里，这霍青嬿的魂魄在不在身体里现在还难说，但是我知道即使在，她身体里还有个更霸道的魂魄呢。

老林差点儿给我来上一脚："现在还管得了那么多啊，难道你还有更好的办法？"

我狠狠心，咬破了中指，看着血流了出来，也不管那么多了，救不了霍青嬿，大不了我给她偿命。

我上前一把掐住那女人的下巴，那女人依然闭着眼睛，没有丝毫反抗的意思，此刻她哪怕就是拼死反抗，我也要把她按回去。

看到她左眉毛上被我涂满了鲜血，我才松开手，这时才感觉到自己出了一身汗。说句实话，这会儿我都不知道自己在干什么，一个坚定的唯物主义无神论信仰者，因为看见几件超自然的事情，现在居然相信了一个老神棍的话，在这儿装神弄鬼。唉，惭愧啊。

我们等了半天，一点儿动静都没有。我和老林紧张地盯着那张脸，就像买完彩票，蹲在电视机前等开奖一样。可我怎么觉得老林的这个办法，和中五百万一样，不太靠谱。

直到此刻我才看清了那张脸，你别说，这个叫墨羽的西域女子，还真算个美女，有点儿亚欧混血的模样，可能是比较早入侵的蒙古人种的后裔。

这时，那女人的眼睛突然睁开了，她用仇恨的眼光狠狠地盯着我和老林，眼神就像两把刀子，仿佛要把我俩的心脏从腔子里掏出来。

我被她盯得发毛，怒道："你到底是谁？滚出这个身体！"

那女子依然瞪着我和老林，突然她像是被人打了一拳一样，身体前倾，一张嘴吐出一团东西。我和老林吓得往后退了两步，再打着打火机往下看，只见地上一个粉红的肉团，还在那里跳动。

再抬头，只见那女子已经不见了，霍青嬿的脸又回到了她的身上。她有些虚弱，闭着眼睛一头栽倒下来，我和老林连忙架住她。老林扶着霍青嬿，我又打着打火机，地上有许多碎木头，原本打算给霍青嬿找个干净一点儿的地方让她躺着，结果一打着打火机，就看见那个肉团正一点一点地跳着，像是要离开这里。

我岂能让它如愿，抽出军刀，上前一刀将这个罪魁祸首插在地上。肉团被戳破之后就像煮熟的黑芝麻汤圆破了口子一样，流出许多黑水，然后肉团也与黑水融成了一团。

就在戳破肉团的时候，我的耳边似乎又响起了那个女人的尖叫声，但好像不是从耳边传来的，而是从心底传来的，把我弄得鸡皮疙瘩都起来了。

更绝的是，戳破肉团的同时，石室的大门也发出咔嚓的声音，貌似锁被打开了。打开我也不敢出去，谁知道那个会阴笑的家伙走了没有。

不过听到石门打开的声音，我心神一定，看样子，第三重考验我们是通过了。

石室里噼里啪啦地响着声音，那个摔碎的木箱子被曹爷和龙大少弄成一堆火。虽然微微泛潮的木板弄得我们都和熏鸡一样，但是大家都死里逃生，更想闻点儿人间烟火的味道。歪歪不知道又从哪里钻了出来，此刻正围着火堆又蹦又跳地转圈圈。

霍青嬑坐在火堆边靠在恐龙专家的身上，恐龙专家一副天真的模样，正不断地在霍青嬑头发间翻找，好像是老猴子在给小猴子捉虱子。

骆驼也醒来了，这小子现在脸和纸一样白，虚弱得没人扶他根本站不起来。果然让我说对了，其实有时候伤口愈合得太快也不见得是好事。老林悄悄和我说，他发现骆驼的身体基本已经毁了，金翼甲虫把他弄得内伤严重。

我就想不明白了，同样是成了巫虫的宿体，为什么霍青嬑只是有些虚弱，而骆驼已经到了身体都毁掉的地步？老林说，他检查骆驼身体时，发现被甲虫钻过的肉皮里面的一层肉都被吃空了。原来内伤说的不是内脏的伤势，而是第二层肉的伤势。

暂时不谈骆驼的事情，我和老林蹲在那摊黑水前，我手上还拿着那块画着地图的木牌，老林和站在他身后的乔大少一直在撺掇我把木板按进黑水中。这是乔大少想出来的，也只有他能想出来这缺德主意，说那摊黑水其实是隐形药水，作为第三重考验的奖励，那块木牌上应该还有地方没被标出来，放水里涮两下就出来了。

本来我还害怕万一那黑水有什么腐蚀性，或者和墨水一样的功能，直接将木牌腐蚀或者染黑，我们就得不偿失了，这是我们出去的希望啊。结果老林拿一块木片试验了一下，黑水居然无色无腐。

我放心地把木牌放进黑水中，再拿出来时，果然上面显出了图案。在岸边的某处位置上，画着一个三座山峰一样的图案。

我看了一旁兴高采烈的乔大少一眼："还真让你小子蒙对了。"

我拿着木牌坐在霍青嬿身边，把木牌上的图案指给霍青嬿看。霍青嬿点了点头，没有发表意见，只是问道："你是什么意思？"

我知道她说的话，是想问我到底我们是寻找出路，还是去那个画着山峰的地方看看，是不是能从那里进尝归的墓室。

望着那块木牌，我也有些犹豫，虽然我很想揭开空哥是怎么瞬移到沙漠里去的秘密，有可能那就是出去的关键，但一点儿线索和头绪都没有。

我把我的想法告诉霍青嬿，然后又小声说道："空哥出现在沙漠里的原因查不出来，我们只有走那条路了，看看能不能找到出路。"

霍青嬿又点了点头："让我再休息下，后面也能帮上点儿忙。"

“没事，反正我还没想好怎么对付那个会阴笑的家伙，你有大把的时间休息。”

看着霍青嬿的精神状态好了一点儿，我问道：“为什么我看那个画着羽毛的头骨没反应，你看了就会突然中了巫术？”其实这个问题已经困扰我许久了。

我看着霍青嬿低头沉思，于是说出了我的看法：“后来老林、乔大少、曹爷他们几个人都看过，都没反应，是巫术破掉的原因，还是别的？我觉得是不是因为你是女人，和那个墨羽性别相同？”

霍青嬿摇了摇头：“我觉得不对，如果说一个队伍里没有女人，难道第三重考验就不用进行了？这说不过去。”

她又想了一会儿，突然像是恍然大悟似的说道：“问题在那些头骨的文字上。我想了一下，我和你们唯一的区别就是，那些文字我都认真地去读了。”

我大惊道：“不是吧。看两行字也会中巫术，这也太夸张了点儿吧？”

霍青嬿却没有丝毫觉得好笑的意思：“其实巫术就是这样，可以有许多种表现方式，我怀疑刚才我就是小声地念出那些文字，在某个部分上的发音和驱动巫术的咒语很相似，然后又被那个图案一刺激，才会令墨羽的灵魂有机可乘。”

这样也行？“那要是不读出声音来，岂不是就没问题？”

“只要你读了，不管有没有声音，动没动嘴，都会中着儿。”霍青嬿解释道，“咒语是古代巫术的关键部分，高深的大师可以默念咒语来启动巫术。我虽然不是高深的大师，但是也没有直接启动巫术，那个画羽毛的头骨才是关键。”

我俩正就巫术的启动方式、咒语在古代巫术中的作用展开深入探讨的时候，旁边突然传来一阵响声，是龙大少。

他推倒了空哥的棺材，将里面的兽骨啊、垃圾啊，全扔了出来，还不甘心，又开始蹂躏棺材。

大脚踢得棺材砰砰响，这棺材又没用钉子钉，只是用木楔子揳起来的，岂能经得起他的蹂躏，没几下就被踹散架了。坐在火堆边没有参与他的暴力活动的淘金佬跳了起来，过去劝他，这小子也不听。

终于，这小子抓起了空哥的尸体，淘金佬想去阻止，却已经晚了，龙大少将空哥尸体狠狠地砸在火堆里。我不知道他是对空哥不满，还是对坐在火堆边的我们不满，反正弄得火星四溅。

我们连忙掩护伤员转移，避过火星。只有龙大少一人还站在火堆边，不断将那些被他踩碎的棺材板扔进火堆里，嘴里还不停地骂骂咧咧。我怒了，捂着鼻子冲上前去，一脚将他踢翻在地上。

我掏出金虎玉环在他面前晃动：“你不是要找这个吗？这个就在我这儿，你来拿啊！”

龙大少本来被我踢翻以后，翻身张嘴就要骂，看见我拿着金虎玉环，顿时一脸吃惊的表情。

“这东西怎么会在你手里，它是不是能打开墓室的大门？”龙大少也不管我踢他的事情了，盯着金虎玉环问道。

“打开墓室的大门？”我疑惑了，这东西是把钥匙？当下我没理他，而是走到大家站着的墙角。

龙大少走到我身边：“李队长，我们之间可能存在误会，刚才是我不对，这个东西对我很重要，请你无论如何一定要告诉我，这个钥匙你们是怎么得到的？”

见我没拿好脸理他，龙大少又用求助的眼神望向和他关系最好的乔大少。没想到乔大少见他望向自己，理都不带理的，直接转头跟身旁的曹爷探讨起人生和理想来。

龙大少见我们不拿正眼看他，只好再次对我说道：“李先生，如果这次你能帮我，我能给你的救援队投资，把它打造成国际一流的救援队。”赤裸裸的诱之以利啊，你咋不说打造成宇宙一流的救援队？

还没等我说话，老林冷冷地说道：“还是等出了这片沙漠再说吧。”

龙大少和我们在一起的时间也不短，知道老林在我们中间的分量，连忙又转移话题：“李先生，我知道你不在乎钱，是我说错了，可无论如何，求你一定要告诉我。”说完，这小子就要往地上跪。晕死，这龙家父子都一个德行啊。

我一把拉住龙大少，说道：“龙先生，我们是合作伙伴，在这里我们是亲密无间的战友，你说是不是？”

“是，是。”此时，龙大少哪还有平时的高傲，不过我也看出来了，这金虎玉环对他确实重要，否则不会让自尊心强到变态的龙大少下跪的。

“既然我们是战友，我希望我们能够坦诚相待，大家互相坦白，不要有隐瞒。”我继续说道。

龙大少听了我的话，当时就脸色大变，好一会儿，他才站直了身体，说道：“李队长，你真的想听？有可能听了这个故事，你们就不能置身事外了。”

笑话，被三拨人拿枪指过，一行二十三人现在只剩六个，我们什么时候置身过事外啊？而且不说的话，谁知道后面还要出什么事情。

身旁的乔大少说道：“废什么话啊，有话就快说！”

我点了点头，说道：“为了表示诚意，我先告诉你这个金虎玉环的来历。”这是我一贯做人的风格，我相信到了这个节骨眼儿上，我拿我的诚意待他，他也会拿诚意待我。

龙大少听完之后，好半天才说道：“你们真不知道这……呃……金虎玉环的用途？”

我摇了摇头，表示确实不知。

“其实它是一把钥匙，开启尝归墓室的钥匙，别看我们现在闯过了三重考验，但是没这把钥匙，根本打不开尝归的墓室门。”

我有些疑惑地问道：“你怎么知道的？”

龙大少没有回答，而是继续说道：“不信的话，你们可以看一看金虎玉环的内壁，是不是有三道竖槽。”

这东西我研究过很长时间了，里面确实有三道宽窄不一样的竖槽。

龙大少用一块木板将火堆里没有烧化的空哥的一些骨头挑了出来，才继续说道："刚才那些头骨上只说到万年死后，就没有了，我的故事就从那儿开始……"

这个故事从另一个建造白玉宫的人开始讲起。话说傅介子杀死尝归立尉屠耆为新王的当夜，玉师张普也在皇宫中。这老家伙断手之后反而更加赢得尝归的尊重，一直被待若上宾，款待在皇宫中。

皇宫里，尉屠耆的亲信已经开始带人捉拿尝归的亲信。张普可是尝归的头号亲信，他爬墙逃出皇宫，本来打算去白玉宫投奔万年，结果当夜四门紧闭，全城通缉他，这家伙只好躲进偏僻地段一家汉人开的医馆。

那汉人医生见他可怜，再加上他隐瞒了自己的身份，所以就收留了他。后来，他干脆住在医馆里，给医生当起了学徒。

这期间，他用木简记录了许多事情。原来这老家伙对尝归根本就没有高台石碑上写得那么尊重，他断手也是迫不得已。早在尝归屠戮工匠的时候，他就看透了尝归的本质，后来工程完工，他知道只要他说要离开，马上就会人头落地，于是只好虚与委蛇，为博取尝归的信任，干脆连手都剁了下来。在外人看来，他是尝归的铁杆亲信，尝归也拿他做亲信，连天盘的事情都告诉了他。

后来他听说万年领着十个徒弟出现在大山中，尉屠耆已经派军队去追，就知道一定是天盘的事情有了着落，连忙收拾东西离开楼兰去找万年，想着凭借自己和他同事多年的交情，万年也不会亏待自己。

结果刚出楼兰就听说万年带人已经逃离大山，不知所踪。其他人不知道去向，他可是知道白玉宫的，连忙又往沙漠里追去。尝归死后，除了白玉宫里还没出来的人，他是唯一知道白玉宫具体地址的人。

尉屠耆后知后觉地知道了白玉宫的事情，也知道了他这么一个人，派人四处捉拿他。张普躲过重重关卡才到了白玉宫外。其实，泉眼旁的蜥蜴以前并不在那儿，是万年想尽办法，把蜥蜴连锅端了过去，无非就是一天扔两个奴隶过去引诱一下，渐渐地让那些蜥蜴在门口安了家。

他们这些经常进出白玉宫的人都有办法进去，他进去之后，躲过了重重机关，那些东西都是他和万年一起造的，所以轻而易举地，他就发现奄奄一息的墨羽坐在白玉宫门口。其实第三重考验，用的就是墨羽的魂魄，白玉宫外的墨羽只不过是躯壳而已。但即使是躯壳也是有思想的，也许当时墨羽还没有死，所以灵魂还没有回归到那个头骨上。

墨羽见都是熟人，就据实相告了，又告诉张普，墓室的钥匙就在万年身上，而且还告诉张普，里面有三重巫术的考验。

张普一听是万年亲自摆下的巫术，当时就泄气了。万年对巫术的造诣，张普比他十个徒弟都清楚。

张普破不了巫术，只好退了出来，他在随身携带的木简上记录了发生的事情。

张普一看楼兰也回不去，万年又死了，只好收拾行装回老家。他把所有的书简都放在一个木箱里，但是没想到死在了沙漠里，死因不详。他的尸体和木箱也被掩埋在了黄沙底下。

一直到大概一千六百年以后，一个叫法乾的和尚，在沙漠里发现了他的遗骨和木箱。张普秉承了雕刻大师的传统，那些木简上的字都是刻上去的，又装在箱子里埋在沙中，所以还能辨认。法乾和尚就是凭借木简上那些一知半解的文字，找到了白玉宫的门口。

但是他被守门的蜥蜴吓得魂都飞掉了，也不管什么遗址、什么天盘了，一溜烟跑出了沙漠，然后到了火焰山中的柏孜克里克千佛洞。老和尚受了惊吓，挣扎地写完一本类似游记的东西，记录他在沙漠中的事情，没多久就死在了柏孜克里克千佛洞。庙里的火工道人，把张普的遗物——木简和法乾的游记归到那些佛教典籍中，一直存放起来。

后面的故事才是重点……

第 13 章｜马匪“沙里飞”

初夏的早晨，已经赤日炎炎，离吐鲁番几十公里外的火焰山下，一队骑士正在戈壁上飞驰。“啪——啪——”两声枪响过后，两只不长眼的乌鸦落在地上。领头的骑士一把勒住了马缰，战马停在乌鸦尸体前。

“老二，这大镜面匣子用起来就是过瘾。”领头的骑士将两把驳壳枪摊在掌心说道。此人一身黑色粗布衣，粗犷的脸颊犹如刀削斧砍般分明，一脸的胡须让人看不出年纪，外套是大羊皮坎肩，和其他的骑士并无两样。

“哇哈哈——”他身后一个一脸彪悍的年轻骑士夹着马腹小跑过来，大笑之余，一脸的嘚瑟，“大哥，那你也不看看是谁缴获的，好歹他们的行踪也是咱发现的，不是吗？”说着他也从腰间掏出两把模样相同的驳壳枪，指着枪身金黄色的扳机和一个大环圆孔的击锤说道，“这东西叫‘金鸡圆眼盒子炮’，正宗的西班牙货，二十响连发。”

驳壳枪，在中国也叫盒子炮、快慢机、自来得手枪，而且根据样子的不同有很多种区分，有长苗、短苗、大肚匣子、大腰鼓、大鹅头盒子炮等称呼。中国人对这东西不陌生，二十世纪上半叶的中国正处在水深火热中，各派军阀相互混战，急需武器进行作战，而当时的日本控制西方向中国出口军火，但驳壳枪作为手枪则不在此列，因此驳壳枪成为各派武装的首选。到“二战”结束，德国和西班牙总共制造了大概一百多万把驳壳枪，百分之六十流入了中国。

那年轻骑士将两把驳壳枪塞回腰带上，从马鞍后侧抽出一支长枪，递给领头的骑士说道：“再看看这个，德国的毛瑟九八式步枪，现今最好的枪。”

领头的骑士摆摆手，示意不要，自己从马鞍后抽出了一支一样的长枪，双手握着枪瞄向远处：“这次收获不小啊！”

年轻骑士得意地说道：“那是，这次劫的是沙俄的军官，在欧洲也是响当当的军火贩子，专门来给蔡老幺送军火的。现在好了，咱以前的家当全埋沙窝子里了，九个兄弟一人两短一长。”

领头的骑士唰的一下，调换了位置，将枪对准了另一边的戈壁，“嗯，枪是好枪，不过要小心蔡老幺报复。”说着他调起了标尺，继续说道，“我们的那些家伙，回头全给金格送去，他那儿人多，家伙少。”

“大哥放心吧，后面我去送。我们这次保险起见，没打着咱‘沙里飞’的名头，蔡老幺没那么容易发现。”年轻骑士一脸不在乎的模样，“再说‘沙里飞’怕过谁，蔡老幺就是知道也不敢怎么样，难道他还想来打我们的主意不成？”

领头的骑士也自信地点了点头，“莫说是他，当年为闯出这‘沙里飞’的名号，我和你爹一夜杀了一百多马匪，那时候你还不到十岁，我也才刚满二十。可惜你爹了，响当当的一条汉子，就那么一场高烧，人就没了。”说完他叹息了一声，将枪口瞄向一块半风化的岩石，“咦，那里有人，过去看看！”

一行九人打马飞奔到了岩石边上。年轻骑士跳下马，将岩石后一个背着木匣昏倒在地上的少年翻了过来：“这不是小龙子吗？大哥……”

本来端坐在马背上的领头骑士听了他的话，敏捷地跳下马背。他探手摸了摸鼻息，对着年轻骑士喊道：“快，给他喝口水！”

好半天，被灌了几口水的少年才醒了过来。他迷迷糊糊地睁开眼，看见了周围的人，也看见了领头骑士，“大师兄！”那少年不知从哪儿来的力气，猛地翻身扑了过来，抱着领头骑士的腰哭道，“师父死了，庙被炸了……”

领头骑士猛然听到那少年的话，眼前一黑，险些一头栽倒。他缓过神来，抓着少年的双肩：“谁干的，谁干的！师父武功高强，一般人近身不得……”

那少年咳嗽了几声，才说道：“是洋人，一群蓝眼睛高鼻梁的洋人，还带着向导。他们抢光了庙里的东西，连山上洞里的那些佛爷都不放过，把头锯了下来，还让师父交出什么木简、地图，师父宁死不交，和他们打了起来。那些洋人打不过师父，死了好几个，剩下的人就开枪把师父打死了。”说完，那少年一屁股坐在地上哭了起来。

领头骑士听了少年的话，虎目圆睁，几乎站不稳身，好半天后仰天长啸一声，飞身上马，向火焰山奔去。

其他骑士也不敢怠慢，年轻骑士把少年扶上自己的马背，一行人追着领头骑士就进了火焰山。

话说领头骑士，此人姓杨，名长清，是行走于吐鲁番到哈密之间的马匪，手下八个兄弟，人人一身好武功，外加好枪法，在这片大漠上劫富济贫，专杀贪官污吏、无良商贾和地主恶霸，人送匪号“沙里飞”。

此人嘴里说的师父叫龙行湘，本是湘人，乃当年左宗棠收复新疆时大将刘锦棠手下的头号战将。后来随刘锦棠跟着左宗棠剿捻军破西北回民起义，直到收复新疆，才干了件光宗耀祖的事情。他一路南征北战，歼灭阿古柏匪军无数，立下赫赫战功。后来龙行湘的名利之心淡薄下来，带着还是孩童的杨长清出走，路过火焰山时见到柏孜克里克千佛洞，干脆就在千佛洞住下来，每日研习那里遗留的佛经，教导杨长清武功，一副火工道人的装扮。

杨长清本是甘肃人，其父是左宗棠收复新疆时招募的运送马料的驮工，后来给龙行湘做了随从，在新疆娶妻生子。没过几年，夫妻双双病死，只留下一个孩童，就是杨长清。

杨长清二十岁那年，下山采买，在吐鲁番出于义愤，杀了欺行霸市的当地官员，后来干脆拉起杆子，做了马匪。对此龙行湘也只是摇头，并没不满，反而说，这世道是该有人管一管了。

后来杨长清每年总会在千佛洞住上一段时间，遇见难缠的追兵也会躲进千佛洞。两人依然以师徒相称，情若父子。

十几年下来，杨长清“沙里飞”的名号越来越响，四方投奔来的江洋大盗、义士豪侠络绎不绝，但他统统不用，全推荐给了自己的把兄弟金格。金格的队伍越来越大，杨长清却只保持九人，始终不变。

几年后，龙行湘有一次下山收养了一个孤儿，取名叫龙本颜，意思是希望这孩子能永远保持本色，不要被世俗感染。此人就是那个昏倒在戈壁上、被青年骑士叫作“小龙子”的少年。

年轻骑士叫刘尚德，是“沙里飞”的第二代了。父亲早年随龙行湘征战，后来又随杨长清闯出名号，可谓忠心耿耿，只是去世得太早。父亲死后，刘尚德慢慢地取代了他爹的角色，成了“沙里飞”的二当家。

半天之后，一行人马出了戈壁，在火焰山中穿行，一路上杨长清归心似箭，倒是机灵的刘尚德已经抓着小龙子问清了事情。原来千佛洞七天前来了一伙洋人，十几个人，说是什么考古的，要在这儿研究山洞里的佛像。龙行湘也没多说，安排他们住下。

当晚见到壁画和佛像，那些家伙就露出真面目。他们带来了许多布匹，想要抹上胶水后将壁画粘走，又用锯子锯下佛头。杨长清听师父说过，那些佛像和壁画都是北魏时期的产物，已经有一千多年历史了。

那个领头的洋人，没有管壁画，而是盯上了残存的各种佛经、文书，不过他最感兴趣的还是一套木简。他无意中看过一遍以后，就向龙行湘索要。龙行湘虽不明就里，但也知道这其中必有蹊跷，又看见那些洋人开始粘壁画、锯佛头，连忙用木匣装了木简，交给小龙子，让他连夜出山。

那时，洋人已经有所发觉，气势汹汹地来要木简。龙行湘大怒，拔出多年未用的宝刀，砍死四五人，却难敌他们手中的大口径左轮手枪，身中数枪而死。

小龙子凭着对地形的熟悉，趁着夜色逃过了洋人的追捕。他没敢走大路，在山沟里穿行，用了七天时间才走出这火焰山，没想到昏倒在了戈壁上。

洞外不远处一座破败的寺庙早已化为灰烬，那里曾经是龙行湘的住所。石洞也一片狼藉，那些洋人用炸药将石洞炸得什么都不剩。杨长清端着双枪第一个冲了进去，发现洋人早已离开了。

埋葬完龙行湘的尸骨，杨长清带着人整理了千佛洞。那些珍贵的佛教早期壁画也被粘走了，还有用各种古文字书写的经书、手稿也都被搬空了。

望着被摧毁的千佛洞，杨长清又想起了龙行湘对着千佛洞说的话："再过一百年，也许再过几十年，这些东西就会变成国宝，人们会重视它的价值，把它保护起来，但现在只能靠你我这些有志之士了。”

是啊，中国的东西岂能落在外国人手里？即使没有师父龙行湘的血海深仇，也不能让那些洋鬼子将中国的宝物带出去。

杨长清将手下的兄弟都撒了出来，发誓要找到这伙洋人。同时，他自己也坐在废墟上，打开了小龙子一直背在身后的木匣。

木匣里装的正是法乾和尚从沙漠里带出的张普遗物，至于法乾和尚自己的游记、地图早已被洋人拿走了。石窟中藏书甚多，杨长清从小在这儿长大，却从来没仔细地看过，从来不知道还有份游记和地图，这些都是后话了。

看了张普刻在木简上的文字，杨长清有些摸不着头脑，这更像是一篇神话故事，那个领头的洋人为什么会对这个有兴趣呢？那些佛门典籍哪个不比这个重要？

三天后，刘尚德带着消息回来了。那伙洋人出了火焰山后，去了吐鲁番，此刻正在吐鲁番的一家英国洋行里休整，领头的是一个叫斯坦因的英国人，说是专门来新疆考古的，一共带了十几个洋人。

杨长清集合了各兄弟，扬起手中的毛瑟九八，喊了声：“走！”一行人跃上马背，向山外走去。队伍最后还跟着一个瘦小的身影，也骑在马背上背着短枪。

第 14 章 | 诡计多端的斯坦因

吐鲁番，英国洋行。头发花白的斯坦因坐在桌边，拿着放大镜仔细观察着桌上的一幅丝绸地图，仿佛是在鉴定这幅地图的年代，旁边还放着一本线装的文册。

斯坦因，英籍匈牙利人，早年求学维也纳大学，后来在伦敦、牛津等学校深造，学成后来到英属印度，担任拉合尔东方学院院长、加尔各答大学校长等职。他闻名世界的不是他的学术造诣，而是三次中亚探险，带回无数的宝物。

从 1900 年开始，他在新疆发掘了大量遗址，尼雅、楼兰、莫高窟等遗址和文化宝库的发现相继震惊了世界。不过此人完全没有文物保护的意识，他用欺诈、掠夺的方式将许多属于中国的文物、宝藏带回了英国。

斯坦因作为一个资深的中亚古文明研究专家，为什么会对法乾和尚保存的张普的木简那么感兴趣呢？对他这样的人来说，木简上的东西应该更像是《格林童话》和《伊索寓言》才对。放着那些带有印度人模样的佛像不去研究，为什么偏偏对这木简产生了兴趣呢？且听在下慢慢道来。

1913 年，斯坦因带着他的探险队，从克什米尔和中国交界的蒲犁口岸也就是现在的红其拉甫口岸进入新疆，到达喀什噶尔。沿着叶尔羌河一路走到和田，不停地发掘各种遗址。

后来又从和田一路向北，准备再次去发掘楼兰、尼雅遗址，路过一个叫瓦石峡的地方，停了下来。瓦石峡就在阿尔金山边上，在若羌境内。瓦石峡在汉代时期是楼兰重镇，连通着丝绸之路，一直到元明以后才渐渐荒芜下来，黄沙之下掩埋着无数的宝藏。

他们在瓦石峡发掘了三天后，继续上路，准备向北进入罗布泊寻找楼兰古城的踪影。在瓦石峡边上有几户人家，斯坦因就顺道在那儿停留下来，做进入沙漠的最后准备，他们住进了一个李姓地主的家里。

李姓地主见来了洋人，不敢得罪，把他们照顾得非常周到。这日，斯坦因一大清早就起来了，站在院子里，眺望着不远的阿尔金山，他还在计算这次的发掘能给他带来多大的收益。嗯，如果再有大的发现，女王陛下的勋章应该不难获得。

这时院门被人撞开，一个身影跌跌撞撞地冲进院子，跌倒在地上。

地上躺着的是个十三四岁的少年，浑身衣服破烂，各种伤口脓疮布满全身，散发着阵阵恶臭。李员外掩着鼻子说道："哪来的要饭的，还不拖出去，扔山边上喂狼去！"

一个年纪稍大的刀客忍着恶臭，凑近仔细地看了下那孩子的面容，对李员外说道："东家，这是放羊的小四啊。"

李员外听了他的话，凑了过去，依然捂着鼻子，用脚踢了踢那孩子的身体，见那孩子睁开眼，就厉声问道："小四，你把羊都弄哪儿去了？"

那个叫小四的孩子好半天才反应过来，虚弱地说道："东家，羊被豹子吃了，我进山去追却迷了路，走了好多天才走出来。"

李员外一听这话，抬脚又踢到小四身上，"放屁！老子的十几只羊全让豹子吃了啊？谎话都不会说。"踢完还不解气，又招呼左右，"把他给我吊起来，看看我的羊究竟到哪儿去了。"

阿尔金山的豹子是雪豹，一般很少下山，而且豹子的习性是二三为伍，即使下山吃羊，也不会一口气把十几只羊全吃掉，最多叼走一两只罢了，又不是狼群。

旁边两个刀客也不敢多说，取来绳索将小四吊在院墙上。还是年纪大的刀客心有不忍，给他灌了两口水，他这才又活了过来。

李员外已经搬着凳子坐在了墙边，手里还拿着一根马鞭。

那小四看样子也机灵，不待用刑，就如竹筒倒豆子一般，将事情原原本本说了出来。斯坦因原本要进屋，但是听了小四的话，又停了下来，这家伙钻研中亚文化，汉语和汉字对他来说并不困难。

小四无父无母，谁也不知道他从哪儿来的，几年前就开始给李员外家放羊，儿时五官未开，一时也分不清是汉族、回族还是青海的藏族。

十几天以前，小四赶着李员外家的十几只羊，在山边上的缓坡放牧。这小子前一天夜里看几个刀客赌钱，一夜没睡，把羊赶上缓坡之后，就自顾自地躺在草地上睡着了。

一觉醒来，已到傍晚，远处黑云压顶，山下土黄色的戈壁瞬间就变成黑色。小四心道不好，这是雨来了，这东西来得快，远远望去离得还远，但往往还没跑下山，雨点就已经砸到头上了。

小四连忙起身招呼羊群，转头却发现，缓坡上哪里还有羊群的影子，只看见不远的山边上，一片白花花的颜色，羊群不知什么时候自己往山上去了。小四连忙起身，也顾不得什么雨了，这要是让羊群进了山，天一黑就再也找不到了。李员外平时为人刻薄寡恩，如果羊群有失，自己也活不了多久。

小四终于在山边树林外追上了羊群，但是他不敢相信自己的眼睛，只见三只灰白底黑斑的雪豹正赶着羊群往山上去。三只雪豹都已成年，匀称的体形处处散发着力量和速度的气息。一只雪豹打头，不时回过头冲着温驯的羊群低吼一声，另一只雪豹无声无息地跟在羊群后面，浑身散发着凶残的气息，仿佛那些羊要是不老实跟着就会一口咬上去。

还有一只雪豹，游走于羊群周围，时不时用钢鞭似的尾巴，将偏离队伍的羊抽打回去。

没多久，滂沱大雨砸在头上，羊群越走越远。小四想到丢了羊群回去也是一死，只好硬着头皮，跟在后面。

在泥泞中走了许久，翻了几道山梁后，终于到了雪豹的地盘，一个狭窄的山坳，里面还有几棵大松树。小四爬到山坳上方往下看，身后就是悬崖。领头的雪豹进入山坳后，冲着大松树吼叫几声，松树上轻巧地跳下几只小雪豹，最小的一只比家猫大不了多少。

另两只雪豹将羊群赶入山坳更深处，打头的雪豹从羊群中挑出一只小羊，用牙叼着放在了松树下。几只小雪豹围了上去，对着那只小羊又扑又咬，似乎是在学习捕食。

那只小羊是小四看着出生看着长大的，见小羊被咬，小四心中犹如刀割，不小心将身旁的石头碰到山坳里。三只成年的雪豹一起抬头看，不待领头的雪豹示意，另两只雪豹就自发地一左一右跃上山坳两边的石壁，往小四这边逼过来。

小四连忙后退，惊恐得双腿打战，踩得脚下的碎石纷纷掉落山崖，就在两只雪豹靠近他的时候，小四的身体不由自主地向后倒去，跌下山崖。

等再醒过来时，雨已经停了。小四发现自己没有摔死，而是掉在悬崖下的一处平台上。平台后有个山洞，没有其他的路，无奈中，小四只得钻进山洞。

进洞没多久，小四就发现事情不是他想的那样，此处不像是仙家洞府，倒像是阿鼻地狱，满地皆是人兽尸骨。

正想退出，却又想到，盛传此地乃古时某国王藏宝之地，若是洞中有金银财宝取它一些，也好回去度日。俗话说，好酒红人面，财帛动人心。

进洞深处，空间突然开阔起来，几个石人雕刻矗立在那儿。小四刚想一探究竟，没想到那些石人居然动了，四面合围，伸出巨大的石手来抓他。这小子眼见就要丧命于石人拳下，碰巧发现了一个比狗洞大不了多少的洞穴，连忙钻进去，七拐八拐地终于逃出了洞府。

小四又在山中游荡几日，终于找到了山民进山打猎、采药的小路，方至今日才出得山来。

说到这儿，小四将他在山中的事情一五一十地和盘托出，那李员外哪里肯信，料定小四与人合谋骗走了他的羊群，当下用马鞭将小四抽了个半死。

斯坦因本不相信小四的话，觉得那石人有些怪异，更像是顽童的谎话，但见小四受刑之后依然是这个口气，觉得又不像是谎话。

第二日探险队出发，斯坦因一路向北，再次发掘了尼雅、楼兰遗址，收获颇丰。转而东进，在敦煌又从王道士手中骗取了许多完整的长卷，这些东西现在看来都是国宝中的国宝。后来，继续往北在内蒙古找到黑河遗址，发掘了大量金银财宝。

这一路可谓收获不小，转眼已到第三年的春天。斯坦因兴高采烈地准备回国，但是又从敦煌的书册中找到了关于新疆的一座千佛洞的消息，这就是隐藏在火焰山深处的柏孜克里克千佛洞。一想到那些佛教初期的壁画、雕像，斯坦因又带着探险队折回新疆。

斯坦因顺着线索和当地向导的带领，顺利地找到了千佛洞。没想到千佛洞就像敦煌的莫高窟一样，居然也有人居住。斯坦因借口考古，住进千佛洞，大量的佛教典籍、壁画、佛像让他目不暇接。

斯坦因本想像骗王道士那样，谎称自己是唐玄奘的徒弟，再用金银开路。没想到，龙行湘根本不吃他这套，斯坦因只好转而以学习的借口阅读佛经文书，这点龙行湘倒没有阻拦。

到底是研究文物的行家，斯坦因转了一圈，就从收藏图书的地方发现了点儿东西，虽然各种时期、文字的资料都堆在里面，但汉朝的木简是独一份。斯坦因想到这有可能是了解汉朝对西域影响的最好证据，于是优先阅读了一下。

没想到阅读后，他自己也吓了一跳，书中记载的故事先不说真假，但是有一样东西，他也听说了，就是阿尔金山上那个神秘的山洞和守护山洞的石人。这木简放在这儿许多年，无人问津，那个瓦石峡放羊的小孩根本不会知道。

那小孩说的话有可能是真的，因此木简上的故事也就是真的了，斯坦因顿时心潮澎湃。时光轮盘，欧洲盛传了许多年，但只是一个传说，没想到居然能在这儿遇见。如果真能发现这个东西，也许世界格局将会改变，那时别说是封爵位了，就是亲王，女王也舍得赐封。

一直冷眼旁观的龙行湘此刻也发现了端倪，虽然他也看过那木简，却不相信上面的故事，但是见斯坦因两眼放光，就知道不好，连忙乘斯坦因去召集部下的机会藏了木简。

斯坦因见木简不见了，当下撕破脸皮，损失几人后，杀死了龙行湘，但逃跑的那个叫龙本颜的小子将木简带走了。好在斯坦因又发现了法乾和尚的游记和地图，也不算一无所获，于是他将洞中之物扫荡一空，回到了吐鲁番。

斯坦因查看完地图，靠在椅背上思考，当务之急是要赶紧回若羌瓦石峡，将那个放羊的孩子控制起来，他是寻找山洞的根本。其次，现在虽然是初夏，但是还有一路的沙漠要奔波，加上准备的时间，如果先去白玉宫取出半个天盘，时间可能不够，八月份阿尔金山就会大雪封山，那时想要进山只有等明年春天以后了。

最关键的是那些石人如何对付，靠他们探险队的武器装备完全不行，必须有军队。想来想去，只有分兵两路，再雇用些本地的武装了。

斯坦因推开房间门，喊了声："扎米尔！"

一个身穿西服的男子从旁边的房子走了出来："先生，有什么事情可以效劳？"此人是克什米尔人，英国籍，负责吐鲁番的英国洋行事务，明面上是普通的商人，实际上是英国势力在吐鲁番这一块的代言人，还兼军火商。

"我的副队长去哪儿了？"斯坦因问道。

"先生，鲁格先生带着您的队员去集市上收购古董了。那些愚蠢的中国人很好欺骗，给几块银元，也许您就能换来当年高昌国皇室的用品。"

斯坦因点了点头，又继续问道："本地什么武装势力最强大？"

扎米尔已经在吐鲁番生活了几年，对于本地的情况非常清楚：“要说本地最厉害的武装，当属一支叫‘沙里飞’的土匪，人数不多，但战斗力非常强，只是……”

斯坦因见他吞吞吐吐，有些不满，问道：“只是什么？”

“只是他们和我们洋行并不对付，我们是他们打劫的目标。”扎米尔有些尴尬，在英国主子面前漏了底。

“呃，是这样啊，还有没有别的武装？”斯坦因问道。

“势力最大的就是蔡老幺的民团，千余人，全是流窜南北疆的强盗、土匪和惯偷，战斗力也相当强悍，只是对上来无影去无踪的‘沙里飞’时，没落过什么好处。”扎米尔说道。

斯坦因点了点头，对扎米尔说道：“带上几支步枪，我们去拜会一下这个蔡老幺。”

其实扎米尔对斯坦因的尊重，不全是因为斯坦因是正宗的英国人，而他只是个有英国籍的二鬼子，更多的是因为斯坦因背后站着英国驻喀什总领事乔治·马戛特尼，他们两人是好朋友。这个乔治·马戛特尼还有一个中国名字，叫作马继业。扎米尔所经营的商行和军火生意，货物都是从乔治·马戛特尼控制的克什米尔和中国接壤的蒲犁口岸运进来的。

斯坦因和扎米尔一直到傍晚才从蔡老幺的营地中走出来，身后跟着十几个背着长枪穿着英国军装的人，这是商行的护卫，都是从巴基斯坦和印度招募的。

蔡老幺倒是很热情，今天只是大致地谈了一下。两人并肩走在大街上，快到商行的时候，突然一个小孩从背后出现，从两人中间穿过，向前跑去，他身上还背着一个木头匣子。斯坦因只看了一眼，就认出了那是在千佛洞逃脱的小孩，连忙招呼左右护卫："抓住他！"

护卫们连忙抱着枪追了过去，斯坦因拉着不明所以的扎米尔也跟在后面。小龙子几个拐弯，将护卫们带进了一条胡同，这时胡同两头突然出现几个握着双枪的男子，正是杨长清和他的"沙里飞"。

小龙子看见杨长清握着驳壳枪杀气腾腾地出现在胡同口，连忙抱头蹲在地上。枪声响起，那些护卫的手都还没摸到枪，就全被一枪毙命。

斯坦因和扎米尔背靠着墙，瑟瑟发抖地看着这些杀人不眨眼的恶棍。"你们是什么人？"扎米尔见杨长清慢慢走近，壮着胆子问道。

"沙里飞"众人将两人围在中间，小龙子也从人后钻了出来，他端详着两人的面容，半天才挠了挠头，对着杨长清说道："这洋人都长得差不多，当时天又太黑，我也没看清。"

听了小龙子的话，斯坦因这才放松下来，他故意用颤抖的语气说道："各位，我是洋行的副经理。"又指了指已经吓得脸色苍白的扎米尔，继续说道："这位是经理，只要各位不伤害我们的性命，要多少钱都行。"

杨长清厌恶地打断了斯坦因的话："我问你们，你们洋行里可有一个叫斯坦因的人？”

斯坦因不待扎米尔答话，连忙说道：“有的，有的，他现在就在洋行里。”

到这一步，扎米尔也明白了斯坦因的计谋，他也配合地说道：“各位如果要找他，我可以带你们去。”

杨长清虽然知道这两人说的不是实话，但也没有想到面前站着的就是斯坦因。他身后的刘尚德举起驳壳枪说道：“大哥，洋人没有一个好东西，全宰掉吧！”

斯坦因和扎米尔一听这话，顿时都跪了下来：“求你们不要杀我们，斯坦因干的事情和我们一点儿关系都没有，我们只是生意人，我们给钱。”

杨长清本是英雄豪杰，见二人的模样，原有的一点儿杀心也淡了，厌烦地挥了挥手，“杀你们污了我的枪，回去转告斯坦因，他就是逃到天涯海角，我‘沙里飞’也会找到他。”说完头也不回地走了。

斯坦因觉得被“沙里飞”盯上，这蔡老幺的民团是非雇不可了。他连夜让扎米尔准备两挺刚刚在欧洲兴起的马克沁水冷底架机枪和三百支步枪。

第二天一早，斯坦因就带着这些东西和若干子弹，去了蔡老幺的营地。蔡老幺哪儿见过马克沁啊，试射了一个基数，当时就惊叹得说不出话来。斯坦因又许诺了十万银元，蔡老幺当即拍板，一切听斯坦因指挥。

斯坦因这次在内蒙古黑河不但发掘了许多文物，还发掘了大量真金白银，所以他不缺钱，更重要的是他就没打算付钱。只要去了阿尔金山找到时光轮盘，再一路到喀什，进了乔治·马戛特尼的地盘，就由不得他们了。

此时，杨长清已经通过一个经常和英国洋行打交道的本地商人，了解到了昨天没杀的就是斯坦因，虽然有些懊恼，但也没太在意。在他眼里，斯坦因只要不从天上飞掉，就绝逃不出他的手心。

斯坦因按照自己的想法，找来探险队的副队长鲁格——一个头发金黄的德国后裔。两人兵分两路，一路去白玉宫，一路去瓦石峡。

鲁格带着探险队的大部分人去了白玉宫，斯坦因则带着蔡老幺的民团和少部分人去了瓦石峡。鲁格也是中亚历史研究专家，对楼兰时期的建筑、工艺和历史都很熟悉。斯坦因相信，只要把法乾和尚的游记和地图给鲁格，他自然会有办法取到天盘。

两支队伍在吐鲁番城外分别。斯坦因骑在骆驼上，走在队伍的最前面。这次他也是赌上了，他赌“沙里飞”会来找他，要是“沙里飞”转身去寻鲁格的仇，那他就得不偿失了，所以这老鬼走在最前面，生怕别人看不见他。

蔡老幺的八百民团，真正有战斗力的也就五百人，剩下的三百人都背着大刀土枪，拉着驴车骆驼，只能算是民工。不过那五百人还真不是吃素的，都是些收编的马匪和投靠的草寇，也净是些刀口舔血的主儿。

十里外，一个土岗上，杨长清正在听刘尚德汇报打听的消息。

他对鲁格那支队伍的去向不是很感兴趣，那些人也是杀人凶手，但主谋是斯坦因，他的首要目标是对付斯坦因。

他现在也在犯愁，没想到这斯坦因还真有几分本事，居然说动了蔡老幺。不说前几天刚抢了蔡老幺的军火，只说这些年来，他与蔡老幺之间的争斗就没停过，两家已成死仇。虽然占了蔡老幺的不少便宜，但那是仗着人少兵精、打完就走的优势，真要让他们去硬撼蔡老幺的八百民团，还真不好办。

蔡老幺此刻也一肚子郁闷，天生肥胖的他骑在马上，周围满是护卫的亲信。刚才有打探的亲信来报，说远远望见有人打探，极像“沙里飞”的人。蔡老幺一猜，便知道是斯坦因惹了大麻烦。虽然自己也恨死了“沙里飞”，但“沙里飞”的大当家不是傻子，九个人硬冲他的八百人马，那他们还打探啥啊，只可能是冲着斯坦因来的，这洋鬼子还真不是啥好鸟。

但已经骑上了老虎，也就只能硬撑着了。他想到“沙里飞”出神入化的枪法，不禁缩了缩脑袋，招呼左右靠拢一点儿，又传话下去，收缩队伍，让“沙里飞”无机可乘。

杨长清带着人远远地跟在后面，想寻个机会偷袭。可惜往后的路，都是一望无际的沙漠，斯坦因早就躲进了队伍里，蔡老幺又一副缩头乌龟的模样，让他没有机会下手。

到了第三天，他叫来刘尚德：“老二，这样下去不是办法啊。”

刘尚德点了点头：“大哥，要不等天黑了我带兄弟们冲他一下，怎么说也要把斯坦因抓回来。”

杨长清摇了摇头："蔡老幺最近鸟枪换炮，队伍里的好枪多了许多，还有两架机关炮（马克沁机枪），硬冲不是办法。"

"那怎么办？"刘尚德也有些发愁了。

"你去找金格，让他带着人过来，马快的话在若羌附近应该就可以截住他们。然后不用我们动手，只要我们这边实力强，以蔡老幺的为人，他自己就会绑着斯坦因送过来。要是他不识相，就借这个机会，把这个祸害灭掉。"

刘尚德想了一会儿，点了点头，将手中的驳壳枪插在腰间，说道："行。那我现在就去，只是……"说着他停顿一下，看了看杨长清才说道："我们没来之前，大哥你自己不能和他们动手。"

杨长清笑了笑："这个我自然晓得，你快去快回。"

刘尚德看杨长清满不在乎的样子，只好无奈地摇了摇头，跃上马背飞驰而去。

话说又过了三日，民团到了沙漠中的第一个落脚点——一口泉眼附近。蔡老幺围着这口泉眼，把营盘扎得连只蚂蚁都爬不进去。

离泉眼不远的沙丘上，"沙里飞"剩下的八人和小龙子正靠着沙丘，观察着蔡老幺的营地。此时东方泛白，沙漠里寒冷的夜晚即将过去，再过一个小时，蔡老幺的人马就要启程了。

突然，小龙子指了指泉眼另一边的沙海："师兄，你看那是什么？"

杨长清顺着小龙子指的方向望去，只见沙漠里几只黄羊正没头没脑地跑着。

他对旁边几人使了个眼色，说道：“把那几只黄羊赶过去。”

黄羊见泉眼边有动静，不敢靠近，只是在周围徘徊，被“沙里飞”众人硬是赶向营地的方向。

“乒——”一声枪响，黄羊受了惊吓，四散逃开，却没见有倒下的。营地里响起一片哄笑：“老把子，你的枪法不行啊！”这老把子不是人名，是对民团里一些有头有脸的人的尊称，一般姓杨的叫杨老把、姓李的就叫李老把。

“这几天真他娘不顺，耍钱净输，连这黄羊都欺负老子，今天一定要抓几只活的回来！”说完，就见营地里一骑飞驰而出，马背上的骑士还挂着一支长枪。

杨长清微微一笑，就怕你不出来。他向左右打了个手势，有两人悄悄地离开了沙丘。

半个小时后，离泉眼十公里外的沙漠中，“沙里飞”众人站在地上，面前跪着一人，鼻青脸肿的，此刻正一把鼻涕一把泪地求饶。

此人还真是民团里有头有脸的人物，绰号“马嚼子”。这人枪法不准，拳脚也稀松，但一肚子坏水，在民团里负责绑票勒索的勾当，但凡被他绑的大户，都被折磨得像是被上了嚼子的马一样老实。

杨长清一亮“沙里飞”的招牌，马嚼子就傻眼了，没想到落到这票阎罗王的手里，当下痛哭流涕，苦苦求饶。

其实杨长清对斯坦因的行踪很好奇，如果说这老鬼要回国，完全可以让民团保他从阿克苏到喀什去，不用绕道和田，围着塔克拉玛干沙漠兜圈子。

马嚼子为了活命，把知道的事情一五一十地说了出来，只是斯坦因没把整件事情告诉蔡老幺，只说要去瓦石峡，找一个放羊的小子。

听了马嚼子的话，杨长清心里已经有了盘算。他将马嚼子连人带马推进了流沙坑，一群人掩埋了痕迹，直奔瓦石峡。

等蔡老幺民团的大队人马找过来时，只在流沙坑顶发现半截露出来的马尾巴。

第15章｜血战瓦石峡

几天后，瓦石峡外，风尘仆仆的“沙里飞”众人比民团早了两天来到这里。还没等他们下马休息，就见一个十四五岁的小孩在戈壁中奔跑，后面还有两骑在追赶。

这小子见前方出现几人，都带着长短武器，胯下骏马，面相凶恶，知道或许是唯一的救命机会，连滚带爬奔了过来，一头跪倒在杨长清的马前。

后面追赶的炮手也是老江湖，一看那些骑士手上都是快枪，而自己手上拿着的还是前装的火铳，当下不敢造次。

杨长清此刻端坐在马背上，他始终想不明白斯坦因为什么要去寻找一个羊倌，难道和那个木简有关?

“求各位大爷救命，小四日后做牛做马服侍各位大爷。”小四跪在杨长清马前，一个劲儿地磕头。

杨长清见两个进也不是、退也不是的炮手恐惧地站在原地，将驳壳枪又插回腰间，对着小四说道：“起来说话。”

小四又磕了个头，才站了起来。杨长清问道：“你可是给大户人家放羊的？”

小四点了点头，不明白杨长清是怎么知道的。

杨长清继续问道：“你可曾见过一个叫斯坦因的洋人，来过瓦石峡？”

小四点头说道：“洋人去年倒是见过不少，就在东家家里住着，但不知有没有那个叫什么因的。”

看来这个斯坦因果然是冲着小四来的，又问道：“你和他说过话没有？”

“没有，当日我被东家吊起来打，他在一旁看着，等我被放下来养伤时，他们早就走了。听说那些洋人不太爱说话，东家畏惧他们，也不敢和他们说话。”

杨长清有些疑惑，既然话都没说过，为什么斯坦因还要千方百计地找他，于是他问道：“你为什么被吊起来打？”

小四委屈地说道：“东家说我和人合伙偷了他的羊。”

“那你偷了没有啊？”问话的是一直跟在杨长清身后的小龙子。

“那羊真的是被豹子赶走的……”小四又把他山坡午睡，雪豹赶走羊群，山洞遇见石人的事情说了一遍。小四的话听得杨长清直冒冷汗，他俯身一把将地上的小四提了起来：“我问你，你刚才说的石人的事情，句句属实？”

小四见自己被提到空中，吓了个半死，连忙点头：“我对天发誓，要有半句谎言，天打雷劈。”

杨长清终于明白斯坦因要干什么了。他勉强压下胸中的惊涛骇浪，将小四放在地上，对着远处的两个炮手说道：“这孩子我要了，回去告诉你们东家，以后好自为之，否则我‘沙里飞’迟早会登门拜访的。”

这句话差点儿把那两个炮手吓个半死，这可是名震大漠的“沙里飞”啊，两人连滚带爬地跑了回去。

没多时，又见俩炮手从庄内冲了出来，后面还跟了一骑，正是李员外。炮手跑回去，对李员外一说，把这李员外也吓了个半死，俗话说，不怕贼偷，就怕贼惦记，让“沙里飞”惦记上可不是什么好事。李员外赶忙带上两百块大洋来缓和一下关系，其实也就是求饶了。

杨长清刚准备带人离开，这一片他是知道的。瓦石峡峡口不远的沙漠上，有一座衰败的古城，自打楼兰那会儿就有了，一片残垣断壁正好适合藏身，等待金格的人马。

李员外老远就跳下马背，举着双手，将装着两百大洋的布包挂在脖子上，带着两个炮手一路小跑过来。

“鄙人是这里的庄主，众位大侠到了瓦石峡，怎么能过门不入呢，还请到庄内休息。不过想来各位大侠还有要事要办……”李员外这番话说得极其虚伪，他最害怕的就是杨长清等人真的进了他的庄子。

“这里有两百块大洋，还请各位大侠笑纳，以后随时来瓦石峡，我都宰羊欢迎。”他继续说道，“既然各位大侠看上了小四，那也是他的造化，就让小四跟着各位大侠走吧！”

杨长清听了李员外的话，心中却有了另外一番算计，看来这杀掉斯坦因的办法还要在李员外身上找，于是说道：“大洋就不必了，我们还真有事要在这儿多留几天，既然庄主大爷盛情相邀，那我们这些草莽也就心领了。”说着冲着庄子的方向一扬手，“前面请！”

虽然杨长清话说得客气，但那眼神，还有身边杀气腾腾的几位把手一直放在腰间驳壳枪上的大爷，让李员外没得选择，自家的刀客、炮手加起来还不够人家一个人玩的呢。

杨长清心中也有了个打算，不管这事真假，在瓦石峡必须除掉斯坦因。他打算在庄内埋伏人手，等斯坦因进庄找小四的时候再干掉他。

当夜，小四和小龙子睡在一起。小龙子将木简的事情和杨长清可能想借瓦石峡这个庄子打斯坦因埋伏的事情说了出来。

这一路的事情令小四听得惊心动魄，一夜无眠，他在清早便出了房门。除了后半夜才睡觉的小龙子，众人也都醒来。杨长清将众人招进屋中，商讨埋伏的事情，只留小四一人在门口。

庄上有人和小四交好，就是那个年老刀客。李员外将年老刀客招来，让他去探探小四的口风，那刀客见东家相求，也就硬着头皮来了。

小四这当牛做马的一年，亏得这老刀客不时照顾一下，才没被李员外整死。见老刀客来了，他突然想到杨长清要借庄子埋伏斯坦因的事情，心念老刀客的好处，就说给他听，让他早早避开，别害了性命。

老刀客连忙回去将此事说与李员外。李员外听了几乎要昏倒，且不说会死多少人，如果埋伏成功，“沙里飞”一阵风就不见了，他可是要落上行刺洋人的罪名，那可是抄家灭族的大罪啊。

李员外只说了句进山打些野味孝敬众位大侠，就带着老刀客打马出了庄子。往若羌县城方向寻找，没过多久就和民团相遇了。李员外滚鞍下马，跪倒在蔡老幺和斯坦因的马前。他一番添油加醋的胡说，惊得斯坦因和蔡老幺一个劲儿地惊呼好险。

蔡老幺也是老江湖，对“沙里飞”屡次与他作对的事耿耿于怀，得知庄子四面皆是戈壁，顿时有了全歼“沙里飞”的心思。

李员外见蔡老幺要杀进庄，立马跪地苦苦求饶。那家宅是百年基业，全家老幼都还在庄上。

此刻，蔡老幺原形毕露，用枪顶着李员外的下巴，若是不答应，那就坐实了通匪的罪名，照样全家杀头。无奈中，李员外只好作罢，跟在蔡老幺身后。只是谁也没有注意到，不知何时，老刀客的身影从队伍中消失了。

再说杨长清分配好人手，自己一人坐在房中，等待斯坦因到来。不想先来了庄口的哨探，说民团来了，却没进庄，而是将庄子前后围住，两挺马克沁机枪封住了前后门。

杨长清心道不好，这是泄露了消息啊。他连忙出门查看，刚探出头去，就见对面打来一枪，险些命中脸颊。

蔡老幺并非无能之辈，他让人将带来的炸药绑在骡马上，准备借骡马冲击庄子。斯坦因这次来，因为想要对付石人，所以带了很多炸药，此番正好派上用场。

庄上的人看情形也知不好，又见李员外出现在门外的军阵中，于是都开始四处逃跑。

这时突然见老刀客逆着逃跑的人流进了庄子，杨长清唤人两边将他围住。老刀客据实相告，告密是为了不让庄子上的无辜百姓受难，现在趁着混乱进来是为了不让众英雄好汉死在这里。

老刀客又说到，前后门皆有机枪把守，庄内水井其实是一暗道，通庄外五十丈，舍弃马匹可以出去，往南不远就是瓦石峡古城的残垣断壁，坚持到夜晚或可逃得性命。本来夜晚从庄上出逃最好，可惜蔡老幺是不会给这个机会的。

杨长清也明白这是唯一的出路，但两个孩子不能带在身边，一时便难以抉择。

老刀客掀开一地窖，说可躲三人，待杨长清等引开围困民团，自会想办法将两小孩送出，与杨长清等人会合。杨长清让小龙子牢记木简上的秘密后，一把火烧了木简，又塞给二人一封信，说是如果出了问题，就按信上的地址去投靠他人。

这时身背炸药的骡马已经冲进了庄子，杨长清当即带人从井下密道逃出庄子，老刀客也带着两个孩子躲进地窖。在一望无际的戈壁上，杨长清等人没多久就让民团发现了行踪。他们边打边退，终于还是在瓦石峡古城里被围了起来。

两边各自依靠古城墙做掩护。蔡老幺火力强劲儿，人员众多，“沙里飞”枪法了得，武器精良，两边似乎势均力敌，但蔡老幺有许多炸药、雷管。

这铺天盖地的炸药扔过来，只一会儿的工夫，杨长清这边就损失了两个弟兄。

杨长清等人一开始还用步枪还击，但是发现敌人太多，干脆将驳壳枪调成连发，搂一下就是二十发，打出去一个扇面。他们边打边退，不一会儿就让民团的主力从五百人变成了三百人，但自己这边又死了一个，而且驳壳枪也都成了没子弹的摆设。

蔡老幺将队伍收回来，改派那些拿大刀扛土枪的家伙上去消耗杨长清最后的火力。

此时，杨长清也成了强弩之末，他带着剩下的四个兄弟，靠着最后一堵矮墙，用手里的毛瑟九八将冲上来的民团一个个点倒。身后就是沙漠，他们无处可退，又缺少了马匹，只能成为那些民团的活靶子。

更加丧气的是，在古城废墟中有两个高台，极有可能是佛塔或者高楼的遗址。此刻，蔡老幺将两挺马克沁机枪放在上面，喷吐的火舌将土墙打得似乎都矮了几分。

一个兄弟突然站起身，手中的步枪子弹精准地打到了马克沁机枪上，可惜只是打中了前面厚厚的挡板，溅起一阵火星，而马克沁的子弹实实在在地扫在了他身上。

望着身边倒下的弟兄，杨长清怒火中烧，几乎咬碎牙齿，“我上去炸掉它！”说着就要翻身。“不用大哥出马！”两个兄弟翻身越过矮墙，一路蛇行。机枪子弹打得尘土飞溅，两人顺手捡起地上死尸身上的雷管。

可惜一个兄弟刚捡起地上的雷管，身体就被马克沁打成两截。另一个瘦小一点儿，身轻如燕，在地上翻滚了两圈躲在一堵土墙后点燃了雷管。他一个跃起，将手中的雷管对着一挺马克沁扔了过去，与此同时，另一挺机枪锁定了他，空中顿时扬起一片血雾。

那雷管准确地扔在了马克沁旁边，不待射手反应就炸了。巨大的冲击力将马克沁翻了个个儿，土台也被炸塌了，将马克沁和四个射手埋了进去。

杨长清此刻身边只剩一人，两人依然被机枪压制得抬不起头，只能抽空从缝隙间还击。他身边这一人，是西北有名的“铁鹞子”，四十多岁，一身功夫无人能敌。此人几年前被仇家所伤，后被杨长清所救。

铁鹞子靠着土墙扔掉手上打空子弹的毛瑟九八式步枪，从背后掏出两把短刀：“兄弟，老哥哥先走一步了，如果有机会，你就逃命去吧！”

“老哥，你要干啥？”杨长清话音未落，就见铁鹞子犹如猛龙出海一般，跃出土墙，连着两个翻滚，又一个纵身，已经蹿出去十来米。他在地上爬两步，又一个翻身躲在另一堵土墙下，重机枪子弹就在他身体四周飞舞，却怎么也近不了他的身。

铁鹞子艺高人胆大，又从土墙后跃起，在空中毫无凭仗地连翻两个跟头，已经和那些冲上来的民团搅在了一起。只见他的身体犹如水中鱼来回摆动，在人群中穿梭，手中两把短刀上下飞舞，走过去的地方，身后总是几具倒下的尸体，都是一刀致命，刀刀插在要害上。

此时短兵相接，重机枪没法射击，只好眼睁睁地看着铁鹞子一路从人群中杀了过来。几个端着长枪的枪手，冲上土台，端着枪瞄准铁鹞子。

“啪——啪啪——”杨长清的枪先响了，他趴在土墙边，将那几个冲上土台的枪手打了下来。

就这工夫，铁鹞子已经冲到了土台下，重机枪想要扫他却已经没了射界。他一个翻身轻巧地跳上高台，落在了重机枪后面。四个射手感觉不对劲儿，连忙转身，看见满身是血的铁鹞子站立在身后，还没来得及做出反应，就被铁鹞子一刀一个砍翻在地上。

铁鹞子两脚将几个尸体踢下土台，单臂抓着马克沁，硬生生地把几十斤的机枪给拉得掉了个个儿，枪口对准了后面的那些民团。

杨长清此刻也从土墙后跃起，一边射击，一边躲闪飞来的子弹，不一会儿也跃上了土台。铁鹞子翻身抓住机枪，对着底下的民团扫射起来。

杨长清手中的步枪也弹无虚发，战况一时倒向他们这边。铁鹞子却对杨长清喊道：“快走，我顶不了多久！”

杨长清这才注意到，铁鹞子的两条腿上，有四五个弹孔此刻正在汩汩地冒出鲜血。原来他刚才根本就没有躲开掉那些子弹，只是仗着武功强悍、韧性超人才挺到现在。

杨长清并没有打算离开："罢了！金格和老二看样子是来不了了，你我兄弟今天就死在一起吧……"

这铁鹞子已抱定必死之心，当下摇摇头也不再说话，转身专心对付龟缩在残垣断壁后的民团。这一阵机枪打得铁鹞子兴起，干脆号起秦腔："呼喊一声绑帐外……不由得豪杰笑开怀……某单人独骑把唐营踩……只杀得儿郎们痛悲哀……"他这唱腔的速度不是跟着锣鼓走的，而是跟着马克沁的节奏走的，快了许多。

"遍野荒郊血成海……尸骨堆山无处埋……小唐儿被某胆吓坏……马踏五营谁敢来……"杨长清听着铁鹞子那粗犷豪迈的声音，胸中也涌出千万豪情，手中步枪打得飞快，将那些不小心把身体露在外面的民团全都打倒在地。

一些远处的民团已经在蔡老幺的带领下从后面包围上来，马克沁的底座不是旋转的那种，所以不能两头兼顾，杨长清只得用步枪防住后面。"单童一死阴魂在……二十年报仇某再来……刀斧手押爷在杀场外……等一等……小……"铁鹞子的声音突然断了，一发子弹穿过了他的后脑，冲击力带得铁鹞子的身体往前一扑，趴在了机枪上，鲜血糊满了机枪的挡板，他的这段折子终究还是没唱完。

马克沁水冷机枪带两个轮子，铁鹞子一扑之下，和机枪一起滚下土台。

杨长清怒火中烧，手中步枪连续发射，将一个又一个扑上来的民团打翻。直到他枪里一发子弹都不剩，才停了下来。

剩余的民团已不足三百人，但个个杀红了眼，他们给枪插上刺刀，将杨长清团团围在土台之上。蔡老幺的民团确实战斗力强悍，要是换了普通的队伍，战损三分之二后，早就崩溃了。

蔡老幺和斯坦因此刻出现在杨长清的视野里，杨长清苦笑了一下，扔掉了手中没有子弹的步枪。

“素闻‘沙里飞’都是英雄好汉，今日一见果然名不虚传，八个人把我的八百民团打得只剩下两百人。”蔡老幺心痛至极，这都是自己辛辛苦苦拉起来的队伍啊。

斯坦因却有些迫不及待，他听李员外说小四已经被杨长清带走了，连忙说道：“先生，你已经用行动证明了自己的实力，赢得了对手的尊敬，现在请将那个放羊的小孩交出来，我保证不伤害你。”

杨长清轻蔑地看了斯坦因一眼：“你就是那个搬空了千佛洞的斯坦因？”

斯坦因点了点头：“先生，其实我这也是为了保护文物，在贵国，你们只知道破坏它，却不知道它的价值，况且贵国现在一直处于战乱，我作为人类社会的一员，有义务将这些历史遗产保护在更安全的地方。现在让我们谈论一下那个放羊小孩的处境……”

“你放屁！难道放在你们那里就一定安全？难道你们有一天还会把这些东西还给中国？”杨长清怒视斯坦因，“就算你真是为了保护人类遗产这样做，那么你们巧取豪夺，不惜滥杀无辜，让这些原本度化人的佛经、佛像沾上了鲜血，你保护的到底是什么？你们锯掉佛头，炸毁佛像，粘走壁画，不过是取走了十分之一却毁坏了十分之九，请问这难道就是你们大英帝国的保护方式？”杨长清凛然不惧，将心中的愤怒全发泄出来。

斯坦因被杨长清驳斥得不能言语，只好说道：“先生，你说的话我有些不太明白，现在我们还是探讨一下你的个人安危，以及那个放羊小孩的事情吧。”

杨长清冷冷地瞥了斯坦因一眼：“你放心，总有一天，中国人会把你们夺走的东西全夺回来的！”

“不过……”杨长清没有再说了。

斯坦因追问道：“不过怎么了？”

“哈哈，哈哈——”杨长清仰天大笑，“不过你是看不见那一天了，锯了那么多佛像，老天爷是不会放过你的。”说着，他又看了斯坦因一眼，“即使老天爷能放过你，我也不放过你！”

说完他纵身一跃，向斯坦因扑去。一旁的蔡老幺对杨长清有所忌惮，一直提防着他，见他向斯坦因扑去，喊了声“小心！”，将身旁的斯坦因推了一把。这一把可真是救了斯坦因的命。

杨长清从台上扑下，一拳直捣斯坦因胸口。这一拳要是真捣上去，斯坦因的胸骨绝对是像被铁锤砸过一样，被蔡老幺这么一推，杨长清的那一拳只砸在他的肋骨上。

即使这样，斯坦因也受不了这一拳，连退两步，躺倒在地上。蔡老幺身后那些民团一拥而上，将刺刀顶在了杨长清的脖子上。

蔡老幺连忙跑去看斯坦因，这可是大金主，他还指望着十万银元呢，死了五百多号人，要是再没人埋单，他就亏大了。好在那一拳也就砸断了斯坦因的几根肋骨，人虽然昏迷不醒，却还不至于丧命，但没有半年也休想下地走路。

蔡老幺忙招呼远处的李员外，把斯坦因抬回庄上休养。斯坦因被抬走后，蔡老幺又转向了杨长清。他命人把杨长清杀死在戈壁滩上。

太阳落山时，已经清醒的斯坦因让李员外派人抬着他赶到废墟上时，已经晚了。

没了放羊童的踪迹，斯坦因只好愤愤地转身回去，一路上在心里将蔡老幺骂了个半死，但此刻他还不敢过分得罪蔡老幺，只好作罢。

再说老刀客带着两个孩子躲进了地窖，没一会儿工夫就听见外面的人马随着不断响起的枪炮声远去，便连忙带着两个孩子出了庄子，躲在起伏的沙丘下。一直到夜晚降临，瓦石峡古城再没有一点儿声音，他们才小心翼翼地潜了过来。

他们发现了死在戈壁滩上的杨长清，两个孩子的眼泪还没下来，就被老刀客捂住了嘴。见杨长清已死，“沙里飞”覆灭，老刀客赶紧带着他们连夜离开。

路上走了两天，他们在一处戈壁上看见许多尸体，足有二十多具。他们走近前观看，尸体都被野狼啃坏了，加上天气炎热，早就分不清人的模样。小龙子却认出其中一个死者身上穿着的正是“沙里飞”老二刘尚德的装束。

好半天，小龙子又发现了这些死尸里有许多都见过，身上都有熟悉的东西，什么服饰啊，装饰啊，奇怪的武器啊，都是金格的亲信，只是没有金格的踪迹。不知是没有发现，还是没和他们在一起。

此时也管不了那么多了，三人继续往东，绕过吐鲁番，经哈密准备出新疆。四处村镇都贴着捉拿金格的告示，这里以前就是金格的活动范围。一打听才知道，他在这儿和青海马家狠狠地干了一仗，损失惨重，不知所踪。

刚出星星峡，老刀客就不行了，年老体衰，走的路又太多，挣扎了没几天，就死在了路边野店里。小龙子和小四埋了老刀客，继续往东走，杨长清信上的地址是陕西某处。

收信的人是个老者，也姓龙，是龙行湘的本家兄弟，原来这信是龙行湘在杨长清第一次下山时写的，他让杨长清带在身边，万一有难可以逃往陕西。信上也没多说，只说有徒弟来投奔他，甚至连几人都没写，这龙行湘可谓是智虑深远啊。

这个老者也是当年随左宗棠进陕剿捻的将军，受了龙行湘不少恩惠，后来进了武卫右军。他对这两个徒弟自然有心照顾，小四没有名字，干脆就给他起名叫龙正颜。

老者问两人以后想要干什么，两人在路上早就商量好了，一齐说要当兵打仗。老者哈哈一笑，没有说什么，只是将二人留在家中，让他们学文习武。

一年后，老者写信将二人交给他以前从武卫右军里带出来的老部下，时任第十六混成旅旅长的冯玉祥。五年前，冯玉祥起兵反清被抓，这老者救过他的命，所以一直在找报恩的机会，就将两人收在身边。

自此以后，两人跟着冯玉祥转战南北，再没有提过大漠里发生的事情。其间两人曾潜回吐鲁番一次，本想杀掉蔡老幺，给杨长清和“沙里飞”的众好汉报仇。谁知找到当年的老民团才知道，他们逃走的那天夜里，蔡老幺和李员外让人在庄子里割去了脑袋。斯坦因躲过一劫，能动以后，指挥民团退回了吐鲁番。

二人只好作罢，回到了冯玉祥军中。1933年，冯玉祥和方振武、吉鸿昌等人组织察哈尔民众抗日同盟军失败后，隐居泰山。两人也有意放弃军职，干脆辞别冯玉祥，带着家眷下了南洋。

龙正颜，也就是当年的小四，结婚后有一个儿子，叫龙天栋；龙本颜，也就是当年的小龙子，子嗣众多，共生了五个儿子，有出息的就两个，大儿子叫龙天格，最小的儿子叫龙天柱。

故事到这儿，我们也搞明白了，龙大少说的是他家祖上的故事。这些故事有的可能是他祖上口述的，有的是龙大少这些年来自己搜寻线索找到的。

石室里没有人说话，只有火烧木柴的声音。龙大少的声音再次响起：“本来两个不是亲兄弟却胜似亲兄弟的家庭，后来却骨肉相残。这事又要从我的爷爷也就是龙正颜死前说起。”

话说，到了二十世纪七十年代，两家的女主人先后亡故，只剩下俩老头每天坐在房前晒太阳。两人觉得大限也快到了，就召集这六个儿子，将隐藏在心中六十年的秘密说了出来。

龙正颜甚至根据他当年在山林里流浪的经历，大概画了一幅那个石人把守山洞的方位图，将其交给龙天栋。

又过了几年，两个老头相继离开了人世。龙家的产业发展了起来，龙天栋、龙天格都有些经济头脑。

转眼又过了十几年，随着生意越做越大，龙天栋甚至已经忘记了地图的事情，龙天格却在想尽办法套取龙天栋的地图。如果说龙天格大大方方地索要，搞不好龙天栋还就真给了，但是他料定龙天栋和他一样，也在打那个山洞的主意，所以就动了歪脑筋。

其实龙天栋也不是傻子，他发现龙天格在算计他的那张地图，于是用记日记的方式，将所有的事情都记录了下来。

终于，失去耐性的龙天格秘密绑架了龙天栋，向他索要地图。没想到龙天栋看上去温文尔雅，实际上是个烈性子，扬言出去后绝不会放过龙天格。龙天格一怒之下把他推进水中淹死，制造了他失足溺死的假象。

没过几天，龙天栋夫人伤心过度，也一命呜呼了，撇下三个孩子，这里面其实也是龙天格做的手脚。

龙天格接管了龙家，搜遍了所有的地方都没找到那幅地图。他哪里能想到，日记和地图一直就放在龙大少的书包里。此时，龙大少已经懂事了，而最小的龙三少还在吃奶。龙天格膝下无子，于是这三人就成了龙天格的儿子。

龙大少讲到这儿，一切谜团都已经浮上了水面。我问道：“你是说，龙天格这么些年一直没有对你们下手，可能就是因为你知道地图的秘密？”

龙大少默然地点了点头：“不是可能，他一定知道地图在我手里。我长大后也旁敲侧击地告诉过他，如果我们三兄弟有任何闪失，他就再也见不到地图了。”

曹爷依然沉寂在那个大漠夺宝的故事中，好半天他才问道：“你们说，金格的人马是怎么死在沙漠里的，最后杀死蔡老幺的到底是谁？”

龙大少摇了摇头：“按分析可能是金格吧，我推测刘尚德去找金格时，他已经被追得走投无路了，但依然前去帮忙，只是不知道他们怎么跟青海马家打起来了，只有他一人躲过去了。等赶到瓦石峡，发现为时已晚，所以乘夜潜进庄子，替杨长清报了仇。”

我们几人都点了点头，看来事情应该就是这样了。

我突然又想起了一件事情：“那个护卫军的队长刘贺和黑面阿信到底是谁的人？”

龙大少看了我一眼，摇了摇头：“阿信隐藏得太深，连我都不知道他是谁的人，但从他的种种表现来看不像是龙天格那老贼的人。”

我疑惑道：“难道还有其他人知道这个秘密，会不会是你五叔？”

龙大少说：“他应该是我六叔。”接着又摇了摇头，“应该不会，我六叔那个人估计早就把那件事情忘得一干二净了，他这人只认钱。”

这时一直低着头沉思的老林突然抬起头，望着淘金佬说道：“看来，这家伙应该就是斯坦因探险队副队长鲁格的后代了。”

龙大少点了点头：“鲁格的人马其实我们都看见了，就是死在前面那些关卡中的探险队的人员，只有他一人因为晚进了魔音洞一会儿，反而逃脱了性命。他从山洞里逃了出去，觉得斯坦因是有意要害他，所以先回英国告了斯坦因一状，和后来回国的斯坦因反目成仇。但是，他说的事情太过匪夷所思，没人相信，反而坏了自己的名声，所以干脆回了德国。”

龙大少继续说道：“其实卡恩斯根本就不是自己来中国的，是我去德国抢在龙天格之前找到他的，让他自己伪装成来中国淘金的样子，只是为了迷惑龙天格。”

我将金虎玉环递给龙大少：“如果你有本事拿到天盘，我不会反对，但是走出这个山洞后，大家分道扬镳。”说实话，别的故事我都相信了，唯独天盘和石人的事情让我难以接受，而且我并没想去掺和龙家的百年恩怨。

龙大少也恢复了他一贯的傲派，接过金虎玉环，微笑地对我说道：“好的，但我依然要感谢你，并且支付你酬金。”

我点点头，算是达成协议了。局势已经明朗，前因后果基本上都清楚了，众人也都从听众的状态回归正常。

第 16 章 | 神兽波儿象

老林拍拍手，招呼早就不知道跑哪儿去了的“儿子”：“歪歪，回来了！”

没有任何动静，老林噌的一下站了起来，放声喊道：“歪歪、歪歪！”好家伙，这老家伙中气十足，把我的耳膜差点儿弄个窟窿。

一声狗叫传来，是歪歪，不过声音不是在石室里，而是在石室外。

紧接着又是那诡异的笑声传来：“桀桀——桀桀——”两个声音居然出自一处。

我也从火堆边跳了起来：“不好，你儿子和那会笑的家伙在一起。”

这时，歪歪的声音不断响起，而且由远及近。它的声音并不是从紧闭的石门处传来的，而是从一个无头尸躲藏的洞穴里传来的。

我们围了过去，龙大少用唯一的手电筒往洞穴里照去。原来在无头尸站立的地方，后面的墙壁下边有一个狗洞。

我当即想起我们进门时，在外面发现的那个洞口，“不好，这个洞和外面是连在一起的。”老林他儿子一定是趁我们都沉浸在龙大少的故事中时，自己偷偷钻出去的。

不过，好在听叫声，它这是又钻回来了。果不其然，没多久就看见歪歪从那个洞里露出头来，这个洞比较大，它这样的大小几乎可以在里面打滚。

老林探手一把将歪歪抱进怀里，心有余悸地说道：“你跑哪儿去了？可把我吓死了！”

这时，那个狗洞里又响起了声音，“桀桀——”紧接着又看见两只发出红光的眼睛出现在黑乎乎的洞口。

乔大少惊呼一声：“妈呀！”转身逃离洞口。我们也连忙闪开。

我们刚闪开，就看见一个东西嗖地从那个洞中跳了出来。透过火光，它看见了我们，我们也看见了它。

此物让我怎么形容呢，身体像是一头成年野猪，浑身绿色，还有些零散的毛发，也是绿色，尾巴和猪的一样，短而且还打着卷。长着虎爪，上面黑色的趾甲不用想就知道锋利无比，要不怎么能只一下就划开骆驼的肚皮呢?

而它的头像只大老鼠，尖嘴尖耳朵，嘴里有四颗巨大的獠牙，两只眼睛在火光的照耀下散发出红光。

我盯着那东西嘴里的獠牙，心里还在盘算它的杀伤力。“林叔，这是什么动物？”霍青嬏问道。

此时那家伙没有再叫，它似乎有些不适应这突如其来的火光，将眼睛转向黑暗的地方。我们一见这家伙的长相，就知道不是个吃草的，大伙儿各自拿出能用的家伙，浑身绷直地防备着它。

老林用他那昏花的眼睛，仔细端详了好半天，才张嘴说道：“我说了你别不相信，这东西叫波儿象。”

“波儿象？”没听说过啊，这东西不像是大象，倒像是一头猪和一只大老鼠偷尝禁果后的产物。

老林又看了几眼，才确定地说道：“波儿象这东西不是人间的，是阴间的。”

我听了他的这句话，差点儿跳起来：“啥玩意儿，你说这东西是鬼？”他要是敢说是鬼，我就敢大耳刮子抽他，有这样的鬼吗，他咋不说它是牛头马面里的一位？

老林听了我的话，失神地摇了摇头，随即又想起什么，便打起精神，似乎是不满我的语气，嫌我不够尊老爱幼，瞪了我一眼，说道：“亏你还说自己看过《子不语》，这东西从来没在别的地方有过记载，只有《子不语》上说，此物是阎王座下的神兽，专噬恶鬼。”

老林这么一说，我倒想起来了，果然在《子不语》中见过。但这东西怎么可能真的存在？我惊讶道：“难道是阎王审案，凡是罪大恶极的都会被它吞吃的那个家伙？”

老林点了点头：“此名波儿象，非猪也。阴间畜养此兽，凡遇案件讯明，罪重之人，即付彼吞噬。”这是形容波儿象的原话，“书上说波儿象猪身尖嘴，满身绿毛，没想到世间真有这种东西。”老林继续说道。再看看眼前已经有些适应火光的家伙，真和袁枚形容的一样。

好吧，之前我们遇见的什么蜥蟆、食金蚁、盘龙蝎等动物，都是我们自封的“神兽”，是山寨货，这货才是正版，是有出处的真神兽。

对于这东西是不是传说中的“波儿象”我保持怀疑，因为《子不语》只是一本志怪小说，不是科普书，也不是正史。所以上面的东西并不见得是真的，搞不好是袁枚编出来的。

而且就算有，这波儿象也是阴间的物种，怎么会来到这沙漠底下的洞穴里？但如果波儿象只是个虚构的东西，为什么会和眼前这种生物在外形上如此相像？是巧合，还是袁枚以前写《子不语》的时候见过这种东西，现在已经搞不明白了。看长相，我们姑且就叫它波儿象吧。

眼前的波儿象终于适应了火光，它突然嘴角一咧，露出满嘴的尖牙，冲着我们叫了两声：“桀桀——桀桀——”口水顺着牙缝流出来，滴在地上。

这两声笑把我们都吓得毛骨悚然。乔大少掏出狼牙拳套戴在手上：“你说，我们这一路咋就没遇见个吃草的？”

我神情戒备地从地上随手捡起一把腐朽的短钺，对其他人说道：“曹爷和我阻拦，剩下的人从门口跑。”

曹爷听了我的话，抽出工兵铲，往前走了两步，挡在了众人前面。此时曹爷一动，早已蓄势待发的波儿象犹如脱兔，冲着曹爷扑过来，离曹爷还有几步远就跃起来，像猛虎扑食般直扑曹爷。

曹爷双手握着工兵铲的铲身，硬生生地挡下了那一抓。波儿象的爪子果然锋利无比，只一下划过，就把工兵铲划得多了几条深痕。

波儿象除了堪比神器的爪子之外，速度也快得吓人。曹爷连续挥舞工兵铲，却没有伤到它半分。而波儿象又瞅准机会，一个侧身绕到曹爷侧面，扑过来对着曹爷的脖子就要咬。

我岂能让它如愿，手中短钺探了出去，直攻波儿象那已经张开的嘴。波儿象只好放弃曹爷，拐了个弯又向我扑来。

和这东西比速度只能是找死，我见它扑来，连忙将短钺放在胸口一边挥舞，一边后退。老林他们已经到了门口，三重考验已过，大门应该可以打开了。我一边阻挡波儿象，一边冲正在开门的老林喊道："出去别忘把狗洞堵上！"

老林也不回头，背着我喊道："知道了，不用你操心！"说着就"哗啦"一下打开了大门。大门外聚集了不少尸纹蛾，在大门打开后看见了火光，又都飞进石室。

一群尸纹蛾冲进石室后，就像早有预谋一般，冲着火堆就过去了。这堆火可比白玉宫中那堆单纯的油脂旺多了，没多会儿工夫，尸纹蛾就燃烧殆尽，剩下的也没了踪影。

一群人也顾不得通道里那千百年的沉积物，他们相互搀扶着冲了出去。而我也被波儿象逼到了墙角。它又向我扑来，我无处躲闪，只好半蹲着架起短钺，想要阻挡。

不知是短钺实在太腐朽了，还是波儿象爪子太硬，这家伙一爪子扫在短钺上，将短钺从中间切成了两半，又顺势划下。我本能地将头侧开，躲过了那划下来的一爪，却没有躲利索，脑门上还是沾了点儿边。

此时我头上依然绑着绷带，后脑上的伤口还没彻底好，这一划犹如刀片将绷带从中切断，脑门上的皮肉也被划了个口子。此时我哪有空去管头上的伤口，刚才为了躲避那一爪，我已经坐到了地上。

波儿象不待我闪开，就把那张得巨大的嘴伸了过来，尖牙直扑我的咽喉。此时我已经没别的着儿了，只能用胳膊挡住咽喉，闭目待死。

这时忽然一股劲风扫过面颊，我睁眼望去，是曹爷。这小子犹如神兵天降，挥舞着之前他抵挡无头尸用过的那根灯柱。这家伙尺度把握得刚刚好，再往前一分，我的鼻尖就被扫上了。

波儿象见灯柱扫来，无奈地退开。我乘机连滚带爬地钻到了曹爷身后。此时才觉得脸上有股热流，摸了一把，全是血。

曹爷左右挥舞灯柱，赶着波儿象往石室角落退去。我又跌跌撞撞地跑到了火堆边，抓起火堆最外面已经有些冷却的木炭灰抹在了伤口上。常在野外走，自然知道这东西可是止血的良药。

此时通道口传来乔大少的声音："狗洞已经堵上了，你们快出来！"

此时曹爷已经快把波儿象逼到了角落，不过看他的样子，也撑不了几分钟了。我还没想完，曹爷挥舞的速度就慢了下来。

波儿象早就被曹爷惹得不耐烦了，只是一直忌惮曹爷怀里的那根灯柱，只好不停退避，此刻见曹爷力竭，瞅准机会又扑了上去。

此刻我离曹爷有五六米远，见他有危险，我顺手抄起火堆里一截还在燃烧的短木棒，对准波儿象扔过去。

波儿象见有火光过来，连忙躲闪，险些吃了曹爷一柱。曹爷此刻是真力竭了，见波儿象躲闪，连忙扔下灯柱，退了过来。

波儿象见曹爷后退，再次扑了过来。这次岂能让它得逞，手中两块着火的木板连续飞出。

“这东西怕火，你先去准备关门，我来抵挡！”

曹爷转身向门口飞奔，波儿象紧随其后。我绕过火堆，将里面还在燃烧的木板全踢出来，波儿象连忙躲闪，各种大小的木板带着火焰散落一地。曹爷已经冲到了门口，站在那一米高的沉积物上，两手拉住门，冲着我喊道：“别耍了，过来！”

突然我感觉脑袋一阵发晕，腿也软了，我一头栽倒在地上。不好，这火堆附近还有尸纹蛾，一不小心又中着儿了。我趴在地上，侧着身子，浑身瘫软，眼睛模糊地看着波儿象犹如鬼魅一般的身影绕过依然在着火的木板，向我扑来。完了，这次是真的死了……

我眼前一黑，不是被波儿象咬中喉咙，而是一个巨大的身影从我头上飞过，是曹爷。他见我躺倒，连忙冲了过来，见波儿象已经跃起，也不待考虑，直接跳起扑过来，一人一兽在我头顶上撞了个结实。

曹爷勒着波儿象的脖子，从后面死死地抱住，波儿象赖以成名的爪子和尖牙此刻统统作废。曹爷还嫌不过瘾，张嘴一口咬在了波儿象的脖颈上，一人一兽在地上翻滚了几圈。曹爷占了先机，他坐起身，将抱在怀里正不断挣扎的波儿象狠狠地扔了出去。

到底是猛人啊！这波儿象与成年家猪身材差不多，最少也得有一百公斤，别人想抱起来都难，曹爷却硬是坐在地上把它扔了出去，没借助腰腹大腿的力量，单凭双臂啊。谁说曹爷这厮没脑子，他面对这么大的空间不扔，单单把波儿象扔到了离他不远的墙上。要说扔到别的地方，以这东西的速度以及鬼魅一样的身影，绝对伤不了它分毫，曹爷又岂能像现在这样威武，几乎是将波儿象砸到了墙上？

波儿象的身体狠狠地撞到了墙上，又摔落在地上，我似乎听到了骨头发出的声音。曹爷站起来，几步冲过来，他见我睁着眼睛，有些诧异："怎么样？"

我说道："浑身发软，脑子还算清楚。"

曹爷也不说话，弯腰将我扛在肩膀上，转身就往门口冲。

我还没搞明白怎么回事，就听咣当一声，石室的门被关了起来。"桀桀——桀桀——"的叫声隔着门响起，接着就感觉有人冲过来拖着我冲出了通道。

通道外，霍青嬿和老林将我扶着靠在墙边，龙大少和淘金佬两人也架着曹爷放在了我身边，乔大少打着手电筒给我们照亮。曹爷的小腿鲜血淋漓，原来这小子将我扔进通道后，自己也爬上沉积物，结果晚了一步，被波儿象逮住机会硬是咬走了一片肉。

曹爷坐在地上，也不用霍青嬨给他包扎，自己就用那条被咬穿的裤子随便裹了几下。这小子就是属“小强”的，脖子断了也可以活三天。

突然，角落传来一阵响动。乔大少的手电筒照过去，只见在那个狗洞的地方，此刻堆着大大小小的石头，“桀桀——”的叫声正是从那个洞口里传来的。我心道好险，这要是刚才没封住洞口，此刻那东西又钻了过来，我们可就完蛋了。

老林搀起一旁的骆驼，说道：“此地不宜久留，先出去。”

临走时我又往通道里那石室的门看了一眼，或许我们这一走，空哥到底是怎么出现在沙漠里的秘密就永远不会知道了。

第 17 章｜神王墓室

我们快步通过那些长满虫卵的石耳区，不一会儿，我们又顺着原路返回了最初那个有水潭的大型山洞。我们站在那条石板路上，乔大少打着手电筒给龙大少照亮。

龙大少指着木板上三个山峰一样的图案，说道："这个地方应该另有玄机，要不不会刻意标出来。"说完抬起头，四处寻找。

顺着乔大少的手电光，我们看见在岸边离水潭不算太远的地方，正好有三块石头立在那儿，两低一高，两个低的如同足球大小，中间高的和篮球差不多大。三块石头和木板上画的真有些相似，不仔细看与其他的石头没什么区别。不过走近仔细一看，也和其他石头没什么区别。

我们围着三块石头，死活也看不出个门道。时间长了，石头和底下的沙土连成一体，上面还长满了青苔和几朵零散的小石耳。

曹爷很具有开拓精神，净干些别人不敢干的事情，也不顾腿上还有伤。他用工兵铲铲掉那些青苔、石耳，露出石头的本来面目，然后又用工兵铲在边上的一块小石头上戳了戳，发现居然可以戳动，于是干脆放下工兵铲，将那块小的石头直接搬了起来。

别说是石头了，连石头底下也没有任何奇怪的地方。曹爷又顺势搬起了另一边的一块，也是一样，没有什么不同，看样子所有的秘密都在中间这块大的上面了。

曹爷又搬开了大的石头，果然有秘密。石头下是一层潮湿的浮土，浮土底下隐隐约约地露出了一块带花纹的石板。

我们连忙围了过去，小心翼翼地将那石板上的浮土抹掉。那石板像是一个柜子，还带拉环，石板上画着日月星辰。曹爷上前又想拉动拉环，让老林拦了下来："慢！小心有机关。"

龙大少疑惑地说道："应该不会吧，已经破了三重考验，万年应该不会再搞什么圈套了吧？"话是这样说的，但这小子自己也缩回手，不敢再摸石板一下。

老林摇了摇头，抚摸着怀里昏昏欲睡的歪歪，说道："万年此人绝对是邪恶之辈，保不准又使什么阴谋诡计，还是小心点儿好。"

曹爷听了这话，也不敢再上手。他蹲在石板一侧，用工兵铲的铲柄塞进拉环，然后双臂用力，一点一点地把石板挑开来。没有任何动静，一没有喷出毒烟，二没有爬出毒虫，看来是老林谨慎过头了。

曹爷放下工兵铲，刚想探头看，我们也正要围过去，却又被老林拦了下来，“再等等——”话音未落，只见石板底下朝正上方喷出一股液体。

“闪了！”曹爷看得真切，大吼一声。我们全体抱头鼠窜，哪还管得了别的？亏得是老林这一打岔儿，我们没人凑过去，要不绝对让那液体喷个一脸一身。

好一会儿，见那里再没有动静，我们才又缓缓地围了上去。果然还是让老林猜准了，这万年压根儿就没安什么好心，哪怕你通过了考验，他也要再弄上你一下，完全是整不死你不罢休的状态。

石板掀开，下面是一个正方形的石坑，四面整齐，坑底是一个竖起的玉质把手。此外还有一根细金属管插在石坑中，刚才的液体就是从那里喷出来的。

霍青嬿指着那根金属管，说道：“这东西几千年来居然没有腐蚀掉？”

老林点头说道：“嗯，看来是做过处理，这里闷热潮湿，一般的金属绝对不会保存那么长时间。”说着，他指了指散落在石坑周围的不明液体，“这东西毒性估计不小。”

我们都心有余悸地望着那些液体，估计和白玉宫中喷死王峰的是一路货色。曹爷用工兵铲铲了两铲土撒在那些液体上，我们才彻底放下心来。

龙大少蹲在石坑边，两手跃跃欲试却又害怕再有什么机关。老林仔细地观察了玉石把手周围之后，方才点了点头。曹爷也用工兵铲挡住了那根金属管的喷口，防止再喷出液体，激动人心的时刻马上就要到了。

在众人的期盼中，龙大少缓缓地扳下了那个玉质把手，有点儿像汽车的手刹。

玉质把手一点一点地被龙大少扳下去，这时原本一片死水的水潭突然有了动静。我们站起身走到水潭边，只见水潭中突然出现了一个漩涡，而且漩涡在一点一点地变大，一潭死水突然就这样活了。

我还没搞清楚是怎么回事，老林已经惊呼道："这是在排水！"其实这事可以猜到，既然墓室在水下，那总要排掉潭水才能下去。

之前木台倒塌时，许多大小胡杨木散落在整个水潭里。此刻，那些大的胡杨木依然卡在凌乱的尖刺缝隙里，小的那些碎片随着水流被卷进了漩涡。

水面在一点一点地下降，老林他们走过的那座石桥已经露了出来。

不一会儿，水面就降低了近两米，我们也看见了水底下的世界。天哪，这该怎么形容？千百年来的淤积，让水下有了厚厚的一层和塘泥一样的东西，但是那些泥掩盖不了森然的白骨。不是一两具骨头，而是许多白色的骨头被掩盖在淤泥之下。那些死去的人在这水潭里泡了几千年，身上的肉早就化为鱼儿的食物，只剩下白骨。

"哪来这么多死人？"乔大少问道。

“那张普不是在石碑上说了嘛，凡是参与建筑白玉宫的工匠、奴隶，后来都被杀死扔在了这里面。”我记起了石碑上的话。

乔大少倒吸一口凉气：“天哪，这水潭之下得有多少死尸？”

我摇了摇头，估计连张普、万年他们自己也不知道到底扔了多少死人进去。

乔大少将手电筒照向那个原本是漩涡的地方，此时的漩涡上方覆盖了各种木桩，大大小小、横七竖八地堵在洞口。这些木桩有些大，没有被卷进去，而是卡在了洞口。

我问道：“这些水流到哪儿去了？”

老林摇了摇头：“我估计这座山底下有可能是个天然地下大水库。”说着，他指了指远处的那些石墙，“说不准石墙后面就储藏着能淹没半个库木塔格的水。”

我有些吃惊：“不会吧，这是沙漠啊，怎么会有这么多水？这要是全抽出来，估计可以开垦几万亩良田了。”

老林鄙视地看了我一眼，说道：“这里是沙漠不假，但沙漠底下是石头，既阻挡了水渗透流失，又阻挡了蒸发。”

乔大少此刻用手电筒乱照，我不满地问道：“你小子抽风啊？”

“不是，我是在找墓室的门。”乔大少解释道。

龙大少此刻拿起手上的木板，凑到乔大少的手电光下。第二重考验破掉时，那些小虫围成一个圈的位置露了出来，就在石桥下方。

此时水潭中间那个木制的废墟，也就是我们烤鱼的地方，已经露了出来，成为一座孤岛。孤岛底部居然是一块大石，与石桥连成一体。乔大少的手电光往石桥下照去，我们隐隐约约能看见在大石头上有一扇拱形石门，只可惜石门只露出一个拱形的门顶，其余的部分全被黑色的淤泥掩盖。

我们历尽千辛万苦找寻的目标终于出现了。

曹爷走到水潭边，也不管那些淤泥，绕过尖刺大踏步走进去，挥舞着工兵铲，将一路遇见的伸出来的骨头全部砍断。他走到门边，用手上的工兵铲挖下去，果然不出我所料，淤泥也就十厘米厚，底下全是密密麻麻摞在一起的白骨。曹爷没有一点儿尊重死者的意思，用工兵铲将那些白骨挑了起来，下面的白骨有些瓷实，只能用工兵铲竖着将其斩碎，然后铲出来。

没过一会儿，门附近就让曹爷挖出一个大坑。这小子不去当民工挖地基实在是太亏了，一个人顶上一台挖掘机了。

我身上也渐渐恢复了力气，见曹爷挖得满头大汗，于是我跳下白骨坑，换下了曹爷。我没曹爷的那个本事，铲了几铲子就满头大汗，于是干脆扔下工兵铲，拿手往外捡。那些骨殖浸泡的时间太久了，早已各自脱落，我把一截一截的骨头扔了出来。

只一会儿的工夫，我就累了一头汗。这些淤泥几千年来一直隐藏在水面之下，此刻上面的水突然没有了，它们开始散发出恶臭和闷热的沼气。龙大少和淘金佬两人一起进坑替换下我，也不用工兵铲，手拽脚踢，将那些骨头弄出来。

然后又是曹爷出马，不一会儿的工夫，就整出一个大坑，还有一条缓坡。拱门周围终于清干净了，露出了本来的面目。

所有的人都走下水潭，围了过去。龙大少跳下白骨坑，乔大少站在旁边给他照亮。大门上依然画着日月星辰。

在白玉宫外和白玉宫里，一般都是雕刻飞禽走兽，最多也就整个蜥蜴的图案，算是图腾崇拜吧。但是靠近核心地带，又把飞禽走兽换成了日月星辰，可见古楼兰人其实最终崇拜的是自然的力量。

霍青嬿的话也证实了我的想法，“信仰萨满教的古楼兰人，崇拜一切强大的实力或者神秘未知的力量，当然最终还是崇拜自然和鬼神。以前在其他地方发掘出土的文物，也有日月星辰，所以与其说他们崇拜日月星辰，不如说是崇拜自然。”

龙大少在我们说话的这会儿工夫，已经在门上找到了机关，是一个圆形的孔。他从口袋里掏出金虎玉环和那个孔比对了一下，大小刚好，可惜孔里塞满了黑泥。

乔大少打着手电筒照亮，龙大少掏出匕首，小心翼翼掏出孔里的黑泥，这要是放在平时，远处看还以为是俩小偷半夜开门撬锁呢。

龙大少使出浑身解数就差用舌头舔了，终于将孔里的黑泥掏了个干净。在手电光下，我们这才看见，原来这个孔是个圆环，里面是圆形的锁芯，圆环正好可以容纳金虎玉环。

乔大少站在一边，看着龙大少还蹲在圆孔边寻找什么，不满地说道：“你倒是开啊！”

龙大少头也不抬：“别急。”他依然在耐心地寻找什么。我也突然想到，这金虎玉环里面不是平的，而是有几道浅槽，这是开锁的关键，龙大少十有八九是在寻找几个对应的槽。

果然不出所料，龙大少找了半天，又拿着金虎玉环比画了半天，才将金虎玉环插进了圆孔，就在插进去的同时，石门发出响声，“咔——”，似乎是里面的机关已经启动了。

好一会儿之后，那石门才停止了响声，却再没有反应。龙大少壮着胆子，用手推了推，居然推开了一条缝。石门很重，乔大少也帮忙推，两人合力将两扇石门推开。

就在两人推开石门时，一股凉意涌了出来，在这闷热无比的环境里，感觉特别清新。乔大少用手电筒往门里照去，发现里面还有一道门，更绝的是，两扇门之间居然有一条沟，这条沟貌似很长，看样子还连着第二层门里的空间。

乔大少问道：“这条水渠是干啥用的啊？”

霍青嬷迟疑地说道：“不会又是什么机关吧？”

老林也有些疑惑：“难道说是聚集阴气的？”经常有古代帝王贵族的墓室会用弧形的水渠去聚气，阻止墓室地气外泄，不过这都是风水阴阳的说法。

“哈哈——”曹爷听了霍青嬷和老林的话，大笑起来，“拉倒吧，还聚阴呢，外面那几万死人的阴气还不够重啊，这就是条排水渠。”

他这一说，我们才恍然大悟。是啊，这东西就是条排水渠，防止石门关上后，水潭里的水通过缝隙灌入石室，在门边上挖条水渠，缝隙里进来的水就会流进水渠被引到别的地方。

我们跨过这条排水渠，继续往里来到第二道石门。这道石门和第一道比起来简陋许多，门缝里正涌出凉气。我和老林相互看了一眼，这里有凉气，说明和外界相通，搞不好就有出去的路。

我急忙上前，一把推开了石门。手电光照去，居然是向上的台阶，不过没多高，四五级台阶最多也就一米。

我们顺着台阶向上走，终于进入了楼兰王尝归的墓室。这墓室里虽然看起来不似有危险的样子，却很奇怪。

圆形拱门、圆形锁眼、圆形钥匙——圆形的墓室。圆形墓室的中央是一具棺材，周围是圆形的台阶，有四五十厘米高，好像体育场的看台。我们此刻正站在看台最上面的一层。

如果我没猜错的话，其实这个台阶也是一个防水的措施，一米来高的石台就像一道堤坝，可以将外面的水挡住。既然尝归敢把他的墓室建在水潭底下，这排水的功夫自然做得要充足，谁也不想自己死后棺材泡在水里吧。

我们站在台阶上，打量着这个墓室。乔大少的手电筒朝中间的棺材照去，居然是黄色的，看质地像是玉石。老林见了那棺材，突然愣住了，好半天之后像着了魔似的，冲下台阶，向棺材跑去。

我一看，这是又中邪了啊，连忙也跟了下去。老林冲到棺材边，几乎扑到了棺材上。他神情激动，嘴角也不断抽搐。我一看不好，刚准备让曹爷驱邪，就听老林颤巍巍地说道："这是……这是……这是玉中黄啊！"

"玉中黄？"我摇了摇头，"玉中黄没听过，你说人中黄我就知道了。”老林轻轻地抚摸着棺材，自言自语地说道：“没错……没错……也只有这座玉山才能产出这么大的玉中黄。”

乔大少打着手电筒和其他人走了下来，这小子看见那黄色的棺材，好奇地说道：“咦，这不是缅甸的黄玉吗？”

“胡扯！缅甸的黄玉是什么东西，能和它比？”老林驳斥道。

我怕老林一激动，犯个脑血栓、冠心病啥的，连忙拍了拍他的肩膀：“我说，这玉中黄是啥玩意儿啊？”

好半天，老林才恢复正常。他从棺材边站了起来，脸上稍微正常一点儿，但依然有些激动：“见过羊脂玉吧？”

我们忙不迭点头，老林继续说道：“精品的羊脂白玉都会透有一丝淡黄，那就叫玉中黄。”

听了老林的话，我恍惚中好像明白了：“你的意思是说，如果这座玉山是块大号的羊脂玉，那么这具棺材就是其中的玉中黄？”

老林点了点头，他又感叹了半天才欣慰地说道：“一块羊脂玉有的只有一丝玉中黄，我们却能在有生之年看见这么大一块，此生足矣！”

曹爷问道：“老林，这东西搬到外面，能卖多少钱？”

老林瞪了曹爷一眼：“庸俗！这样的宝物能用钱衡量吗？”

老林啥时候这么高雅了？这老家伙跑边贸那会儿咋没高雅一把？

老林继续说道：“世间根本就没有这东西，你说它值多少钱吧？”然后他顿了一下，“要是真的算成钱的话，够在你们那儿买上几个大型煤矿的了。”

曹爷望了望那棺材，叹了口气，说道："唉！要是我能扛出去就好了。"这小子想钱想疯了吧，这棺材板要四个人才能勉强移动，移动这整具棺材，估计只有把吊车开到墓室里来了。

乔大少的手电光在石室中四处照射，突然，这小子扫过某一处，我们发现那边居然站着几个人，而且有人正拿着手电筒照过来。

难道还有别的探险队从其他地方进入墓室？大惊之下，我们立刻掏出各自的兵刃，紧盯着对方。

这时，乔大少突然笑了，他转过身对我们说道："大家别紧张，那边应该是块镜子。"

细看之下果然是镜子，我们收起各自的兵刃，围了过去。

在圆形墓室靠边的位置上立着一面一人高的屏风。在手电光下，黑色发亮的屏风果然能照出人影，刚才站在墓室入口角度不对，所以手电光没照在上面，我们也没发现，这猛然一见，结果都吓了一跳。

我摸了摸屏风，入手冰凉，黑色的屏风上我的样子清晰可见。好久没照镜子，猛地一看差点儿认不出自己来，脸上血了呼啦的一大片，脑门上有些肿，一道伤口斜着划下脑门。我摇了摇头，这是拜波儿象所赐啊，我这还没结婚呢，就先破相了。

我喊道："老林，研究完那棺材板没，研究完了过来看看这是啥玩意儿。"没人吱声，我回头望去，只见老林和曹爷还盯着那具棺材，不过两人想的各不相同，一个在想物质文明，一个在想精神文明。

“不用叫老林，我知道这是什么东西。”乔大少说道。

这家伙啥时候变得这么博学多才了？

“这东西我家也有一块，老爷子收藏的，不过只有这么大。”说着，乔大少比画了两下，也就和个菜盘子差不多大小。

我说道：“你就别卖关子了，赶紧吧。”

“这个叫琉璃，不过不是以前那种当玻璃用的琉璃，是天然琉璃。”

“天然琉璃，我怎么没听说过？”我问道。

霍青嬿接住话：“这样一说我也记起来了，这种天然琉璃的学名叫黑曜石，其实产量很高，只能算是低端的宝石。”

乔大少点了点头：“这种石头，灰色的、红色的、黑色的都比较多，但是黑得这么透亮的很少见，能把人的样子在几米之外就照得如此清楚。”

哪怕是鸡蛋，也有人能把它分个三六九等出来，更别说是宝石了，低端宝石里，其实也是有高端产品的。

突然我发现了一件奇怪的事情。在这琉璃屏风中，我看见了那玉中黄棺材，也看见了曹爷，却没看见老林。转头望去，只见老林依然站在棺材边。

我再次转头望向琉璃屏风，屏风里没有半分他的影子。这还真见鬼了，我连续转头看了两次，还换了不同角度，依然没有老林。

我有些纳闷，又向其他人看去，他们都能在屏风里看见，连恐龙专家也正对着屏风做鬼脸。不对，除了被我们放在台阶上的骆驼，屏风里还少了一人，是龙大少。

我抬头望去，这小子心不在焉的，低着头不知道在想什么，看都没看那屏风一眼，而且他位置靠后，别人还真没注意到他的影子没出现在屏风里。

我默不作声地走到龙大少身后，果然，屏风里只有我的身影，而挡在我前面的龙大少就像是透明的一样。

难道这是照妖镜？眼前的这两人不是老林和龙大少，而是什么邪魔外道幻化成的样子？

如果他们真是妖怪，那即使我看不出来，老林怀里的歪歪还能闻不出来？我见歪歪依然躺在老林怀里安睡。但如果是屏风有问题，为什么单单少了老林和龙大少？我心里一阵不舒服，总觉得这两人将有什么事情发生。

这个事情不能声张，否则搞不好会引起恐慌。我见暂时还没人发现这个秘密，连忙接过乔大少手中的手电筒，照向别的地方。“好了，一个玉石屏风有什么好看的，还是赶紧看看那凉风是从什么地方传来的吧。”

在圆形墓室中，棺材正对的四个角，各有一口水井一样的东西，凉风正是从那里面涌出的。我挨个儿用手电筒照了照，里面一片黑暗，貌似很深，什么也看不见。这要是跳下去，别说找出口了，自己就得先摔死。

“你们说这里弄四口井是干什么的？”乔大少有些疑惑地问道。

“估计是通风用的。”我说道。我们又围着井口看了一大圈，没看出什么名堂。

大家只好又转回棺材边。我望向老林，他却浑然不觉。看着老林的样子，我突然心头一紧，这老家伙可千万别出什么事情啊。

龙大少望着棺材说道：“我看了下，别的地方都没有可疑之处，看来天盘应该在这棺材里了。”

曹爷说道：“那还等什么？赶紧打开棺材，拿了走人。”

我招呼众人围上去，这玉中黄的棺材盖儿沉重无比，靠一个人根本就抬不起来，必须几个人一起才行。

我和曹爷、龙大少、淘金佬还有乔大少几人抠住棺材角，老林在旁边给我们照亮。就这样一点一点地，我们把棺材盖儿举了起来。

我们将棺材盖儿放在一边，老林此时已经打着手电筒望向棺材里边，我们也赶紧围了过去，想目睹天盘这种正版神器的尊容。

玉棺里，一个黑色的圆盘摆放在正中间，上面有金色的花纹，看上去透着一丝神秘感，它静静地躺在那儿。龙大少面露激动，嘴角抖动，他扑在玉棺上，双手缓缓地抚摸圆盘。

圆盘不大，直径也就和一个篮球差不多，总的来说还真像磨盘的上半截，侧面有一个凸起的圆柱体，就像推磨用的杠杆。

龙大少轻轻地拿起“磨盘”，从他的动作来看，磨盘不是很重，他拿起来并不费力气。

我身后的乔大少用胳膊顶了我一下：“什么东西做的，这么轻？”

我摇了摇头，一群人围了上去，你摸一把，我摸一把。老林奇怪地摇了摇头：“你说这是什么材料啊，非金非银、非铜非铁的？”

乔大少也摸了两把，凑上来说道：“会不会是塑料啊？”

我听了他的话，差点儿郁闷死：“你咋不说是纸糊的？”

手电光扫过，我顺着光线也往空棺材里瞅了一眼，这一眼当即就愣住了。刚才还空空如也的棺材里，此刻却有层水。亏得是那层水反光，要不还真不好发现。

“坏了！”我心中大惊，这好好的棺材怎么会进水呢？连忙接过手电筒，往棺材里照去。只见棺材底下，原本摆着磨盘的地方，有一个小圆洞，此刻那个圆洞正在汩汩地往外冒水。

刚才龙大少拿起磨盘，我们都光顾着看磨盘，没有注意到棺材底下，估计是他拿磨盘时，触动了底下的机关。

尝归搞了这么多防水的措施，却在自己的棺材里留个洞，难道他想死后还泡在水里？要是这样的话，还费那么大劲儿干啥，死后装在棺材里往水潭底下一扔就完事了。

望着那还在冒水的圆洞，我突然想到了一种可能。我向老林和霍青嬷看去，还是霍青嬷反应快，我俩对望一眼，一起说道：“防盗的。”

这个圆洞是用来防盗的，如果尝归死后，有人打开棺材将尝归的尸体搬出，这个圆洞就会开始往外冒水。

曹爷诧异地看着我和霍青嬷，问道：“什么防盗的？”

老林也想明白了，他望了望那已经积攒了小半棺材的水，推了曹爷一把："事不宜迟，趁机关还没发作，我们先离开再说。"

我和霍青嬑也连连点头，招呼还在观察磨盘的龙大少和淘金佬。龙大少这才回过神来，发现触动了机关，连忙将磨盘塞进背包，一行人转身准备离开。

刚转身，就听见"哗——"的一声，四个井口突然毫无预兆地集体喷出水柱。这一喷直接就喷到了墓室顶上，四处溅开，溅了我们一身。这事来得突然，谁都没有防备，猛的一声作响，差点儿把我的腿都吓软了。

四根水柱不断地喷水，冲击力将井口装饰的石台冲垮了。更绝的是，我感觉到了墓室地板在震动。

"快走！"我推了一把前面的乔大少。我们冲上台阶，曹爷扛起骆驼，霍青嬑拉着恐龙专家，一群人也不管那些水柱，急匆匆向门口跑去。

震动越来越厉害，我们仅仅上了两层台阶，就感觉到整个墓室都在晃动。"不好，这里要塌了！"老林惊恐地喊道。

伴随着他的声音，我回头望去，石室中央此刻一片狼藉。那些地上方砖之间的缝隙都被顶开，从地下开始往外冒水，而且越来越大，几乎和泉涌一样，沉重的玉棺一点点地下沉。

我们连忙往外冲，下了台阶才发现，第一道门外也有水涌进来，还夹杂着许多被曹爷挖出来扔在一边的尸骨。

突然背后一声巨响，整个墓室的地板都被冲开了，不知从哪儿来的水，冲击力巨大，猛然喷了出来。

此时我算是想明白了，如果棺材里那个冒水的圆洞就是机关的话，尝归的这个防盗机关就是——同归于尽。如果有人搬动他的尸体，就会触动机关。墓室底下有大量的水，到时候像高压水枪那样喷涌而出，将墓室的一切全毁掉，顺便也将那些移动尝归尸体的人埋在墓室里，彻底和尝归做伴。

这着儿实在是太狠了，不过想想尝归和空哥的为人，这事情还真像是他俩干的。空哥为了设计三重考验，能把自己九个徒弟的命搭上，一看平时就没少干这种同归于尽的勾当。

第 18 章 | 水漫金山

在我们背后，水犹如惊涛拍岸，走在最后的龙大少和淘金佬被一波大浪冲开，他俩站立不稳扑倒过来，瞬间就将前面的人撞得东倒西歪。我被后面的人扑倒在排水渠边。水里居然有半截刚被冲进来的死人脊梁骨，等我从地上爬起来的时候，发现手掌被脊梁骨上各种凸起的骨头划了个口子，正不断地往外冒出鲜血。

我挣扎着爬起来，帮霍青嬿拉着恐龙专家，逆着门外涌进来的水，往外艰难地走去。

此时门外涌进来的水也变大了，走在我前面的乔大少刚冲到门口就被打了回来，身上还挂着半截手臂，也不知是从哪个悲催的家伙身上掉下来的。

我转头望了一眼，墓室里的水如泄洪一般地涌出。我们被夹在两道门中间，那条排水渠成了摆设，我们脚下的水已经没过了膝盖。墓室里现在已整个被水淹了，只能往前寻找出路，冲出那道门，我不相信外面的整个山洞都是水。

但是想要走出那扇门并不容易，先不说外面涌进来的水，那些挖开的尸骨此刻正不断地被水冲进来，这要是硬着头皮冲过去，还不被那些断骨头茬儿戳死?

此时，身后的淘金佬突然钻了过来。他站在我身边，将包里的那套行头翻出来，开始穿戴起来。这小子是要干啥，都这时候了还要玩他的跑酷啊?

龙大少也钻了过来，他说道:“卡恩斯的意思是他穿上这套装备，受冲击的能力强点，他去门口顶住涌进来的水，我们乘机出去，要不然大家都是死。”

我的眼泪差点儿流下来，那一刻，淘金佬在我心目中的形象变得异常高大。

卡恩斯已经穿戴整齐，他拍了拍自己头上的头盔，往前走了两步，回头冲我们伸出大拇指笑了笑，然后抱着头冲向了涌水的门口。我们看得不是很真切，只是看到他扒着两边的门扇，用身体承受着水流的冲击。

果然，水流让他这么一挡，缓下来许多，我连忙冲着周围的人喊道:“冲出去！”

我们冲下台阶，相互搀扶着往门口走去，这里的水已经快到腰部了。但是还没等我们走过去，就见卡恩斯抓着门扇的手突然滑开，他又被冲了回来。

我们被涌进来的水冲得东倒西歪，好半天才把卡恩斯从水里扶起来。就这么一会儿的工夫，这小子身上、脸上满是细小的伤口，不用想都知道，是那些骨头茬儿划的。

我一手扶着卡恩斯，一手拉着恐龙专家，“要不我们靠墙等一会儿，水满了压力也就小了，我们凫水游出去。”我喊道。

“你就扯淡吧，外头有啥东西能把门口封上，你就在这里面等死吧！”老林不满地说道。

我一想，万一外头水大了，把那些胡杨木冲过来，把门口堵住，我们就要在这里面玩龟息大法了。现在最困难的是怎么挡住那些被冲进来的各种白骨，这些东西在水流的冲击下变得就像刀片一样。

此时，突然有人撞了我一下，我回头看去，只见骆驼站在我身后。我望了一眼跟在他身后一脸诧异的曹爷，笑骂道：“你小子这伤口是好了啊？”

骆驼拍了拍胸口：“被这水喷了一身，什么伤都好了。”说完这小子绕过我，继续往门口走去，我大惊：“骆驼，你这是去干啥，找死啊？”

骆驼回头说道：“我去把门口挡住，你们走！”

“你这不扯呢吗？我们一群大活人都还没死绝，让你这病号上啊，敢死队也不要伤员啊！”我心道，这骆驼是不是伤了脑子，和恐龙专家一样，有些糊涂了。要搁平时，他这身板往那一堵，那是最好不过的了，但以他现在的状态，让他去了就是送死。

我上前想要拉住骆驼，却被他一把推开："不要拦我，我可以的。"

"你可以啥啊？"我上前又拽住了他的手，这小子劲儿真大，我回头喊道："曹爷，过来帮忙！"

曹爷在水里扑腾着跳过来，我俩将骆驼拉住："我说大哥啊，都啥时候了，你就不要过来添乱了！"我望着不断涌进的水，对着骆驼喊道。

骆驼被我俩拽了个结实，当下也怒了。他一把挣开我拉住他的手，却没有往前走，而是把我和曹爷揽了过来，我们三人抱在一起，头抵着头。"你们不要拦我了，我活不了了，"骆驼说道，"我自己的情况我最清楚，与其让你们再这样背着我走，不如我自己了断！"搞了半天，这骆驼是来求死的。

骆驼把我俩搂得更紧了，"我求求你们了，让我去吧，我带来的人全都死了，连骨头都没剩，你们让我回去怎么和他们的家人交代？他们都是我的兄弟！"他一把推开我，抓着自己锁骨附近的皮肉，一把撕开，顿时鲜血横流，"你看看，我这样还能活吗？"我目瞪口呆地看着那个伤口，被老林这乌鸦嘴说准了，骆驼之所以能一把撕开自己的肉，那是因为他的肉皮底下已经是空的，外面就剩一张比纸厚不了多少的皮。

曹爷也惊讶地放开了手，骆驼一把扯住我的衣服领子，他咬牙切齿地嘶喊道："让我去吧！就当是帮帮我，让我和我的兄弟们死在一起！”说完，他用力推开我，转身大踏步向门口走去。

曹爷想去拉他，让我拦住了，我们现在唯一能做的就是成全他。

他那魁梧的身板将大门挡住，水只能从他身体的两侧涌进，我们这边的压力顿时小了许多，最起码能走到门边上了。

我推了一把曹爷：“你先出去接应。”

曹爷扳着门框弯腰从骆驼腋下逆着水流钻了出去。后面就是老林，这老家伙拉紧自己的衣服，将歪歪紧紧地夹在怀里。我正愁怎么把这老家伙弄出去的时候，突然有一截木棍从骆驼腋下伸了进来。

是曹爷，这小子已经出去了。我连忙让老林抓紧木棍，然后将他硬顶了出去。接着是霍青嬑，她到底是练过的人，一手抓着木棍，一手揽着恐龙专家的腰，在我们后面几人的推动下钻了出去。

外面的流水不断向这门里涌进来，还带来了许多长短木头。这要是再过一会儿，几根长的、粗的木桩进不来，往门口一堵，就会越堵越多，我们也就全困在里面了。

乔大少、淘金佬、龙大少也先后被我推了出去，我上前抓着木棍，又拉住骆驼，冲着他喊道：“人都出去了，我们也走！”

骆驼依然闭着眼睛，他在流水中艰难地摇了摇头：“你自己走吧，别管我了。”

我哪里肯同意，上前一把拉着他的手：“你不走的话，我俩就一起死在这儿！”

骆驼松开一只手，从我身后抱着我：“兄弟，走好！”说完硬是将我塞进了那湍急涌进的流水中。我刚要张嘴，就感觉那些骨头茬儿顺着流水撞击到我的身上，有些还顺着我的脸颊划过。我不敢说话，只能抓住手中的那根木棍逆流而上。

这是我最后一次听见骆驼的声音，也是最后一次见到他。

外面水声轰鸣，水潭底下原本将潭水全部引走的洞此刻如同喷泉，喷出巨大的水柱，半个水潭已经被灌满了水。我抬头看见他们全蹲在石桥上，浑身湿淋淋的犹如落水狗，打头的曹爷手中还抓着那根木棍。

曹爷和龙大少见我浮出水面，连忙抓着我，我挣扎开："放开我，骆驼还在下面！"

他俩依然将我拉住："你不能再下去，现在底下太危险。"说着两人合力将我拉上石桥。我愤怒地挣开，转身准备再下去将骆驼救上来，曹爷又拉住了我，"你看——"他指着水面喊道。

一根粗大的木桩在激流中翻滚，将那些竖着的尖刺全部砸断。此刻要是跳下去，就不再是那些骨头茬儿的问题了，这些尖刺能轻而易举地将水里的人戳个透心凉。

我只好趴在石桥上，紧紧地盯着那个漩涡，等着骆驼自己浮上来。可惜一直到那个漩涡被木桩尖刺堵满，也没有见骆驼再露头。其实我知道，他从一开始就下定了决心，没有打算活着离开那个墓室。

这时，随着墓室的晃动，石桥也开始晃动了。老林抓着我的衣服，将我提了起来。"快走，这里整个儿要塌了！"他说的是墓室，还有墓室上面那个我们曾经吃烤鱼的地方，当然也包括这座石桥。

我们连滚带爬地冲上岸，刚回头就见墓室整个塌了下去，吃烤鱼的水潭中心的石堆也随之沉入水底，取而代之的是不断喷涌而出的流水。那个原本喷水的洞，看上去已经很夸张了，但是和这个新增的喷泉相比，简直是小巫见大巫。

老林望着那壮观的场面，咂了咂嘴，说道："我们这次是捅了马蜂窝了！"

我看向他："什么意思？"

老林指了指水潭中心那个巨大的喷泉，又指了指山洞四周的石壁，说道："那堵石墙后面就好比一个密封大水罐，尝归墓在水罐最底下，棺材里的那个小洞就是整个水罐上唯一的缺口。最初是那个小洞在出水，这让整个儿密封的水罐找到了发泄的地方，所以才会喷出这么多水。"

"现在怎么办？"我问道。

老林摇了摇头，指着半空中那个我们进入这里的水帘洞说道："我们先靠着墙，等喷泉停下再说，或者等水位升高时，再从那儿出去。"说着他停顿了一下，"但愿这个水罐不要再有别的地方破裂了，要不整座山就完蛋了。"

看来只有这个办法了，我们退到山洞边，靠着石墙。望着洞中心的超大喷泉，看着水位一点点上升。

这时靠着墙的乔大少突然举着手电筒，转头望向石壁，我们也都看着他。他用手摸了摸石壁，惊恐地说道："这石壁在往外渗水。"

老林听了乔大少的话，上前一把抢过手电筒，顺着石壁往上照去。我一看就知道事情不好，这老家伙从我认识他开始，还没见过他的表情和动作这么凝重，看来这次是凶多吉少啊。

老林照了照石壁，然后对着我们说道："快！此地不宜久留，这石壁也撑不了多久了！"

正所谓一处破、处处破，这个玻璃瓶已经四处裂缝了，就看还能支撑多久。原本当作依靠的石壁，此刻却成了我们更大的危机，它要是被冲开，先不说喷出的水能将我们这些小蚂蚁冲多远，光是那些四处飞溅的石头估计就能把我们打得脑浆迸裂。

仿佛是为了印证老林的话，石壁上突然出现了一个小孔，喷出一小股微弱的水流。我们还没来得及反应，第二个、第三个这样的小孔就出现在石壁上，这是石壁崩裂的前兆啊。我们一看不好，又转身撒腿向水潭方向跑。

冲到水潭边，那水潭早就蓄满了水，中心喷泉水花四溅，打得我们几乎睁不开眼。看着已经没到脚踝的潭水，乔大少推了我一把，"快想办法，我知道你办法最多了！"

我也想有办法啊，这前门驱虎后门进狼的，我们被夹在中间，情况也不比刚才在墓室里好多少。

我怒视乔大少："闭嘴，再说话，我把你塞进喷泉堵泉眼！"

乔大少又表现出他在危险面前一贯的黑色幽默："我又不是申公豹，堵什么泉眼啊？"

"哟嗬，没想到你这文盲还看过《封神演义》。"就在我讽刺乔大少的时候，身后突然传来巨响，只见刚才我们躲着的那面石墙，已经被水压冲开了一个口子，那块石头被喷出了十来米远，一股水柱像是利剑似的喷了出来。

我惊恐地再望向山洞其他的地方，除了那个我们曾经进去过的通道，山洞里再没有其他的路了。

话说《封神演义》中姜尚有一徒弟，独腿单眼长相邪恶，恐怖的样子比夜叉更吓人，叫作龙须虎，善扔飞石，曾经在夜劫商营中，两手不断飞出磨盘大的石头，砸得商军损失惨重。那是神话人物，真的有没有我不知道，我只知道如果我们再不找个地方躲避，我们的下场估计比那些商军的喽啰还惨。这要是整面石墙垮下来，就好比一百多个龙须虎蹲在石墙那边一起往这边扔石头。

老林举着手电筒四处打量，突然他拉着我的胳膊，说道："去那里！"

我顺着他的手电光看去，只见在水潭侧面的岸边，有一块巨石。那石头有五六米宽，虽然高度只有一米，但后面勉强也能藏人，总比在这儿等着挨石头要强。

身后的霍青嬿此刻正牢牢地抓着暴躁不安的恐龙专家，她也听到了老林的话，冲我点了点头。我见她还能应付又开始失控的恐龙专家，连忙招呼大家往那块石头后面跑去。

我们捂住脑袋，刚蜷缩在石头后面就听见巨响。虽然我低着头，依然能感觉到那些石块正撞击着我们当作掩体的巨石。

好在那块巨石在地下埋得很深，被冲击多次依然纹丝不动。我心头一阵舒缓，亏得是这块巨石啊，要不我们这会儿已经被埋在石头堆里了。

地动山摇的感觉越来越强烈，头顶上也开始有碎石落下。老林抽空抬头望了一眼，然后沮丧地说道："头顶……山要塌了！"

这老家伙的声音淹没在了各种巨响里，我只隐隐约约地听到他说这山要塌了。此时我哪有工夫考虑头顶上的事情，石块的冲击小了以后，接着就是整面石壁坍塌下来，石壁另一边的水罐涌出的水瞬间喷涌而出。

我在水中闭着眼，脑子里一片混沌，任由浪涛将我冲得七荤八素。谁知道自己还能不能活，搞不好从哪儿冲来一根尖刺，就要了我的性命。我倒是有心在这临死的时候来上几句豪言壮语，结果嘴刚张开就灌进来一肚子水，差点儿冲得我连嘴都合不上，只好老老实实地任由浪花把我卷来卷去。

也不知道过了多久，我被卷到了水底下，哪里还分得清东南西北，哪里还找得到其他的人。刺骨冰凉的水几乎冻彻我的骨头，让我稍微清醒一点儿。见有一根粗壮的木桩被水流插在乱石缝里，我干脆就抱着这木桩。

头顶上竟然出现了亮光，各种大小的石头落入水中。我看着那些石头从我身边擦身而过，天哪，这是整座山塌下来了。

在这之前，就是把我打死我也不相信，在如此干热的沙漠底下，会有一座如此巨大的地下水库。

终于，我实在是憋不住了，只好放弃那根木桩，浮了上去。好在头顶上的那些落石基本停止了。

第 19 章 | 大难不死

一阵刺眼的阳光，照得我睁不开眼。长时间在地下不见阳光，我的眼睛一时有些不适应。就在我捂着眼睛大口呼吸空气时，突然有一只大手抓着我的头发，将我拽了过去，然后又有几人七手八脚地将我拉上一个木制的东西。

好半天，我才稍微适应了阳光。我低头小心地打量四周，发现自己居然坐在山洞里的那个水车上，身边几人是曹爷、老林和龙大少。

我抬头望去，天哪，此刻的水位早已超过了山洞半腰的那个水帘洞，山洞顶也塌了，就像一个火山口。水渐渐地平缓下来，四周一片狼藉，我们坐在漂浮的水车上就如同坐在一艘救生艇上。

“暂时还算安全。”老林指着四周的石壁说道，“不过这些石头也撑不了多久了。”这就像两间房子，一间大的房子满是水，一间小的里面没水，中间隔着一堵墙。现在墙倒了，没了中间的支撑，房顶也就塌了，四面的墙估计也撑不了多久。那个类似火山口周围的岩石，也在不断地掉落。

我转向四周看了看：“这里怎么会这样？”

“这里的岩石和别处的不同，它分成上中下三个岩层，上面的岩层是横着的，中间的岩层是竖着的，底下的岩层又变成了横着的，结构很不稳定。”他缓了口气，继续说道，“中间的岩层倒塌后，上层横着的岩层出现断裂，一点一点地裂开，又导致其余中间的岩层继续断裂，形成了一个恶性循环。”

我点了点头，算是听明白了他的话：“那什么时候是个头啊？”

“不好说，最坏的情况就是整座山全塌掉。”老林估计道。

“其他人呢？”我问道。老林摇了摇头，说道：“当时太乱了，一个大浪打过来，谁也顾不了谁，我们也是后来因为这个水车聚到一起的，其他人我真还没见到，你是第一个。”

“那有一个！”曹爷蹲在水车边上喊道。

我们转头顺着曹爷手指的方向望去，只见一个人整个儿浸在水中，没有露头，只有头上的长发能让人看出来水里漂着的是个人。

我跳下水车，游到那人身边，是霍青嬿。此刻，霍青嬿面色惨白，已经不省人事了。

我拉着霍青嬿游回水车边，众人搭手把我们俩拉了上来。看着霍青嬿微微隆起的腹部，老林探了探鼻息：“还有气，快把水按出来！”

“让我来做人工呼吸。”此时我推开众人，义不容辞地上前喊道。

“啪——”头上被老林拍了一巴掌，“闪一边去，这水都吐出来了，你还做啥人工呼吸。要做，等下给乔大少和卡恩斯做。”

已经恢复神志的霍青嬑有老林照顾，我们又开始搜寻其他人。还好，没过几分钟我们又找到了两个，在离我们很远的另一头，水面上浮着一根粗大的原木，木头的一头并排趴着恐龙专家和淘金佬。

远看两人似乎都昏迷不醒，要不是淘金佬的头上依然戴着他的头盔，我们还真发现不了他们。

我们几人手脚并用地向淘金佬和恐龙专家划过去，可惜效果不好。这水车又不是船，划起来太慢，而且我感觉这水车随时有可能沉入水底。

曹爷划了一会儿，失去了耐心，“这样太慢，我游过去把他们救过来。”说着就要往水里跳，被我一把拉住了。

“别急，你们看！”我指着两人趴着的那根木头说道。刚才我突然发现，那根木头居然自己在水面上移动，而且还是往我们这边移动。

“这还真奇怪了。”曹爷说道，“他俩看样子都还昏迷着呢，那木头怎么像是有人在推呢？”

我摇了摇头，又四下里张望了一圈，心里一直在打鼓，到现在都没见到乔大少，这小子别出点儿啥事啊。

那木头越来越近，两人果然是昏迷不醒，看样子都死抱着木头不松手。我不待那木头继续靠近，就跳入水中游了过去。说起水性，三个曹爷也不是我的对手，这小子还是参加救援队之后才学会游泳的，之前一直是个旱鸭子。

我游到恐龙专家身边，用手拽了拽两人，都拽不开。这两人估计是在水里被冲了老半天才找到个东西，抓住了就死不松手，哪怕是在昏迷中。

我靠着木头，发现这原木果然是有股力量在推动它，力量是从原木另一头传过来的。我绕到另一头，游近一看，差点儿吓死。

阴魂不散的虫尸，用它那满是虫卵的双手抱着原木的一头，水面上只露出一截白花花的颈椎骨，两只脚在水里使劲扒拉。我说水面上咋看不见人头，原来是这没脑袋的家伙在作怪，它咋没让水车砸死啊?

而且这家伙根本不是在推动原木，而是它手打滑抱不住原木，所以给人感觉像是它一下一下在推动原木前进。真是没天理了啊，这东西不但会跳进水里灭火，现在居然还会游泳。

虫尸好半天才抱紧了原木，它马上就没有再推动原木，而是毫不犹豫地爬上去。

我见虫尸缓缓地向原木另一头的淘金佬和恐龙专家爬去，当即慌乱了，刚才光顾着看热闹，都没想着拦它一下，现在空着手让我在水里咋和它斗啊，我总不能用手把它从原木上拽下来吧?

关键时刻，耳边一声惊雷炸响：“老板，接着！”曹爷毫不犹豫地将工兵铲扔了过来。

我一手撑着原木，身体跃起，接住了工兵铲，转身就拍向已经爬到我身边的虫尸。虫尸此刻四肢牢牢地抱着原木，身体和青虫一样，一拱一拱地往前移动。我已经发现了这家伙的秘密，它身上分泌的黏液和沾了水的原木不对付，它在原木上打滑。

我靠在淘金佬和恐龙专家那一侧，一只手抱着原木，一只手握着工兵铲，一铲一铲地拍着虫尸，就照着它那两只手拍。没几下的工夫，虫尸就坚持不住了，手脚打滑，扑通一声掉进了水里。

在水里没了原木做依靠，这家伙的水性不咋样，就像溺水的人一样，四肢瞎扑腾，越扑腾越往下沉。我乘机又给它来了两脚，将它踩到了水底下。

我推着原木继续前进，到了水车边，看着曹爷那两只大手和钳子一样，将淘金佬和恐龙专家的手从原木上掰下来，又看着他将两人从水里提到水车上，这才连忙爬上水车，生怕慢一点儿就被执着的虫尸从水底下拽住了脚。

这两人基本没喝多少水，属于被浪头打昏的那种，只需要躺一会儿就好了。霍青嬿此时已经醒了，她整理好自己的衣服和头发，见我上来，没有说话。我俩交换了眼神，现在都是生死相依的关系，没必要再说什么了。

我和老林还有曹爷忧心忡忡地望着水面，却连乔大少的影子都看不见。四周石壁的岩石仍然在不断地掉落，尤其是水帘洞那一侧的石壁。那石壁后面就是白玉宫，如果石壁坍塌，白玉宫也就完了。

乔大少啊，你可千万要活着，我们兄弟几个的故事还没完呢。

老林嘴里念念有词，不知道在求哪路神仙帮忙。曹爷则四下张望，还不时地看看水里。

好半天，老林说话了，他摇了摇头："唉！要出来的话早就出来了，现在都不见冒头，估计是……"

是啊，按时间算，到现在都没见他露头，恐怕是凶多吉少。

曹爷听了老林的话，顿时烦躁起来，他又要往水里跳："我再去找一找。"

我没好气地说道："这水那么深，你到哪儿去找？"

听了我的话，曹爷郁闷无比，只能干着急，他站在水车上，冲着水面大声喊道："乔大少，你他娘的快给老子出来！"

仿佛是为了印证曹爷的话，远处传来了乔大少的声音："我……在这儿……我……受伤了……"声音断断续续、若有若无，就像鬼片里的标准声音。

我顺着声音望去，只见乔大少靠着面向白玉宫的那侧石壁，在水面上只露出一个头来，手抓着石壁上一块凸起的岩石，身边四周不断有碎石落下。

那石壁已经岌岌可危，乔大少在底下随时有可能被倒下的石壁掩埋。这不省心的孩子，也太会挑地方了吧。

我也不管这水底下有没有虫尸了，一个猛子扎了下去，身边的曹爷速度也不慢，随着我跳了下来。

乔大少此刻上半身全露在水面外，两只手将那块凸起的岩石紧紧地抱在怀里，看样子不像是受伤了。我知道这小子会游泳，在这抱着岩石一定另有隐情，“什么情况？”我问道。

“你们自己到水底下看吧，我看了一眼差点儿吓死。”乔大少一脸痛苦地说道。

我和曹爷把头扎进水里，好家伙，乔大少的大腿上插着一根水潭底下的尖刺，足有一米多长，从大腿中间靠内侧一点儿的位置插进去，从后面穿出来。不过看样子，貌似没伤着骨头，也没伤着动脉。

这时，水车上的老林朝我们焦急地喊道：“快回来，那面石壁要塌了！”

我也发现头顶上落下来的石块越来越多，也越来越大，当即顾不上再说什么，和曹爷一左一右将乔大少架住，拼命地往回游去。

刚离开那块凸起的石头处，就见一块大岩石从头顶落下，擦着那块凸起的岩石落入水中，溅起的水浪拍打在我们背后。

等我们架着乔大少游回水车上，其他几人也都被乔大少的伤吓了一跳。比大拇指还粗的尖刺从大腿内侧贯穿而过，这要是再往左上偏一点儿，乔大少就成太监了，往右侧偏一点儿，乔大少这条腿的骨头也就保不住了。

霍青嬑检查了一下伤口，对我说道：“没什么大问题，这只能算是严重一点儿的皮外伤，到了安全的地方将这个尖刺拔出来，再想办法止血，只是要尽快消炎，缝合伤口。”

老林探过来说道：“我看能在这儿拔掉就在这儿拔吧，等下搞不好还有更热闹的事情。”

见我和霍青嬷都不明白地望着他，老林指了指四面的石壁，说道：“万一哪面墙壁突然倒塌，我们就被冲出去了，到时候还不知道会出什么事情呢。”

老林这么一说还挺有理的。万一要是让他说准了，等下我们受到的冲击绝对不小，谁知道还会弄出什么事情来。

蹲在一边的曹爷也附和着：“拔吧，早拔晚拔其实都差不多。”

我见乔大少一脸不愿意的表情，估计这小子是怕疼，于是出言刺激他：“我看还是现在拔了好，省得等下万一一个浪头打过来，把这尖刺往你大腿根儿推移几厘米，你这辈子就只能看着别人结婚了。”

我这一句话把乔大少吓得不轻，他咬着牙、梗着脖子冲霍青嬷喊道：“拔就拔，大不了二十年后又是一条好汉！”说完头一偏，闭着眼睛，一副任人宰割的模样。

霍青嬷向我望了一眼，见我微微点头，她这才用双手握住那尖刺准备拔出来。曹爷蹲在旁边，按住了乔大少的大腿，生怕这小子痛得干出什么事情来。

我和老林则四处搜集能用的布料，一会儿给他止血包扎用。

老林将自己的裤腿扯下来，撕扯成布条。我看着那布条有些窄，于是笑骂道：“你这是给你儿子做尿布呢？”

一句话噎得老林差点儿翻倒，这时我才想起来，我从水里钻出来还没见过老林的那条死狗，连忙问道：“你儿子呢？”

老林得意地掀开衣服，只见他的皮带从肩上斜挎到肋下，浑身湿漉漉的歪歪正闭着眼睛挂在皮带上，一副半死不活的模样。

我正要笑骂几句，就听霍青嬟喊道："你们过来把他大腿扎紧，省得等会儿流血过多！"

我和老林忙点头答应，上前用布条将乔大少的大腿根儿紧紧地勒住，疼得他以为我们已经动手拔尖刺了。

霍青嬟紧张万分，双手握紧乔大少腿上竖起来的那根尖刺，准备动手了。

这时，一旁的龙大少却喊道："你们看，那是什么？"

我们循声望去，被我们关在放空哥尸体的石室里的波儿象，此刻出现在离水车不远的水面上。它在日光下通体深绿，也不知是在潮湿的环境中待久了身上长了青苔，还是这种绿色本来就是它的颜色。

此刻它也没了石室中的那种凶狠，而是拼命地用它的利爪划水，好让身体漂浮在水面上。它发现了我们身处的水车，拼命向我们这边划过来。任何一种生物，都是有求生欲望的，哪怕只有一丝希望，也不想放弃。

见波儿象向水车靠了过来，我们一群人都不淡定了，这要是让它上了水车，我们就麻烦大了。我抄起放在一边的工兵铲走过去，照着靠近的波儿象脑袋就是一铲。这波儿象在水里躲闪不过，硬挨了这一铲，拍得脑袋都歪了，但它依然执着地继续靠过来，两只前爪已经搭到水车上了。

这时候我哪能让它上水车啊，工兵铲抡得浑圆，上去照着脑袋又是一下，和抽大嘴巴子一样，用工兵铲从左抽到右，抽得波儿象嘴角裂了个口子。

这家伙被我拍得凶性大发，两只在日光下都显出血红的眼睛瞪着我，仿佛用眼神也能杀死我一样。它用两只前爪撑住水车，探身就要往水车上爬，我抓住机会，再次挥动工兵铲抽了过去。这一铲可是拼尽了全力，正好波儿象把身体探出了水面，只用两只前爪支撑，身体不稳，被我一铲抽飞了。

波儿象重新落在水里，又扑腾地想要游过来。我蹲在水车边，一铲、两铲……将它的脑袋拍进水里，直到水面上再没了动静。

我大呼过瘾，之前在石室里几次差点儿被这东西弄死，这次终于让我有种一雪前耻的感觉。

我转过头来，大家又将注意力集中到乔大少腿上的尖刺上。

我给霍青嬿使了个眼色，然后故意吸引乔大少的注意力："你看那是什么？"

乔大少顺着我指的方向望去，水面上空空如也，什么都没有，就在他这一愣神的同时，霍青嬿已经将那尖刺拔了出来，一股鲜血喷涌而出，喷了压着乔大少腿的曹爷一脸。

乔大少猛地感觉到一阵剧痛，等他反应过来时，尖刺已经拔了出来，只好抱着腿在那儿杀猪一般地号叫。他这条腿也确实够背时的了，在白玉宫里让虫尸抱了一下，结果割了一块肉，现在又戳了个洞。

曹爷松开乔大少的腿，抹了一把脸上的血，说道："不就是多了一个洞吗，有啥可号的？”我和老林还有霍青嬿连忙给乔大少包扎伤口。

在乔大少那高分贝的惨烈叫声中，四周的岩石哗哗地往水里掉。靠着白玉宫的那面石壁瞬间坍塌了，巨大的岩石成块地落入水中，激起一个又一个浪花。

这就如同多米诺骨牌，石壁倒了后，白玉宫的那座山体也开始坍塌，宝石男的雕像和他左膀右臂的雕像一起被掉下的巨石砸成了几截。

水车也被浪头冲来冲去。我们连忙蹲下，乔大少见眼前情景，也忘了惨叫，惴惴不安地说道：“我……我……是不是又闯祸了？”

“没，你没闯祸。你喊一嗓子连山都塌了，比孟姜女都猛。当年沉香咋没找你救他娘，一嗓子把华山喊成两半，省得劈了！”其实我也只是说说，我们都知道，那面石壁本来就要塌了，这怪不得乔大少。再说要是他那一嗓子真能把山震塌，那他老爷子以后拆旧房子时也不用挖掘机了。

老林望着白玉宫的方向，遗憾地说道：“白玉宫完了，永远被埋在这山底下了，我们这边怕是保不住了，大家抓紧水车。”

在这形如火山口的空间里，我们被浪头打得左摇右晃，几次撞上四周石壁。

其他三面石壁在浪头的不断冲击下，终于也不堪重负地倒下。我们面前的一面石壁在几个浪头的冲击下整体向外倒去，一个巨大的豁口出现在我们面前，眼前是一望无际的黄沙。

这一山的水犹如脱缰的野马从那个缺口奔腾而出。老林喊了声："抓稳！"我们就如同坐云霄飞车般，在起伏的浪花中，向那个缺口冲去。

我们坐在水车上冲出了缺口，瞬间涌出的水实在太大，我们出了缺口后又飞了十来米才开始下坠。直到水车落在沙地上，翻滚两圈将我们全压在下面，我这才反应过来——我们从那该死的山洞里出来了。

紧接着又有一个一个浪头从高处落下，一下一下地砸在水车上，我们只好捂着脑袋趴在水车底下硬扛。终于，那一山的水流完了，一切又恢复了平静，好半天，我顺着水车的缝隙钻了出来，其他几人还被压在下面。

我跌跌撞撞地在沙地上走了几圈后才站直身子，缓缓地转过身，往水车那儿望去。

原本是想看看他们的情况，然后找根粗木桩支起水车，让他们爬出来。那水车虽然不是很大，但想靠我们几个人的力量把它翻过来还是有困难的。结果我回过头，只见那只让我在水里拍得无影无踪的波儿象，此刻以一个"大"字形的状态趴在水车背面，四只爪子牢牢地扣住水车。

原来这东西刚才让我的一顿工兵铲拍得害怕了，又无处躲藏，干脆就躲在了水车底下，真不知道这么长时间，这东西在水车底下是怎么呼吸的。

我这会儿浑身酸软，一点儿劲儿都没有，只能苦笑地望着它。

不过看样子，波儿象吃的苦头也不少，它在我的注视下，好半天才爬了起来。我们一人一怪就这样在碎木头、乱石散落的湿沙地上，大眼瞪小眼地对望着。

霍青嬷、老林几人在水车下虽然看不到上面的情况，却能看见我的表情。我连忙用眼神示意他们不要乱动，以免惊动波儿象。

不过看来波儿象真的是被折腾惨了，好半天，它放弃了想要攻击我的意图，晃了晃那粗短的尾巴，转头向不远处坍塌的那座山走去，不一会儿就消失在那些石堆中。

我见波儿象离开，才深深地松了口气，它要是冲上来，我是连跑的力气都没有。但我知道，它其实没有走远，只是找了个安全的地方去恢复体力，等它体力恢复得差不多时，还会再回来的。

我拖了半截粗短的木桩回到水车边，将水车支起一道缝隙，把他们一个一个地从水车底下拉出来。

第 20 章｜终极对决

沙漠里水分蒸发得快，下渗得更快，不一会儿工夫，整个儿地面上再看不见一滴水，只剩下一层沾水后结成的沙土壳。

终于又回到了这令人又爱又恨的沙漠里。躺在这略带潮湿的地面上，有种比睡在席梦思上还舒服的感觉，要是没有波儿象在一旁窥伺，我真想蒙头大睡一觉。

过了好半天，霍青嬷先坐了起来，她环顾四周突然惊呼道："啊——"

我们几个以为是波儿象又回来了，像兔子一样从地上弹了起来。不是波儿象，不过来头也不小，从白玉宫开始一直阴魂不散的号称"打不死、砸不扁、戳不透、煮不烂"的虫尸又出现在了我们面前。

这东西的生命力太顽强了，你不把它大卸八块，上飞机它都敢扒着轮子跟着你。我和曹爷对视一眼，他抽出了工兵铲，我随手捡起一根粗木棍，两人就向虫尸围了上去。

虫尸趴在那儿没有动，我小跑两步先靠近虫尸，照着它背上就是一棍。虫尸丝毫没有要躲的意思，挨了一棍以后，默不作声地就冲我过来了。

我连忙后退，躲过虫尸的一扑。曹爷也闪过来照着虫尸就是一铲，虫尸这次学乖了，还没等工兵铲拍上，它就哧溜一下远远地躲开，绕了半圈之后又转了回来。

我突然发现，虫尸的速度比以前快了不少。看来这东西体内那些毛线控制它身体越久，它身体也就越灵活，速度也越快。本来它趴在那里，身上被水冲得干干净净的，现在这一活动，一层黏液又从那些虫卵之间的缝隙里冒了出来。

虫尸转了半圈，并没有再向我和曹爷发起进攻，而是掉头冲老林他们去了。我一看不好，老林他们那边除了恐龙专家之外，还有一个形同残废的乔大少啊。

我和曹爷连忙追在虫尸后面，关键时刻霍青嬿和龙大少两人挡在虫尸面前。霍青嬿一脚将虫尸踢得偏了方向，龙大少也是一脚，踢得鞋子砰砰作响。

“呵，这是踢到了铁板上啊！”虫尸没有太大反应，反而向龙大少扑了过去，龙大少连忙躲闪。我一看不好，乔大少就在不远处，虫尸要是和龙大少玩腻了，一看旁边还躺着那么一位，只要往身上一扑牢牢抱住，乔大少的小命就算交代了。

我连忙冲上去，挥动手中的木棍，一连几棍敲在虫尸身上，这才将虫尸的注意力又从龙大少身上吸引回来。

见虫尸又转头向我这边扑来，我连忙转身向远处跑。越跑我这心里越没底，虫尸的速度比在白玉宫快了许多，和它赛跑实在不是好主意。

就在危急关头，老林喊道："往山上跑！"

我毫不犹豫地向着那些乱石堆跑去。曹爷也掂着工兵铲追在虫尸身后。

刚跑进乱石堆，我突然想起来这里正是波儿象消失的地方，谁知道它此刻正躲在哪块石头后面睡觉呢，要是惊动了它，我们可一个都活不了。但想到身后不屈不挠追赶的虫尸，我只好硬着头皮在这些乱石堆里穿梭。

果然又被我说准了，我一连绕过两块巨大的岩石，利用缝隙间的沟沟壑壑将虫尸甩在身后，突然看见波儿象出现在一块大岩石上。这货身上的颜色实在是太显眼了，老远我就能看见。

刚才大家一起休息了那么长时间，貌似这货也缓过来了。波儿象那两只铜铃般大小的眼睛，此刻正仇视地望着我，下一秒，它犹如猛虎般跃下岩石，向我扑来。

我本想之前在石室里这家伙熟悉地形，又没光线，所以给人感觉像是鬼魅一般，这到了外面开阔的地方，应该好一点儿，但是我想错了。

别看波儿象身体胖得像猪，但绝对是敏捷的主儿，有它在后面追，同样追赶的虫尸就可以忽略不计了。我本想像躲避虫尸那样，不断利用各种岩石躲闪，结果人家根本就不吃我这一套，遇见不足两米高的岩石直接跳上去，然后从岩石上扑下。这着儿够狠，几次我都险些让它扑中。

一路狂奔之下，我险些脱力，也不知跑了多远，波儿象如同附骨之疽，怎么也甩不掉。而它后面又紧跟着虫尸，也不知这虫尸现在的目标是我还是波儿象，反正也是一副锲而不舍的架势。更后面则是乱喊乱叫的曹爷，想吸引虫尸和波儿象的注意力，可惜人家根本不理曹爷的喊叫。

跑着跑着，我就出了乱石堆，上了还未倒塌的另一座山。说是没倒塌，其实山顶已经塌了，露出一个和天坑一样的大洞。我一口气冲到大坑边缘，再往下看，彻底傻眼了。

这个大坑底下正是空哥摆迷魂阵的出口，也就是和霍青嬿相遇的那个大厅。倒塌的山顶化作各种石块堆积成一个缓坡，那个地洞以及洞口写着吐火罗语的巨石已经被乱石掩盖。

再往前看，我们的老熟人蜥蟒王此刻正无精打采地趴在迷魂阵出口处。

蜥蟒王，你也太执着了点儿吧，明明见我们都钻进地洞了，也不回去继续当你的带头大哥，在这儿吃苦受累的，你和我们到底有啥深仇大恨啊！

我正站在大坑边上，对着坑底下望着我的蜥蟒王发呆，身后突然传来“桀桀——”的声音，我这才想起来，波儿象和虫尸还在我身后，连忙回头望去。刚转身，就听见远处的曹爷喊道：“危险！”

一个绿影已经迎面扑了上来，我心道不好，这波儿象来得太快了，这要是让它扑上，我就要和骆驼一样弄个内脏横流的下场。避无可避之下，我一个仰面，倒躺着栽下了缓坡，摔下去也比被波儿象开膛破肚要强。

波儿象紧随其后，没扑上人，于是也和我一起跌下缓坡。

我翻滚到了缓坡底下，也不管身上的疼痛，直接就从地上跳起来。刚才没时间看，万一蜥螈王一看我滚下，早早地在底下等着，我就玩完了。

还好蜥螈王只是往前走了几步，从洞口出来了，并没有趁刚才的机会扑上来。

见蜥螈王没有冲上来，我这才感觉到浑身各处没有不疼的地方，两扇肋巴骨像断了一样。波儿象也滚了下来，情况不比我好多少，看它身上也有几处划伤。

此地不宜久留，我转身想要顺着斜坡再跑上去，只见虫尸像皮球一样，也顺着斜坡滚了下来，而且它滚下来的位置正在我脚下，将我上去的路封住了。无奈中我只好后退，让出一片空地。

这家伙一身“鱼鳞甲”，当初拿军刀砍它都不能伤它分毫，更别说这些岩石的棱角了。虫尸滚下来后，缓缓地舒展开身体，以它标志性的蛤蟆式动作趴在地上。

原本这里应该是个空阔的广场式空间，头顶有个天窗。现在别说天窗了，整个山顶都塌了，一半广场被乱石斜坡整个儿覆盖了，另一半还算平坦，只有些零星的大小石块。

蜥蜴王有些疑惑地用它昏黄的大眼珠扫视着面前的三个生物，盯着我看了好半天，才将目光转向波儿象身上，盯着波儿象再也不动了。它嘴角略张，露出尖牙，好像是在警告波儿象，却直接将外观形象不佳的虫尸忽略了。

波儿象也如同蜥蜴王一样，扫视了一圈，最终将目光锁定在蜥蜴王身上。它弓腰收腹，后腿紧绷，一副随时拼命的状态，而虫尸也被它忽略了。

看来这两个神兽都已经看出了在场几位的实力，波儿象和蜥蜴王都从对方身上感觉到了强大的实力和浓浓的敌意。

而虫尸又没脑袋，谁知道它此刻在想啥。

“老板！”斜坡顶上的曹爷见我们四个和摆阵一样地站着，想下来帮忙。我不敢说话，害怕这三个家伙把矛头都对准我，只好打手势告诉曹爷，让他少安毋躁。其他人也出现在斜坡顶端，看见底下的场面，一时都不知道该怎么办，只能和我一样大气都不敢出。

时间就这样一分一秒地过去了。蜥蜴王和波儿象还好，都沉着地看着对方，我更是连大气都不敢出，虫尸却表现出一副不耐烦的样子，蠢蠢欲动。

我一看不好，连忙低头寻找称手的家伙，等下要是动起来，那绝对是四国混战，谁都逃不了。还别说，真让我发现了好东西，一支上了刺刀的 AK47 斜躺在地上，上面压着一块石头。

这支 AK47 是我们被蜥蜴王追赶时，我和曹爷阻击蜥蜴王留下的，要是没看到，我都忘记有这样东西了。虽然里面的子弹早就让曹爷挥霍一空，但好歹上面还带着把刺刀，勉强可以用一下。只是这东西现在在波儿象的身旁，有取回它的工夫，还不如想一想，等下怎样趁它们混战的时候逃命。

此时，山顶上突然毫无征兆地传来一阵狗叫声，打破了最后的宁静。我一听声音就知道这是开战了。循声望去，只见歪歪站在老林身边的岩石上，冲着底下我们几个叫得正欢，老林连忙捂着歪歪的嘴将它抱回怀里。不过已经晚了，它的叫声仿佛是发令枪，虫尸一听见叫声，铆足了劲儿冲着蜥螈王奔过去。

虫尸离开后，给我让出了一条通往斜坡的路，我连忙往斜坡上跑去。但余光扫向旁边，发现我这一动，波儿象就警觉地回过头，然后就冲着我过来了。

蜥螈王以为波儿象要攻击它，朝着波儿象冲过去。波儿象在斜坡上堵住了我的去路，无奈中我只好后退，好在它这一走，我有机会捡起了那支 AK47。

虫尸冲到蜥螈王身边，本想跃起扑到蜥螈王身上，蜥螈王岂是凡夫俗子可比的，它简直就没把虫尸当回事，继续朝波儿象奔去，只是随意地挥动了一下尾巴，就将虫尸抽得飞了起来。

我一看虫尸要往我这边落，只好连连后退。波儿象本来是来追我的，但是迫于蜥螈王的压力，只好转身躲开蜥螈王，仗着身体灵活和它周旋起来。

虫尸在地上翻滚几圈，又跳了起来。蜥螈王的那钢鞭尾巴虽然把它抽飞了，但以它变态的防御力来说，只是小菜一碟。

虫尸跳起来之后，转了转它那不存在的脑袋，仿佛也知道那边的两位都不是好惹的，自然而然冲着我来了。

它在地上和蜥蜴一样爬行，逼得我连连后退，一直靠到后面的石壁上才停下来。我攥紧 AK47 如临大敌，当虫尸冲到我脚下时，我一个突刺插下去，插入它脖子下方，用力一挑，将虫尸挑开。

虫尸被挑开后，侧身又扑了上来。我不给它机会，又是一挑，将它挑开。这连挑几次，虫尸和没事人一样，我却两臂酸疼。

当虫尸再一次冲上来时，我飞起一脚，用鞋底将它踹飞，然后侧身就跑。蜥蛎王和波儿象的战斗还没开始，蜥蛎王就像是辆重型坦克，波儿象像是灵活的装甲车，死活不和它硬碰，而是时不时地绕到蜥蛎王后面给它来一下。

蜥蛎王被搞得怒火万分，却拿它没有丝毫办法，正好我带着虫尸从它们侧面跑过。蜥蛎王舍弃波儿象，奔着虫尸冲过去，一口咬住虫尸的半条腿，而且是死死地咬住，再不松口。

我不知道蜥蛎王这一下的咬合力是多少公斤，虽然没有咬开虫尸表皮那层“鱼鳞甲”，但貌似把里面的骨头咬断了。虫尸转过身来，扑到了蜥蛎王的头上，要是骨头没断的话，它怎么也转不过来。

虫尸趴在蜥蛎王的头上，一条扭曲的腿还被死死咬在蜥蛎王的嘴里。蜥蛎王被虫尸抱住了脑袋，眼睛也被虫尸的身体挡得死死的，当下不耐烦地转动头，想把虫尸从上面晃下去。虫尸这种一根筋的家伙，要是抱住了一样东西，就死不撒手，不论蜥蛎王怎么晃，虫尸就像贴在蜥蛎王头上的狗皮膏药，就是不下来。

身后的波儿象乘机跃上了蜥螈王的背，四只利爪就像刨土一样，拼命地刨起来。当下蜥螈王的背被波儿象划得血肉横飞，虽然不致命，但估计也疼痛无比，一片一片的肉掉在地上。

我见有热闹看，也不急着走了，拎着 AK47 躲在一块岩石后面观看场上的战况。蜥螈王也有自己的撒手锏，它又使出大战食金蚁时的招数，在地上翻滚，将波儿象逼下了后背。波儿象还想再跳上去，却被蜥螈王一尾巴扫飞。

扫飞了波儿象，蜥螈王转头对付那个依然贴在它头上的狗皮膏药，用头在地上使劲地蹭，想把虫尸蹭下来，这着儿还算管用。虫尸的身体被连着在地上蹭了几次，终于松开了抱着蜥螈王的手。

虫尸身上的黏液本来被水冲干净了，可惜在刚才的一番追赶中又渗出了许多，此刻全黏在了蜥螈王的头上。蜥螈王仗着皮糙肉厚，暂时不把那些腐蚀性黏液当回事，但头上还是升起袅袅的青烟，就如同水蒸气一般。

愤怒的蜥螈王见虫尸脱手，这才松开一直咬着虫尸腿的嘴，将虫尸按在地上，一顿撕扯。趁着虫尸被蜥螈王百般蹂躏，被抽飞的波儿象又偷偷地溜了回来。可惜蜥螈王那条大尾巴在身后始终不停地来回扫着，让波儿象近身不得。万恶的虫尸在蜥螈王强大无比的咬合力下，终于碎成几片。

此时，虫尸就像是个烂棉花套子，味道肯定不如动物脂肪那么可口。蜥螈王又扯了几下，自己也觉得没意思了，才转过身来，对准了身后的波儿象。

不过蜥蜴王完全没有防范虫尸身上黏液的意识，它就这样大大咧咧地转身，将半个虫尸的身体压在了肚皮底下。

我盯着蜥蜴王的肚皮看了半天，这地方可是所有爬行动物的软肋，我们当初用子弹打不透它背上的皮肤，我却不相信还打不穿它腹部的皮。不过蜥蜴王又不是傻子，当然不会四仰八叉地躺在地上让我们戳它的肚皮，所以它好好地活到了现在。

蜥蜴王和波儿象又开始了大眼瞪小眼的对视，谁也不进攻。这两个都是神兽啊，一个是名副其实的沙漠霸主，虽没有神兽之名，却有神兽之实；一个是正牌神兽，有记载的那种。

又过了一会儿，看着蜥蜴王的肚皮底下也开始冒出青烟，我彻底笑了，这次你想不死都难。蜥蜴王似乎也感觉到了肚皮底下的异样，忍不住晃动起身子。波儿象突然一个急转身，冲着蜥蜴王一只粗壮的爪子咬过去。

但蜥蜴王转身比波儿象还要快，用尾巴抽在刚冲过来的波儿象身上。波儿象再次被抽得飞了起来，嘴里还发出“桀桀——”的叫声，不过听起来像是惨叫。

蜥蜴王还没等它落地就冲了上去，等波儿象的身体刚落在地上，蜥蜴王已经扑到了波儿象的身上，用两只前爪将其按在地上。波儿象这次让蜥蜴王逮了个正着，只好拼死反抗，四爪对着蜥蜴王那冒烟的腹部一顿狂挠。

蜥蜴王的肚皮本来就已经被虫尸的黏液腐蚀了，此刻被波儿象锋利的爪子狂挠，当即血肉横飞，肚破肠烂。

不过蜥螈王也够狠，丝毫不管自己那些流出来的内脏，张嘴咬住波儿象的脑袋，然后抬着头一下一下地咬合，咬得波儿象的头骨“咔咔”作响。波儿象临死之时受了剧痛，便将爪子伸进蜥螈王的肚皮里疯狂地挠了几下，扯出肠子无数，这才一命呜呼。

蜥螈王咬碎了波儿象的脑袋，这才罢休。它倒是有心把波儿象当猎物一样吞下去，可惜现在消化器官大部分在身体外面摆着，有这心也没这力了。

此刻，蜥螈王只能用苟延残喘来形容，它拖着那些露出体外的肚肠，在地上艰难地爬着，但是越往前爬，带出的肠子就越多。它就这样一直往前爬，身后的肠子在体外拖了老远。

我握着 AK47 从岩石后站了起来，跟着蜥螈王的步伐往前走。现在不用我动手，它也一定会死的，没有任何一种生物，肠子都拖出十几米了还能活。

我跟在它身后，看着它艰难地往前爬，心中却有些不是滋味。没有了蜥螈王的领导，不知道它的种群还能否延续下去，或许在不久的将来，一个新的蜥螈王就会诞生。

望着趴在地上奄奄一息的蜥螈王，我也懒得再去结果它的性命。我转头往斜坡顶望去，斜坡顶上的人都消失得无影无踪。这么精彩的神兽大战，他们都不看？

我觉得事情有些不妙，连滚带爬地往斜坡上跑去。

第21章｜新版“护卫军”

我刚往上爬了几步，突然听到说话的声音。仔细一听，不像是上面那些家伙的，而是很陌生的声音。这荒山野岭的，又是一片茫茫沙漠，怎么会有别的人出现?

估计不是龙三少的人，就是护卫军的队长刘贺又带着人马杀回来了。说话的声音越来越近，上面的人似乎在往这边走。我左右看了看，见斜坡侧面有一块巨石，连忙躲在了巨石后面。

刚躲好，就听见那两个声音来到了坡顶，两人说的是汉语，看来是中国人。那两个人本来嘴里还絮絮叨叨地说着话，但是在坡顶看见下面死掉的波儿象和躺在那儿的蜥螈王，发出一阵惊呼，然后就顺着斜坡一点一点下去了。

看着他们往下走，我也一点一点地变换位置，生怕让他们发现。不过，这样一来，我就正好背对斜坡了。要是再从斜坡上下来一拨人，把我夹在中间，到时候我想跑都跑不掉了。

我一边时不时地回头往斜坡上望去，一边小心地观察着下斜坡的两个人。这两个人看背影年纪都不大，穿着沙漠迷彩服，脚上穿着白色旅游鞋，也没见背沙漠背包，手上拿着两杆枪——一杆是小口径的步枪，一杆是双管猎枪。

他们这身打扮给人一种不伦不类的感觉，像是剪径的毛贼。要是给他们穿一身破衣烂衫，再加上两支汉阳造的话，和解放前的土匪一模一样。

两个人小心翼翼地走到坡下面，看了看被扯成几块的虫尸，然后他们发现蜥蜴王还活着，端着枪小心翼翼地走过去。见蜥蜴王已经是出气多进气少，才放下心来，又看了看波儿象的尸体。

我躲在巨石后面不敢动，想上去看看那几个家伙是什么情况，但这往上一走，万一被下面的人看见，我就暴露了。

底下的两个人先是研究了一下那三个生物的物种，估计没见识，也没研究出个名堂，以为是沙漠里的平常物种，然后又在那儿研究起刚才的战斗，似乎是发生了争执，一个看好波儿象，一个看好蜥蜴王。两个人恨不得把那两只神兽复活一下，再来斗一场。

两个人又在那边扯了好半天才结束争执。那个拿双管猎枪的见蜥蜴王喘了半天，就是不咽下最后一口气，有些替它着急，于是抽出匕首走过去，想了结蜥蜴王。

匕首划了好几刀，都没划开蜥蜴王的咽喉。看他那动作，我都替他干着急。猎枪男没我这么好的见识，见划不破就着急了，干脆从蜥螈王裂开的肚皮上插进去，这下估计是真的要了蜥螈王的老命，它用尽全力挣扎了片刻，然后就不动了。

两个人站起来往斜坡上走，我连忙又躲在巨石后面。就在两个人从岩石后面走过的时候，我突然发现岩石下面有个洞，如狗洞般大小，被一块石头挡住了。我移开岩石，里面一股腥味传来，往里瞅了一眼，差点儿把魂都吓出来了。

原来这岩石底下是空的，在我们到达白玉宫的门前，出现的那条黑色小蛇，此刻却窝在里面，而且不是一条，是一窝，大大小小的纠缠在一起。好家伙，这是挖到蛇窝了！一看到这黑蛇，我就想到那个面色发黑被蛇毒毒死的护卫军残部，不禁头皮又发麻了。

我趁着那些黑蛇纠缠在一起，还没反应过来的工夫，连忙又搬起石头把那个洞口堵住，这才抹了把汗。

再往上望去，那两人已经走到了斜坡上面。等到他们的脚步声远去，我这才悄悄地趴在了斜坡上。

我小心地探出头往下看。在石堆下的沙地上停着几辆越野车，七八个穿着沙漠迷彩服的人抱着各种枪站在沙地上，曹爷、老林、淘金佬几人被逼着跪在地上，只有乔大少因为刚做了手术，所以还躺着。霍青嬿揽着恐龙专家坐在老林身边，似乎是在不断安抚受到惊吓的恐龙专家。

这时，我才注意到跪着的人里没有龙大少。再一看，在山的侧面，有半截没被水冲垮的山墙，山墙下就是停越野车的地方。越野车那边站着几个人，领头的样子有些眼熟，仔细地看了看，这货虽然换了身新衣服，但身上的坏味隔着老远我都闻到了，不是别人，正是逃跑的刘贺。

看到他，我是真郁闷。龙大少也被抓到了车前，两个背着五六式半自动步枪的人揪着龙大少的头发，把他摁在地上。龙大少仰着头，满脸都是血。

刘贺这家伙看来是早有后手。原来在这沙漠里一直有这么一队人马。我说怎么我们都进来这么多天了，也没和外界联系过，留守在七角井的人却没有一点儿着急的意思，也没个搜救队来救我们，合着这些人都是他那边的。我估计现在除了有限的几个人，再没有人知道我们进沙漠了。

见斜坡上两个人走下来，底下的护卫军高喊。喊什么没听清，似乎是在问山上有没有情况，那两人边走边摆手。

我看着两人下去，在曹爷、老林几人身边停留了一会儿，又继续往前走，去了越野车附近。这边只留下两个拿着看不出牌子的霰弹枪的护卫军，一前一后地看着老林几个人。这枪厉害，喷出去就是一片钢珠子，即使打不死人，也绝对能让你躺在地上动弹不得。要是不幸被喷到脸上，即使取出来，以后也是一脸大麻子。具体有多大？每个麻子大概和指甲盖儿差不多吧。

那两个人一前一后，面对面地站着，丝毫不给跪着的人一点儿可乘之机。对于曹爷这个危险分子，那个站在前面的人也给予了他“特殊照顾”，时不时地照着曹爷腿上的伤口踹一脚。

曹爷倒是有心反抗，但这枪一打出去就是一大片，干掉了前面的还有后面的，就算自己敏捷地躲过去了，旁边跪着的老林可是快五十岁的人了，若他躲闪不及，可就和怀里的歪歪一起成马蜂窝了。

三辆越野车正好停在山墙下，剩下的七八个人围着龙大少，在审问什么。看龙大少的样子，似乎有点儿威武不屈，一副今天就是被你们打死也不招的架势。

我突然发现几个问题，龙大少面前的地上还扔着两个背包，里面的东西撒了一地，一个是霍青嬷的，一个是淘金佬的，怎么没见龙大少的那个？不用想了，刘贺也一定是在追问龙大少，进白玉宫到底带出来什么，又或是在打探那个山洞的秘密。

龙大少的背包呢？磨盘还在那个背包里装着呢，要是落在护卫军的手里，龙大少可就是鸡飞蛋打了。不过这和我没关系。如果护卫军的人收了磨盘能放过我们，搞不好我会很配合地把磨盘交出来。

但看样子，就算是给了他们磨盘，我们也逃不了被灭口的下场。我现在趴的地方，就是最开始老林他们趴着的地方，只不过我现在趴在斜坡这边，他们趴在斜坡那边。

我冒着被斜坡下的两个家伙看见的危险，探出头寻找。你别说，还真发现了龙大少的背包。这小子居然把包藏在一堆乱石头里，这货隐藏得太好了，刚才那两个家伙从旁边走过居然没有发现。要不是我看见背包带子露出一点儿，还真不知道这堆乱石底下居然有个背包。

看见背包，我证实了心中的一个判断：之前他们几个一直在山顶看斜坡下的神兽对决，突然发现远处的护卫军来了，但既没地方躲藏，也不能贸然冲下来，又看见人家那边都是枪，所以只好乖乖地束手就擒，不过龙大少多长了个心眼，把装着磨盘的背包藏在乱石堆底下了。那时，底下的三只神兽正斗得不可开交，我都没注意到上面的情况。等神兽的战斗结束，护卫军派出的搜索人员也已经到了斜坡上。

想到这儿，我心里暗道："好险啊！要是蜥蜴王再挣扎一会儿，我站在光秃秃的斜坡底下，只能挨枪子了。"

我一点一点地拽动那个背包，同时还要小心地看着底下的那两个家伙。这背包太显眼了，拽出来我也就被发现了。就在我一筹莫展的时候，底下的曹爷似乎又不安分起来。

他这边手一放下来，那边的两个人就围了上去，用拳头和鞋尖告诉曹爷一个自古不变的道理：识时务者为俊杰。

我一看那俩家伙一致地背对着我，连忙使劲将背包从乱石堆里拽了出来，拖到了斜坡这边。

后来听老林说，他们看见那两个搜索斜坡的人耽误好半天后，空着手下来，还以为是把我杀了，几乎都吓哭了。当然，一旦脱险，老林嘴里的话可不是这个味道，这是我过滤他的原话后，自己总结出来的。

我靠在斜坡上，打开背包。其实还没打开，我就看见曹爷的工兵铲斜插在背包里，露出铲柄。曹爷这家伙一定是舍不得自己的工兵铲落在别人手里，所以才和龙大少的背包埋在了一起。其实斜坡下的人，尤其是越野车那边的人，不一定能看清曹爷当时在干啥。

我掏出工兵铲和磨盘，这龙大少还用两件衣服包裹着磨盘，裹得怪严实的。背包里剩下的除了一个笔记本和那颗被老林收起来的宝石男头上的宝石，其他都是些乱七八糟的东西，没有什么用途。笔记本里记的都是阿尔金山、昆仑山还有我们脚下这片沙漠的资料。

我又探出头去，见曹爷已经趴在地上了。看样子光挨打不还手，连曹爷这样的牛人都吃不消。

光靠我，我实在是想不出怎么去救人，把我愁的啊，比伍子胥过昭关还郁闷。这时，我瞥了眼越野车边上的那堵山墙，一个想法突然跳了出来。

我一手提着已经被我掏空的背包，一手提着工兵铲，往斜坡下走去……

一个小时后，我又转了回来。依然是提着背包，拿着工兵铲，不过里面装着我自己弄回来的大规模杀伤性武器。

刚才我在乱石堆里连滚带爬地往越野车所在的那堵山墙处走。从被水冲垮的石堆里走，位置隐蔽，谁也看不见。不过从我趴的那个斜坡到那堵山墙，中间的距离还真不近。这边是迷宫的出口，也就是我们被蜥蜴王赶下地道的地方，山墙的位置是在空哥的墓室那边，这中间的距离是魔音洞加白玉宫再加水潭的那个大山洞的直线距离。

这段路我记得我们当时走了一两天，现在山塌了，我在乱石堆中穿行，直线距离也不近，我绕了个圈子，小跑了大概半个小时，才到了山墙底下。

一路上也没有看见白玉宫里的那些玉石，应该被深埋在石堆底下了。当下四处无人，还能隐隐约约听到一点儿从越野车那边传来的声音。我不敢怠慢，单肩挎着背包，找了个容易往上爬的地方，手脚并用地往石墙上爬。

好在这石墙已经被水冲得残破不堪，四处都能下手。我爬了好半天，终于爬到了石墙顶上。我唯一担心的就是在那边看着的老林、曹爷两人，他们的位置和越野车那边的人不一样，越野车那边的人看不到石墙顶上的情况，他俩却可以看到。

这里说是石墙，倒不如说是一座石山。以前这里是那个有水潭的山洞的外墙，有三四米厚。那个山洞的位置，应该是白玉宫里最低的点，被深埋在黄沙之下，只有上面的一部分是凸出地面的。现在山倒了，四面石山倒下去，把那个水潭给填满了，露在外面的石墙也是四五米高。石墙上也有些高低凸起的岩石，都棱角分明，还露出新石头碴儿。我就利用这些凸起的岩石，来回躲避那边的家伙偶尔抬起头看过来的视线。

底下越野车附近的人说话的声音也能听得清清楚楚。正是刘贺的声音。

“龙源，说出那个山洞的位置，我给你一个痛快的死法。”刘贺说道。我探出头往山下看去，只见刘贺手上戴着那个狼牙拳套，锋利的狼牙从龙大少脸颊附近划过。

龙大少的眼神里充满了愤怒：“我是不会说的，说了也是死，不说也是死，你们要杀就杀吧！”

刘贺见龙大少死咬着牙不开口，便蹲下来，狼牙拳套从龙大少的咽喉处虚划过。“那我再问你，你们千辛万苦地到这片沙漠里来，到底和那个山洞有什么关系？”说着一拳砸到了龙大少的脸上。

龙大少还真硬气，他吐掉嘴里的血沫，瞪了刘贺一眼，不再说话。

刘贺被龙大少这不配合的态度激怒了，站起身对着他胸口又是一脚。旁边站着的一群护卫军扑上去，对着龙大少一顿拳打脚踢。

打完之后，龙大少躺在地上，已经奄奄一息了。

有个护卫军问道：“老大，现在怎么办？”

刘贺叉着腰想了想才说道：“去把那个和龙源关系好的瘸子拉过来，他一定知道。”

两个人小跑着过去，架起躺在地上的乔大少过来了。老林和曹爷一看，还以为要枪毙乔大少，便想上去阻拦，结果让人用枪顶着脑门，还吃了两枪托。

乔大少被拖到越野车边上，刘贺比画着狼牙拳套问道：“你们在这个山洞里发现了什么？老实说出来，我就放你回家。”

乔大少坐在地上，抠了抠脑袋，一副无辜的模样，“发现了好多宝贝，羊脂玉啊，黑宝石啊，多了去了，装了几大包。不过遇上了发洪水，没带出来，全埋在那边的石堆下面了，你们要是去挖，保管一挖一个准。”接着这货又开始胡扯了，“你们没看见啊，拳头一样大的黑宝石，一个人那么高的玉观音，全是羊脂玉，底座的花纹还带着翡翠绿……还有个玉的太上老君，旁边站着四大天王、五百罗汉……”

这席话，说得那几个护卫军眼睛都直了，这些东西都是价值连城的宝贝啊！不过乔大少的话还没说完，刘贺就上前一脚踹翻乔大少，“你在这儿胡说八道什么呢，还冒出来太上老君？”

乔大少从地上爬起来，眼睛转了转，又说道：“你们没听过太上老君骑青牛、过函谷，不知所踪的故事吗？”说着他还装模作样地解释起来，“其实啊，太上老君过了函谷关后呢，就辗转来到了西域，在这楼兰落地生根，娶妻生子，这楼兰人其实都是太上老君的子孙……”

刘贺冲上去揪着乔大少的衣领把他拎起来，怒目圆睁：“你他妈的在这儿净瞎扯，好好给我说，你们到底在山洞里找到了什么？你知不知道阿尔金山里的那个山洞在哪儿？”

“什么山洞？我们这一路走来就钻过一次山洞，这不刚出来就遇见你们了吗？”你别说，乔大少要是给你装疯卖傻起来，你还真不好说他，平时说话就疯疯癫癫的，要是再装疯卖傻，也不容易拆穿。

“我们在山洞里真的发现宝石了，有一个人那么高的翡翠树，比慈禧太后那个牛多了，就是没带出来。我们的东西你们都搜过了，真的什么都没有。”乔大少这货继续开始吹。

刘贺一听乔大少的话就来气，从腰间抽出手枪，顶着乔大少的下巴，对地上躺着的龙大少说道：“我知道你们俩关系好，你不说，我就打死他。”

说着他又转头看了看乔大少：“同样，你不说的话，我就打死他。”这回，他指着地上的龙大少。

我心道，龙大少为了那个山洞，连自己的命都可以不要，更别说别人的命了。

乔大少则是个二杆子，那股劲儿要是上来了，你就是把他弄死他也不会说。果不其然，乔大少还在生龙大少的气，头一扭，就当没看见龙大少。

龙大少也闭上了眼，两边似乎都不在乎刘贺刚才说的话。

这下可把刘贺气坏了，他掐着乔大少的脖子，一把将他的脑袋按在发动机盖上，用枪顶着他的后脑勺：“你说还是不说？”

乔大少这货的犟脾气也上来了，咬着牙就是不说话。我一看时候差不多了，再玩下去就该出人命了，于是转身将背包拽了过来。

刘贺见乔大少这边什么都不说，将乔大少一脚踢翻，又把目光转到了躺在地上的龙大少身上。他从地上扯起龙大少，又用枪将龙大少的脑袋顶在了发动机盖上。

趁这机会，我也打开了背包，一股腥味扑面而来。这里面可是我的秘密武器，反败为胜的关键都在这儿。一团黑蛇窝在背包里，猛然见到亮光，最上面的几条蛇居然抬起头，吓得我连忙将背包又合上了。

为了弄这半包黑蛇我费了老大的劲儿，这要是搁平时，再借我俩胆，我都不敢去打这些“爷爷”的主意，这不是被逼得没办法了嘛。再说，我发现这些黑蛇纠缠在一起，估计是在产卵，可能没空管我。这才拿工兵铲当挖耳勺用，一点一点地给它们换个谈恋爱的环境。

不过这样做也是有风险的，这包东西要是往下一倒，那可是大面积无差别攻击，搞不好乔大少和龙大少也要跟着倒霉。但这两个家伙也是见过大世面的，都在白玉宫门口目睹过那个倒霉的护卫军是怎么死的，见到这东西最起码有一定的防范意识。

我提着背包往下看了一眼，见刘贺依然用枪把龙大少顶在发动机盖上，旁边一侧是乔大少，另一侧是六七个护卫军。

算准了距离之后，我提着背包突然从石堆上站起来。我这一出现把下面的人吓了一跳，都抬头望着我，连枪都忘了端了。我哪管这些啊，现在要是和他们一起发愣的话，下一秒钟被乱枪打死的就是我了。

趁底下那几个正牌护卫军还没反应过来，我提着背包劈头盖脸地把一包黑蛇全倒了下去。

此刻我眼角的余光看见刘贺已经将枪口对准了我，我连忙一个翻身，就地躺下。枪响了，底下一片混乱。

我翻了个身背靠一块岩石，往下看去，才发现刚才那一枪不是刘贺开的，因为刘贺已肩头中弹，正靠在越野车上。

再往远处看，却没看见人，不过枪声又响起来了，几发子弹打在岩石壁上，有一发击中了底下的一个倒霉蛋。再往下看，这底下是真热闹啊，黑蛇全落在了那些护卫军的头顶，运气好点儿的只落在身体周围，运气不好的，身上、头上都缠了好几条。

“啪啪——啪啪啪——”枪声再次响起，子弹打在越野车上，溅起火花。听到这枪声，我想到了龙三少，原来这货也带着雇佣兵到了。只是这些人是沙漠作战的老手，在茫茫沙海里，我根本就看不出来他们躲在哪儿。

那些乱了套四处狂奔的护卫军此刻就像是无头苍蝇，本来遇到这样的枪手袭击，应该躲在越野车后面，不过此刻越野车后面已经满是黑蛇。这些慌乱的人四处奔跑，结果成了那些雇佣兵的活靶子。

刘贺也顾不得他的伤口了，他用枪顶着龙大少，将身体躲在龙大少的身后，对其他人说道：“上车！”顺便将地上的乔大少也拉起来，一起塞进了越野车里。

越野车发动起来，那边看着老林、曹爷的两个拿霰弹枪的护卫军也发现了这边的情况。他们也顾不得老林几个人，撒开腿往后跑。两辆越野车已经发动了，刘贺他们用龙大少和乔大少做挡箭牌，雇佣兵也没办法。

但对于那两个正跑过来的家伙，雇佣兵可没什么情面好讲。那两个家伙刚靠近越野车，就被打爆了脑袋。刘贺见两人已死，踩着油门，把方向盘掉了个头，绝尘而去。临走时，他从车窗里向我喊道：“姓李的，想要救他们的命，带着你们从这山里找到的宝贝，去阿尔金山找我……”

就在两辆越野车掉头的同时，百米外的沙漠里站着几个人，正是那三个雇佣兵。

远处起伏的沙丘后面，开出来一辆皮卡车，失踪了许久的龙三少和龙二少，还有三个雇佣兵终于出现了。

我从石墙上下来，绕开那些黑蛇。曹爷和老林几人也跑了过来，见我没事，这才都放下心来。不过看着那些雇佣兵从远处走过来，用黑洞洞的枪口对准我们，我的心又紧张起来。

那个叫“常哥”的雇佣兵走到我面前，“我们一直在找你们的踪迹，直到跟着那些家伙才找到你们。”他接着说道，“不过，你行动得太早了，要是能等到我们潜伏在离他们五十米的地方，他们今天一个都跑不了……”

我点点头：“也许吧，可惜我并不知道你们也在……”

皮卡车开了过来，龙三少那邪恶的笑容出现在我面前。皮卡车的后座上反绑着一个人，是龙二少，这货的脸上依然带着阿信用枪托砸的血迹。看来，这几天这位二少爷的日子过得并不怎么舒心。

“李队长，我们现在可是合作的关系了。”龙三少将车停稳后，开门见山地说道。

我实在懒得和这样的人说话：“现在你们手上有枪，你说了算。”

“刚才我在沙丘那边已经用望远镜看到了，被抓走的不单有我哥，也有乔鑫那家伙。我想我们可以合作，救出他们。”龙三少接着说道。

我虽然不齿他的为人，但听了他的建议不免心动。是啊，有他们帮忙，最起码下次火并的时候不会吃亏。

于是我点了点头，算是定下了合作的事情。十分钟后，我们已经坐上了车，斜坡上的磨盘、宝石那些东西又装进了背包。一辆越野车，一辆皮卡车，我们的队伍又壮大了一点儿，加上恐龙专家和被捆成粽子的龙二少，一共十一个人。

上车后，我们一路顺着刘贺的两辆车留下的踪迹追赶着。但没过一会儿，天突然暗下来。我将头探出车窗，背后的天空泾渭分明，一边是蓝色的，一边是土黄色的，而且土黄色的天空正在不断地吞噬着蓝色的天空。

“沙暴来了！”我惊呼道。两辆车连忙拐到了一处沙丘下躲避。沙暴过后，我们继续上路，却再也找不到刘贺车队的踪迹，只好往阿尔金山的方向驶去。

当用肉眼能看见那巍峨的山峰时，我们已经到了沙漠的边缘。我回头望向那片沙漠，心中默念：再见了，库木塔格，我这辈子再也不想踏进这里一步，绝不!